insel taschenbuch 4707
Hermien Stellmacher
Die Katze im Lavendelfeld

AF202383

Die Foodbloggerin Alice ist von Paris in einen malerischen Ort mitten in der Provence gezogen. Dort hat sie in dem Restaurantbesitzer Georges und der 78-jährigen Nachbarin Jeanine gute Freunde gefunden. Fehlt nur noch ein gemütliches Haus mit Garten für sie und ihre beiden Katzen – dann wäre das Glück (fast) perfekt.

Doch ihr Leben scheint komplett aus den Fugen zu geraten, als eines Tages eine kleine Findelkatze auf gar nicht leisen Pfoten bei ihr einzieht: Alice' Katzen suchen das Weite; ihr wird überraschend die Wohnung gekündigt, und bei Jeanine zeigen sich erste Anzeichen von Demenz. Und zu allem Überfluss steht Alice plötzlich auch noch zwischen zwei Männern ...

Ein wunderbarer Roman über einen Sommer, der alles verändert. Und über den Mut, loszulassen, um bereit zu sein für das unverhoffte Glück.

Hermien Stellmacher, geboren 1959, wuchs in Amsterdam auf. Im Alter von 15 Jahren zog sie nach Deutschland. Sie illustrierte zahlreiche Kinder- und Jugendbücher. Seit einigen Jahren schreibt sie hauptsächlich für Erwachsene. Wenn sie nicht gerade in der Provence weilt, lebt sie mit ihrem Mann und einem Kater in einem kleinen Dorf in der Fränkischen Schweiz.

Im insel taschenbuch sind ebenfalls erschienen: *Cottage mit Kater* (it 4388), *Katzenglück und Dolce Vita* (it 4574) und *Wie wir Katzen die Welt sehen* (it 4605).

HERMIEN STELLMACHER

Die Katze im Lavendel-feld

ROMAN

Insel Verlag

Dieses Manuskript wurde vermittelt durch die
Michael Meller Literary Agency GmbH München

Für Dagmar.
Wenn es dich nicht gäbe ...

2. Auflage 2021

Erste Auflage 2019
insel taschenbuch 4707
Originalausgabe
© Insel Verlag Berlin 2019
Vertrieb durch den Suhrkamp Taschenbuch Verlag
Umschlag: zero-media.net, München
Umschlagfotos: Getty Images; Mauritius Images; FinePic®
Satz: Satz-Offizin Hümmer GmbH, Waldbüttelbrunn
Druck: CPI books GmbH, Leck
Printed in Germany
ISBN 978-3-458-36407-8

Die Katze im Lavendelfeld

Alice parkte im Schatten der Platanen und sah erwartungsvoll durch die Windschutzscheibe. Ob sie heute das große Los zog? Es sei ein einmaliges Schnäppchen, hatte der Makler am Telefon geflötet. »Wie gemacht für Sie beide.« Anschließend hatte er die Vorteile des *maison* derart besungen, dass sie neugierig geworden war und diesen Termin vereinbart hatte.

Die Worte *Grand Bonheur*, die man vor vielen Jahren in schwungvollen Lettern auf ein weißes Fassadenband gemalt hatte, waren gerade noch lesbar. *Großes Glück* sah anders aus. Der gräuliche Bau strahlte eine ungeheure Tristesse aus.

Das verschachtelte Haus schien schon einige Umbauten hinter sich zu haben. Wenigstens waren die Fensterläden in einem warmen Dunkelrot gestrichen, und die Äste des Blauregens hatten das Balkongeländer im ersten Stock fest im Griff.

Sie versuchte sich vorzustellen, wie es wohl wäre, den Rest ihres Lebens hinter dieser Natursteinfassade zu verbringen. Kehrte man nach einer Reise gern hierher zurück? Würde man sich geborgen fühlen können? War es auch im Winter warm und hell genug? Würden die Dorfbewohner sie akzeptieren?

Vor dem Lebensmittellädchen gegenüber warteten Einkaufskörbe auf Kundschaft, ein Schild pries frischen Ziegenkäse und Lammfleisch aus der Region an. Die alten Häuser daneben duckten sich dicht an dicht, und auf dem kleinen Platz weiter vorn konnte Alice einen Brunnen erkennen. Bis auf das monotone Zirpen der Grillen regte sich nichts.

Doch nun war sie schon mal hier und würde sich auch den Rest in Ruhe anschauen. Vielleicht versteckte sich das Glück ja bloß.

Dem verbeulten Peugeot in der Einfahrt nach zu urteilen, handelte es sich bei dem Makler nicht um einen typischen Vertreter seines Fachs. Das kam Alice sehr entgegen. Von den geschniegelten Typen, die in Hochglanzlimousinen vorfuhren, hatte sie die Nase längst voll.

»Aah, da sind Sie!« Ein Mann, dessen Anzug schon bessere Tage gesehen hatte, kam auf sie zu. »Jules Dumont, sehr erfreut!« Er schüttelte ihr die Hand. »Ist Madame allein gekommen?«

Alice nickte. »Mein Mann ist leider verhindert.«

»Sehr bedauerlich«, fand Monsieur Dumont, während er mehrfach über seine lilafarbene Krawatte strich. »Aber schön, dass *Sie* Zeit gefunden haben, sich dieses besondere Objekt anzusehen. Wenn Sie mir bitte folgen wollen?« Er fuhr sich durch die dunklen, widerspenstig abstehenden Locken, bevor er die Haustür öffnete.

Neugierig trat Alice ein. Dem modrigen Geruch nach zu urteilen stand das *Glück* schon länger leer, aber im Flur war es angenehm kühl.

»Bis vor einem Jahr lebte Madame Eugenie Richard hier, die Lehrerin der ehemaligen Dorfschule. Sie wiederum hatte es von ihren Eltern geerbt«, plauderte Monsieur Dumont. Auch er hatte die muffige Luft wahrgenommen und riss ein Fenster auf. »Höchst angesehene Mitbürger, seit Menschengedenken mit dem Ort verwurzelt.« Es folgten so viele weitere Details über Herkunft und Verdienste der Familie, dass Alice sich fragte, ob die Sippschaft im Kaufpreis inbegriffen war.

Doch Dumont bekam die Kurve. »Ein herrliches Zuhause für Menschen, die Werte wie Familie und Gemütlichkeit zu schätzen wissen.« Er blieb vor einer geschlossenen Tür stehen, dann drückte er schwungvoll die Klinke. »Der Salon. *Voilà!*«

Alice betrat ein dämmriges Zimmer voller klobiger Möbel. Der Staub, der vom plötzlichen Luftzug aufgewirbelt worden war, brachte sie zum Niesen. Als sie von ihrem Taschentuch aufblickte, sah sie die *Santons*, provenzalische Kitschfiguren, die auf allen verfügbaren Ablageflächen zu Grüppchen zusammengestellt waren. Sie war umringt von Pfarrern, Winzern, Bäckern und Marktleuten in historischer Kleidung, Schäfern und Gänsen, Ställen in allen Formen und Farben sowie einer Sammlung von Ziegen, die sich aufrecht stehend an Baumblättern labten.

Aus Sorge, der Wanderzirkus könne jeden Moment zum Leben erwachen, schloss sie rasch die Tür und stellte sich Léons Reaktion auf diesen Schauplatz vor. Wie sie ihn kannte, hätte er mit dem Plunder ein paar groteske Szenen nachgestellt, dann ihre Hand ergriffen und schnellstens das Haus verlassen. Léon hasste dunkle Räume und würde diese dunkle Kammer nicht mal seinen vielen Büchern zumuten.

Aber Léon war nicht da, und Alice überlegte, wie sie sich elegant aus der Affäre ziehen konnte. Am liebsten hätte sie sich einfach davongeschlichen, doch Monsieur Dumont winkte sie bereits in den nächsten Raum. Dank der geöffneten Fenster war die Luft hier immerhin erträglich.

»Das *Schlaf*-zimmer …« Der Makler zwinkerte ihr verheißungsvoll zu. »Was glauben Sie, wie erfrischt Sie hier aus süßen Träumen erwachen werden.« Er zeigte auf ein Gemälde über dem spartanisch schmalen Bett, auf dem Posaune blasende Engel zu sehen waren. »Mit diesen himmlischen Gestalten kann es gar nicht anders sein!«

Fasziniert betrachtete Alice das Bild, das die Handschrift eines mäßig begabten Hobbykünstlers trug. Die Engel hatten unnatürlich lange Hälse und einer war mit so dicken Wangen ausgestattet, dass Alice eine akute Mumpsinfektion vermutete.

Ihr eigenes Bett würde gerade so in das Zimmer passen, und Alice malte sich aus, wie sie jedes Mal mühsam übereinandersteigen müssten. Doch sie lächelte tapfer. »Wirklich sehr ... hübsch. Ich befürchte nur, wir haben andere Vorstellungen von unserem zukünftigen Haus und ...«

»Urteilen Sie nicht, bevor Sie die Küche gesehen haben«, unterbrach sie Monsieur Dumont. »Sie ist phä-no-me-nal!«

Obwohl ihr Bedarf an Besonderheiten längst gedeckt war, brachte Alice es nicht übers Herz, ihm diese Bitte abzuschlagen. Die Küche noch, dann war es Zeit, sich zu verabschieden. Dies war kein Haus, in dem man alt werden konnte. Hinter diesen Mauern vergreiste man bereits nach Stunden.

Monsieur Dumont tänzelte zum Ende des Flures, wo wenige Stufen in einen langgestreckten Raum an der Rückseite des Hauses hinunterführten. Euphorisch breitete er die Arme aus. »Ist dies nicht ein faszinierendes Farbenspiel?«

Die gerundete Decke, die an ein Kellergewölbe erinnerte, war durchaus interessant und *Farbenspiel* im Prinzip richtig. Doch treffender waren Begriffe wie grell, grauenvoll und geschmacklos. Wer um Himmels willen war auf die Idee gekommen, Schränke mit lila, hellroten und schreiend orangefarbenen Türen in eine Küche mit altrosa Bodenfliesen zu stellen? War die gute Eugenie blind gewesen? Doch angesichts des strahlenden Monsieur Dumont behielt Alice ihre Meinung für sich.

»Ich schreibe in meiner Freizeit ja gern das eine oder andere Gedicht. Nicht, dass ich ein Meister auf diesem Gebiet wäre, aber diese Zeilen kamen mir spontan in den Sinn, als ich den Raum zum ersten Mal betrat.« Er zog einen kleinen Zettel aus der Tasche seines Sakkos und räusperte sich. »Wenn Sie erlauben?« Ohne ihre Antwort abzuwarten, las er mit feierlicher Stimme:

»*In dieser Küche möcht' man singen, denn alle Speisen stets gelingen.*

Hier kocht die Frau in Saus und Braus und erntet dafür viel Applaus.

Stimmt's, Madame Laurent? Auch ihr Herz schlägt hier höher, oder?«

Alice, die sich zusammenreißen musste, nicht laut loszulachen, erinnerte sich an die Annonce, auf die sie sich gemeldet hatte. Darin war die Rede gewesen von einem *maison moderne* und *restaurée avec goût*. Doch weder war das Haus *modern* noch konnte sie irgendwo *Geschmack* entdecken.

»Monsieur, Sie sind ein begabter Poet, und ich bin mir sicher, dass Sie bald jemanden finden, dessen Herz für dieses Haus höherschlägt«, sagte sie behutsam. »Doch ich fürchte … wir sind es nicht. Und wie Sie wissen, suchen wir etwas mit Garten.«

»Nun ja … Hier wäre die wertvolle Figurensammlung inklusive.«

»Die hat einen ganz besonderen Reiz.« Alice biss sich auf die Lippen. »Sie ersetzt uns aber nicht die Möglichkeit, Gemüse anzubauen.«

Es dauerte eine weitere halbe Stunde, bis der Makler sich geschlagen gab. Er schien persönlich betroffen, dass er Alice weder mit dem veralteten Badezimmer noch mit dem feuchten Keller oder dem gruselig dunklen Gästezimmer umstimmen konnte. »Ob ich Ihnen in Zukunft wohl noch weitere Offerten machen dürfte?« Bekümmert zwirbelte er seinen eleganten Schnurrbart.

Alice, die es nicht übers Herz brachte, ihm einen weiteren Korb zu geben, nickte. »Sie haben ja meine Handynummer.«

Sie fuhr durch Weinberge und Olivenhaine zum Col d'Ey. Oben angekommen, warf sie einen Blick zurück auf die Ebene um Sainte Jalle, die sich wie ein grün gemustertes Mosaik bis zu den Hügeln am Horizont hinzog. Die Sonne strahlte, der Himmel war klar. Alles schien zum Greifen nah, als blickte man durch eine Lupe – und es war windstill nach Tagen, an denen der Mistral das Sagen gehabt hatte. Dieser unbarmherzige Wind, der an Bäumen, Fensterläden und Nerven zerrte und so plötzlich verschwand, wie er gekommen war. War er schuld daran, dass sie sich hatte überreden lassen, ein Haus zu besichtigen, das so weit von Beaulieu, von ihren Freunden und Lieblingsplätzen entfernt lag? Von ihrem wirklichen Glück?

Die Abfahrt bestand aus engen Serpentinen. Zur linken Seite ragten schroffe, von Kiefern gesäumte Felswände auf, rechts von der Straße klaffte eine tiefe Schlucht. Doch mit jedem Meter, den sie an Höhe verlor, wurde der Blick weiter, unterbrachen Laubbäume das dunkle Nadelgrün und streuten blühende Ginsterbüsche gelbe Tupfen in die Landschaft.

Als das Ouvèze-Tal in Sicht kam, parkte Alice das Auto

und vertrat sich die Beine. Eine sanfte Brise strich durch die Blätter der Olivenbäume und ließ sie silbern aufblitzen, Bauernhöfe lagen verstreut in der weiten Ebene zwischen Aprikosenbäumen und Linden, am Hang vis-à-vis erstreckte sich ein Flickenteppich aus Weinbergen, Lavendelfeldern und blühenden Sträuchern. Links war die typische Silhouette des St.-Michel-Massivs zu sehen, die mit ihren Zacken an die Gebisshälfte eines Riesen erinnerte. Und rechts, weit zurückversetzt, der Mont Ventoux, einer der heiligen Berge dieser Erde, mit seiner weißen Kuppe aus Kalkgestein. Ein Panorama, das sie seit ihrem ersten Aufenthalt in Beaulieu über alles liebte.

Nie hätten Léon und sie sich träumen lassen, dass sie so lange brauchen würden, um ein geeignetes Haus zu finden. Das Angebot war zwar groß, aber sie hatten von Beginn an vereinbart, dass das Haus ihrer Träume nur ein Mindestmaß an Renovierungsarbeiten mit sich bringen durfte. Zu oft hatten sie bei Freunden erlebt, dass Umbauten sich über Jahre hinzogen, weil die Handwerker mal erschienen, dann wieder zu einer anderen Baustelle abwanderten. Nein, sie wollten die Zeit von Anfang an genießen, in einem Haus, in dem sie sich wohl und geborgen fühlen konnten.

Alice erinnerte sich daran, wie sie mit Léon vor geraumer Zeit am Tor eines alten Hotels am Rand von Beaulieu gestanden hatte und sie sich ausgemalt hatten, wie es wohl wäre, dort zu leben.

»Das wäre aber viel zu groß für uns beide gewesen«, sagte Alice zu einer grünen Eidechse, die auf einem Stein in der Sonne vor sich hin döste. »Schließlich haben wir keine Großfamilie. Aber für dunkle Häuser mit winzigen Zimmerchen ist das Leben zu kurz.«

Sie würden nicht aufgeben und weitersuchen. Schließlich starben Menschen von heute auf morgen oder zogen um. So wurde immer wieder etwas frei. Und bis es so weit war, gab es ja eine Wohnung.

In Beaulieu waren die ersten Markthändler dabei, ihre Ware einzupacken. Schlagerfetzen wehten von einem Café durch das offene Autofenster, Leute gingen mit vollgepackten Taschen über die Straße. Immer wieder staute sich der Verkehr.

Im Schritttempo fuhr Alice die lange Platanenallee entlang, bis sie in die Altstadt abbog. Direkt vor der Wohnung wurde ein Parkplatz frei, und sie konnte das Auto im Schatten der Kirche abstellen.

Ihre Katzen erwarteten sie bereits sehnsüchtig. Zazou harrte mit düsterer Miene auf den Stufen vor der Haustür aus. Colette saß, wohl wissend, wie hübsch sie war, am Rand des kleinen Brunnens und forderte lautstark, man möge bitte den Wasserknopf drücken, damit sie trinken könne. Ein Tick, der sie zu einem vielfotografierten Motiv bei Touristen gemacht hatte. Während Alice ihr den Gefallen tat, öffnete sich die Tür des Notarbüros im Erdgeschoss. Alain Bardou zeigte sich erfreut, sie zu sehen. »Das war ein langer Ausflug, oder? Deine Katzen haben dich schon sehr vermisst.«

»Ich habe mal wieder ein Haus besichtigt. Du glaubst nicht, was so alles auf dem Markt ist.«

»War es so schlimm?«

»Angekündigt war ein stilvoll renoviertes Haus. Doch stattdessen bin ich in einem tristen Bau gelandet, der an Geschmacksverirrungen kaum zu überbieten war. Was zeigt, dass auch ein vielversprechender Name nicht immer etwas wettmachen kann. Das *Große Glück* war jedenfalls mausetot, und ich hatte Angst, vorzeitig zu vergreisen, wenn ich mich noch länger dort aufgehalten hätte. Und von einem Garten keine Spur!«

»Ich bin mir sicher, du hättest selbst dann nichts von deiner Schönheit eingebüßt«, sagte Alain charmant. »Aber vielleicht darf ich dich zum Trost zum Essen einladen? In Vaison-la-Romaine hat ein neues Restaurant eröffnet. Großartige Küche und kein bisschen angestaubt! Das könnte auch für deinen Blog interessant sein.«

»Gern!« Sie zeigte auf Zazou, der ihr nun laut jaulend um die Beine strich. Léon hatte den Kater nach den exzentrischen Jazz-Anhängern der 1940er Jahre in Paris benannt und bedauerte sehr, dass das Tier stets das Weite suchte, sobald es Jazz-Töne hörte. »Vorher muss ich aber diese beiden vor dem Hungertod retten.«

»Würde es dir übermorgen passen?«

»Warum nicht?«

»Perfekt! Ich hole dich gegen sechs ab!« Alain sperrte die Tür seiner Kanzlei zu und ging beschwingt davon. Bevor er hinter der Kirche verschwand, blieb er stehen und winkte. Alice hob ebenfalls die Hand. »Nimm dir mal ein Vorbild an Monsieur Bardou«, sagte sie zu Colette, die krakeelend an der Haustür kratzte. »Der wartet sogar zwei Tage, bis er mit mir etwas fressen gehen darf.«

Kaum war die Tür offen, schossen die Katzen die lange Treppe in den ersten Stock hinauf, wo Alice ihnen die Näpfe füllte. Dann ging sie durch die langgezogene Wohnküche zum großen Balkon und schob die gläserne Schiebetür zur Seite. Sie mochte diese Wohnung, die sich über den ersten und zweiten Stock erstreckte, und war nach dem heutigen

Reinfall wieder einmal froh, dass sie sich bei der Haussuche Zeit lassen konnten.

Sie trat auf die warmen Terrakottafliesen hinaus. Die alten Häuser ringsherum standen verschachtelt in den engen Gassen. Nach all den Jahren stieß sie beim Umhergehen immer noch auf versteckte Durchgänge, die sie nicht kannte. Kletterrosen in den verschiedensten Farben rankten an verfallenen Wänden empor, und hinter so mancher Mauer versteckte sich ein kleiner Garten.

Die Katzen des Ortes hatten bei ihren Spaziergängen leichtes Spiel. Sie flanierten über die halbrunden Ziegel, als hätte man die Dächer nur zu diesem Zweck errichtet. Zielsicher fanden sie Übergänge zwischen den Häusern und beobachteten das Treiben der Zweibeiner auf den Straßen von Schornsteinen und Mäuerchen aus. Auch Colette und Zazou, die ihre Mahlzeit beendet hatten, sprangen geschickt auf die steinerne Brüstung. Für einen Moment waren sie verschwunden, dann tauchten sie auf dem Garagendach unterhalb des Balkons wieder auf, wo sie sich niederließen und zufrieden die Schnauzen putzten. Es war Alice bisher nicht gelungen, herauszufinden, wie sie dorthin kamen, aber es war ihr recht, dass sie ohne Katzenklappe, ungehindert umherstreifen konnten.

Alice ging hinein. Bücher und Zeitungen stapelten sich auf dem Esstisch und neben dem Sofa, ihr kleiner Schreibtisch war mit Ausdrucken und Briefen übersät. Höchste Zeit, mal aufzuräumen.

Als sie ein Bändchen von Léons Bücherstapel in die Hand nahm, flatterte ein Notizblatt zu Boden. Der Text handelte von der gescheiterten Integration von Kindern und Jugendlichen in den Außenbezirken von Paris, einem Thema, das ihm sehr am Herzen lag. Sie überflog die Zeilen, sah ihn beim Schreiben dieses Entwurfs wieder vor sich. Er hatte sein verblichenes Khakihemd getragen und die braunen Beine steckten in dunkelblauen Shorts. Die Schildpattbrille auf der Nase, die kurzen dunklen Haare unter einem alten Strohhut, hatte er mit konzentrierter Miene am Balkontisch vor sich hin geschrieben. Abrupt legte Alice das Blatt zwischen die Seiten, klappte das Buch zu und schob es in eines der Wandregale.

Sie setzte sich an den Schreibtisch, um ihre Mails zu checken. Etliche der unwichtigen Nachrichten löschte sie, ohne sie zu lesen, doch bei einer verharrte sie. Auf diese Antwort wartete sie seit Wochen. Sie bewegte den Cursor auf die Betreff-Zeile zu, dann hielt sie inne. War es ihr gelungen, die Redaktion zu überzeugen, oder handelte es sich um eine Standardabsage?

Die Leser ihres Blogs waren von dem neuen Projekt ›*Genussberichte. Verführungen der einfachen Art*‹ so begeistert gewesen, dass sie deren Empfehlungen gefolgt war und einige Texte an eine große Publikumszeitschrift für Lifestyle geschickt hatte. Jeder Artikel begann mit den Worten: *Wenn ich zum letzten Mal ein Essen zubereiten dürfte, dann dieses.* Dafür hatte Alice Gespräche mit den unterschiedlichsten Leuten geführt und diese Interviews mit Rezepten, Hintergrundinformationen und stimmungsvollen Fotos abgerundet.

Doch kaum hatte sie die Beiträge weggeschickt, war sie unsicher geworden, waren ihr Wortwahl, Aufbau und Bilder unendlich banal vorgekommen. Als hätte ein Erstklässler sie zusammengestellt, der von der Materie nicht die leiseste Ahnung hatte.

In manch dunkler Stunde hatte sie sich sogar ausgemalt, wie jemand ihre Texte im Lektorat laut vorlesen und ins

Lächerliche ziehen würde. Und danach gehofft, nie eine Rückmeldung zu bekommen.

Doch nun war sie da, die Betreff-Zeile ›Ihre Texte‹ gut sichtbar auf dem Monitor. Erneut fuhr sie mit dem Cursor über die Worte.

Die Klingel bewahrte sie vor einer Entscheidung. Kaum hatte Alice den Türöffner gedrückt, stand Josephine mit geröteten Wangen vor ihr. »Bestanden!« Ungestüm umarmte sie Alice. »Ich habe die Feng-Shui-Prüfung bestanden!«

»Herzlichen Glückwunsch!«, rief Alice, nachdem sie ihr Gesicht aus der üppigen Lockenpracht der jungen Frau hatte befreien können. »Das ist ja großartig! Wirst du deine Arbeit als Briefträgerin nun an den Nagel hängen?«

Josephine schüttelte den Kopf. »Das kann ich mir gar nicht leisten. Aber ich werde versuchen, beides miteinander zu verbinden und die Welt im Kleinen zu verbessern. Du wirst staunen, was ich alles bewirken werde.«

»Ich bin gespannt«, sagte Alice. »Feierst du?«

»Wir beide könnten mal anstoßen«, sagte Josephine. »Patrick erzähle ich erst mal nichts. Er hat es von Anfang an als Schnapsidee abgetan und sich immer wieder aufgeregt, dass ich mich mit solchen Dingen befasse. Ihm wäre es am liebsten, wenn ich bei ihm in die Firma einsteigen würde. Aber möchte ich mein Leben in einem Baustoffhandel fristen? Ganz bestimmt nicht!« Schnaufend warf sie ihre schwarze Mähne über die Schulter. »Manchmal frage ich mich, warum ich noch mit dem Kerl zusammen bin.«

Diese Frage hatte auch Alice sich schon oft gestellt. Patrick war ein hübscher Kerl, dessen Herz aber eher für Betonmischmaschinen als für daoistische Harmonielehren aus China schlug, und daran würde sich in Zukunft wohl nichts ändern. »Mir könntest du aber gern ein paar Ratschläge erteilen.«

Josephine zeigte auf einen runden Läufer. »Mit dem könntest du das Zentrum des Raumes betonen. Das gibt Kraft und Ruhe.« Sie sah sich weiter im Raum um. »Und das Sofa sollte nicht vor dem Fenster, sondern dort an der Wand stehen. Dann fühlst du dich geschützt, hast einen schönen Blick in den Raum, die Tür im Blick, und dein Unterbewusstsein kann zur Ruhe kommen.« Dann ging sie zu Alice' Schreibtisch. »Dagegen ist es nicht günstig, direkt vor einer Wand zu arbeiten. Das führt zu Blockaden, reduziert deine Perspektive und beengt den Geist.«

»Apropos.« Alice zeigte auf den Bildschirm ihres Laptops. »Magst du deine guten Energien auch hier wirken lassen und diese Mail für mich öffnen?«

»An dem Inhalt kann ich nichts mehr ändern. Um was geht es?«

»Die Mail kommt von der Zeitschrift, der ich die *Genussberichte* angeboten habe«, sagte Alice. »Und zwar ist es nicht irgendeine, sondern eine mit richtig hoher Auflage.«

»Na, wenn sie nicht dumm sind, werden sie zugegriffen haben. Was sonst? Wenn sogar meine Großmutter der Meinung ist, dass die Sache Hand und Fuß hat, will das echt was heißen. Das hat sie meines Wissens zum letzten Mal gesagt, als mein Großvater ihr fünf Ziegen zum Geburtstag geschenkt hat.«

»Na dann …« Alice holte tief Luft und klickte auf die Nachricht. Gemeinsam überflogen sie den Text. Mit jeder Zeile wurde es ihr leichter ums Herz.

… Entschuldigen Sie, dass wir uns jetzt erst bei Ihnen

melden … So etwas haben wir schon lange gesucht …
Wir sollten bald einmal telefonieren und das weitere Vor-
gehen besprechen …

»Was habe ich gesagt?«, jubelte Josephine. »Jetzt stoßen wir an. Gleich zwei Gründe auf einmal!«

Nach einem Gläschen Rosé verabschiedete sich Josephine, einen Ausdruck der Mail für ihre Großmutter in der Tasche. »Was glaubst du, wie stolz sie sein wird, dass sie zu deinem Projekt etwas beigetragen hat.« Sie drückte Alice fest. »Habe ich dir nicht von Anfang an gesagt, dass sich alles zum Guten wenden wird?«

Mit dem letzten Schluck im Glas ging Alice auf den Balkon und blickte Josephine nach, die in einer der engen Gassen verschwand. Dann nahm sie ihr Handy und wählte Léons Nummer. Als sie seine Stimme hörte, schloss sie lächelnd die Augen. »Ich bin's, *mon amour*. Stell dir vor, was heute passiert ist. Ich weiß gar nicht, wo ich anfangen soll …«

2

Jeanine war gern bei ihren Eltern zu Besuch. Sie tauschte sich aber hauptsächlich mit ihrer Mutter aus. Ihr Vater war schon immer ein schweigsamer Typ gewesen. Nur wenn er betrunken war, brüllte er hemmungslos herum. Dann ging Jeanine ihm aus dem Weg, denn man wusste nie, wie seine Launen sich entwickelten. Doch im Alter hatte sich dieses Verhalten zum Glück gebessert.

»Na, gibt's was Neues?« Jeanine setzte sich. »Ich wollte gestern schon vorbeischauen, aber jedes Mal, wenn ich losgehen wollte, kam etwas dazwischen. Und dann kam Alice mit einem neuen Heftchen vorbei. Eigentlich wollte ich nur einen klitzekleinen Blick in die Geschichte werfen, doch bevor ich mich versah, war es zu spät.«

Sie nahm den Groschenroman aus ihrem Korb und schlug ihn auf. »Diesmal geht es um Dr. Laval und eine Krankenschwester. An sich alles schön und spannend, aber man fragt sich schon, wie manche Leute so ticken. Diese Schwester wirft sich dem Arzt an den Hals, verlässt ihren Verlobten, und es kommt, wie es kommen muss: Kaum ist sie von ihm schwanger, lässt Laval sie fallen wie eine heiße ...«

Himmel, wie sagte man noch mal? Wie eine heiße ... Aprikose? Nein. Apfel? Auch nicht richtig. »Egal. Jedenfalls lässt er sie fallen, obwohl sie ihren Verlobten seinetwegen in die Wüste geschickt hat. Am Ende kehrt er natürlich zu seiner Frau zurück, und sie sitzt allein mit seinem Kind da. Ganz schön dämlich, die Kleine.« Sie legte das Heft neben sich. »Ich kann es dir ja mal dalassen.«

Mit einem Papiertaschentuch wischte sie den Staub von den Blumen und der aufgeschlagenen Bibel, bis die Glasuren wieder glänzten. »Habt ihr was von dem schlimmen Mistral mitbekommen? Es war furchtbar. Er hat den Dreck bis in die kleinsten Ritzen gewirbelt.«

Sie betrachtete die ovalen Schwarzweißportraits auf dem hellen Marmorstein. Wie immer lächelte ihre Mutter, ihr Vater starrte mit ernstem Gesichtsausdruck in die Ferne. Jeanine folgte seinem Blick zum Mont Ventoux, der mit seiner unverwechselbaren Silhouette die Landschaft beherrschte. Auch sie würde eines Tages hier liegen, und die Aussicht, dass dieser Berg, der sie schon ihr ganzes Leben begleitete, auch darüber hinaus auf sie hinuntersehen würde, gefiel ihr.

Diejenige, die unter dem Stein nebenan bestattet worden war, hatte dieses Panorama nicht verdient. Ausgerechnet Juliette Morel lag neben *Maman*. Die Frauen hatten sich seit frühester Kindheit gehasst, und es war nicht gerecht, dass diese *Schlampe*, wie ihre sonst so korrekte Mutter Juliette genannt hatte, zwei Jahre nach ihrem Tod direkt neben ihr zur letzten Ruhe gebettet worden war. Das hätte man anders regeln können. Doch so wie Jeanines Vater nicht mehr trinken und fluchen konnte, so schwieg auch Juliettes Lästermaul nun zum Glück für immer.

Jeanine hatte es ihrem Großvater zu verdanken, dass sie sich bei den Toten so wohl fühlte. Schon als kleines Mädchen hatte sie ihren *Pépère* regelmäßig auf den Friedhof begleitet. Er war der Hausmeister der Verstorbenen gewesen. Er pflegte die Kieswege, leerte die Papierkörbe, säuberte die Gießkannen und sorgte dafür, dass alles seine Ordnung hatte. Während er seinen Pflichten nachging, hatte er der kleinen Jeanine das Rechnen beigebracht.

»Schau, *ma petite*, hier liegt der alte Bernard. Geboren 1867, gestorben 1921. Weißt du, wie alt er geworden ist?«

»Vierundfünfzig!«

»Und Madame Butard? Sie lebte von 1835 bis 1919.«

»Vierundachtzig!«

»Sehr gut! Und dort liegt ihr Sohn Louis. Er war von 1855 bis 1897 unter uns. Wie alt ist er geworden, und wie alt war seine Mutter, als er geboren wurde?«

»Er ist … zweiundvierzig geworden, und seine *Maman* war bei der Geburt zwanzig.«

»Bravo! In der Schule wirst du alle in die Tasche stecken!«

Waren die meisten Toten für sie als Kind nur Bestandteil dieser Übungen gewesen, kannte sie mittlerweile fast jeden Neuzugang. Regelmäßig ging sie zu den Beerdigungen ihrer alten Weggefährten. Man traf sich vor der Kirche, tauschte sich aus und betete für das Heil ihrer Seelen. Jeanine glaubte weder an den Himmel noch an die Hölle, aber man war zusammen groß geworden, hatte gemeinsam die Schulbank gedrückt und in vielen Fällen Freud und Leid miteinander geteilt.

Im Unterricht hatten sie voneinander abgeschrieben und sich mit Ausreden aus der Patsche geholfen. Später war Jeanine in so manchen verliebt gewesen, man hatte sich geküsst und einander ewige Liebe versprochen. Viele hatten Kinder bekommen, für die sie Babysitter gewesen war. In guten Zeiten hatten sie Rezepte ausgetauscht, in schlechten war man mit Ratschlägen füreinander da gewesen und hatte Tränen getrocknet. Da war es nur logisch, sie auch auf den letzten Metern zu begleiten und ihnen eine gute Reise zu wünschen.

Schlimmer war es, wenn jemand verschwand, ohne dass man wusste, was aus ihm geworden war. In Jeanines Leben gab es einen solchen Fall und der wog schwer.

»Ich muss wieder los.« Jeanine stand auf und klopfte sich ein welkes Blatt vom Rock. »Ich habe versprochen, nochmal bei …« Verdammt, wieder so eine Lücke. Jeanine erfreute sich mit ihren achtundsiebzig Jahren bester Gesundheit, aber diese verflixten Aussetzer machten sie fertig. Dabei funktionierte ihr Gehirn ansonsten tadellos. Oder?

Marguerite Bressier-Baron, 1916-1999. Das waren dreiundachtzig Jahre bis zu ihrem Tod. Und Paul Bressier, 1912-1994, war zweiundachtzig geworden. Richtig. Erleichtert strich sie mit der Hand über die eingravierten Namenszüge der Eltern. Manchmal war es, als hätte sie eine beschlagene Scheibe im Kopf. Dann entfielen ihr Wörter und Zusammenhänge, wusste sie nicht mehr, was sie gerade suchte oder bei wem sie hatte vorbeischauen wollen. Das geschah ganz plötzlich, und egal, wie sehr sie über dieses Glas wischte, für eine Weile blieb es trüb.

»Vielleicht sollte ich erst mal einen Spaziergang machen.« Bewegung tat ihr immer gut, und mit etwas Glück fiel ihr dabei wieder ein, wer sie noch erwartete. »Bis bald, ihr Lieben!«

Ohne weiteren Freunden und Verwandten einen Besuch abzustatten, verließ Jeanine den Friedhof. Sie hatte das Ortsschild von Beaulieu bereits hinter sich gelassen, als ihr Gedächtnis sich zurückmeldete. »Kartoffel«, sagte sie laut. »Er hat sie fallen lassen wie eine heiße Kartoffel.« Na bitte, es war alles in bester Ordnung. Erleichtert betrat sie einen unbefestigten Weg, der zu einem Lavendelfeld hinaufführte, das seit je der Familie gehörte.

Oben angekommen, setzte sie sich auf den großen Findling am Rande des Grundstücks. Sie liebte den Anblick der langen, kugligen Pflanzenreihen, die nur von schmalen, steinigen Streifen unterbrochen wurden, die Wellenbewegung der langen Ähren, deren zarte Knospen bereits einen blau-violetten Schimmer hatten.

Entscheidend für den Zeitpunkt der Blüte war der Frühling. Je früher es warm wurde, desto eher konnte man mit dem betörenden Duft rechnen. Und so, wie es aussah, würde es nicht mehr lange dauern, bis die Ebene sich in einen wohlriechenden Blütenteppich verwandeln würde. Jeanine schloss die Augen und holte tief Luft. Bildete sie es sich ein, oder konnte man das Aroma bereits erahnen?

Als sie ihren Blick erneut auf das Feld richtete, stutzte sie. Ließen ihre Augen sie nun auch schon im Stich? Langsam stand sie auf und ging zwischen zwei Pflanzenreihen in das Feld hinein. Nach einigen Metern blieb sie stehen. Gerade hatte sich etwas bewegt. Etwas, das keine Ähnlichkeit mit den langen Halmen hatte.

Im nächsten Augenblick sah sie es wieder. Es war rot, weiß und schwarz gescheckt und saß geduckt hinter einem Lavendelbusch. Jeanine ging in die Hocke und beobachtete das Kätzchen.

»Wo kommst du denn her?«, fragte sie leise. »Bist du ausgebüxt?«

Die Katze wusste nicht recht, wie sie reagieren sollte. Mehrmals blickte sie um sich, als ob sie eine Flucht in Erwägung zog. Doch dann siegte die Neugier, und sie kam mit kleinen Schritten auf Jeanine zu.

»Du bist ja eine richtige Schönheit.« Jeanine hielt dem Tier die Hand hin. Neugierig schnüffelte es an ihren Fingern. Es war ganz mager. Die runden, verklebten Augen waren schwarz umrandet, der Bereich um Nase, Schnauze und Brust sowie die Tatzen waren weiß. Das restliche Fell bestand aus unregelmäßig verteilten Partien in Rot und Schwarz.

»Hat man dich ausgesetzt?« Die Antwort war ein lautes Schreien. »Aha. Hunger hast du auch. Dann komm mal mit.« Sie strich dem Zwerg vorsichtig über das Fell, setzte ihn in ihren Korb und stand auf. »Dagegen können wir was unternehmen.«

3

Wenn Georges vom Kochen sprach, ging es nicht um Rezepte, sondern darum, welche Gefühle eine Zutat beim Gast hervorrufen und wie er diese Empfindungen steigern konnte: vom Anblick des Tellers zum Duft, der ihm in die Nase steigt, bis zu dem Moment, in dem die Aromen gemeinsam auf der Zunge zur Geltung kommen.

Aus diesem Grund liebte er das Chicorée-Rezept, bei dem die Knospe einmal längs geteilt und mit einer Prise Zucker in Olivenöl angebraten und karamellisiert wurde. Anschließend schob er das Gemüse zum Weitergaren in den Ofen und servierte es mit Ziegenfrischkäse, rohem Schinken und frischen Cranberrys. Ein köstliches Zusammentreffen der Geschmacksrichtungen bitter, süß, salzig und sauer.

Auf solche Emotionen kam es ihm an, und er hatte es sich zum Ziel gesetzt, nie mit der erstbesten Lösung zufrieden zu sein. Schließlich schlief die Konkurrenz nicht. Und seit er erfahren hatte, dass ein Restaurantkritiker in der Gegend unterwegs war, war es umso wichtiger, sich von der breiten Masse abzuheben. Seine Küche sollte etwas anderes bieten. Etwas Ursprüngliches, Regionales, das ohne Schnickschnack daherkam. Doch das war leichter gesagt als getan.

Mit einem Knall schloss Georges das dicke Kochbuch und nahm sich den Ordner mit seiner persönlichen Rezeptsammlung vor: gratinierter Ziegenkäse mit Honig und Feigen, gefüllte Artischocken, verschiedene Quiches. Alles

Vorspeisen, an denen es nichts auszusetzen gab. Doch sie kamen überall auf den Tisch, als hinge das Leben der Köche davon ab. Es musste doch möglich sein, eine Speisekarte der anderen Art zusammenzustellen! Eine, bei der auch ein Kritiker nicht sofort die Augen rollte.

Er nahm sich die Nachspeisen vor: Crème brûlée, Mousse au chocolat, Crêpes aller Art ... Das Pflaumensorbet mit Zimt würde seinen Ansprüchen genügen, aber wo sollte er um diese Jahreszeit frische Pflaumen bekommen? Himmel nochmal! Dies war seine große Chance, er musste sie nutzen.

Die Tür des Lokals ging auf, und ein Radfahrer in voller Montur kam herein. »Können wir für heute Abend oder morgen Mittag einen Tisch für vier Personen reservieren?«

»Mittags haben wir geschlossen, und die Tische draußen sind bereits alle vergeben.« Georges schlug den Kalender auf. »Aber ich könnte Ihnen diese Plätze anbieten.« Er zeigte auf einen gedeckten, runden Tisch im Eingangsbereich. »Bei diesem Wetter klappen wir die Türen zur Seite, dann sitzen Sie praktisch im Freien.« Der Mann nickte zufrieden, und Georges notierte die Buchung für halb acht.

Er begleitete den Gast hinaus und rückte einige der schmiedeeisernen Stühle zurecht. Mit diesem Lokal hatte er großes Glück gehabt. Auch innen war es gemütlich, aber das Besondere war die Terrasse unter den mittelalterlichen Arkaden. Hier konnte man, geschützt vor Regen und Sonne, in einem schönen Ambiente speisen.

Ein lautes Vespa-Knattern kündigte seine langjährige Bedienung und Küchenhilfe an. Marie parkte ihren Motorroller und schlurfte über die Straße. Sie zog ein letztes Mal an ihrer Zigarette, bevor sie den Stummel elegant in den Gully schnippte. Mit der Turmfrisur, den tätowierten

Armen und den stark geschminkten Augen sah sie ihrem Idol Amy Winehouse zum Verwechseln ähnlich.

Marie blieb vor ihm stehen und musterte ihn. »O-o, Monsieur weiß immer noch nicht, was er auf die Speisekarte setzen soll …«

»Nein. Und genau das macht *Monsieur* wahnsinnig! Daher bleibt vorerst alles, wie es ist.«

»Warum bittest du Jeanine oder Alice nicht um Rat?«

»Was wissen die schon von Speisekarten?«, schnauzte Georges.

»He, das war nur ein Vorschlag! Aber wenn du glaubst, deine miese Laune an mir auslassen zu können, bin ich gleich wieder verschwunden. Erst gestern habe ich ein interessantes Stellenangebot bekommen.«

Es war wie ein einstudierter Tanz: Marie drohte mehrmals im Monat mit Kündigung, worauf Georges sich entschuldigte. Ohne Marie wäre er aufgeschmissen. »Es war nicht so gemeint, du kennst mich ja. Aber die Aussicht, dass dieser Kritiker uns in der Luft zerreißen könnte, raubt mir den Schlaf.«

»Ich mache mich mal an die Arbeit. Wann kommt Pascal?«

Georges wollte sie schon fragen, ob sie sich an einen einzigen Tag erinnern konnte, an dem seine Küchenkraft *nicht* gegen vier gekommen war, aber er riss sich zusammen. »Wie immer, *chérie*!« Mit einem tiefen Seufzer nahm er sich das nächste Kochbuch vor.

Er wollte die Segel schon streichen, als Alice hereinstürmte. Sie schob die dicken Wälzer zur Seite und legte ihm einen Ausdruck auf den Tisch. »Lies!«

Mit jeder Zeile wurde Georges' Grinsen breiter. »Das ist ja großartig!«

»Allerdings!« Alice tippte auf das Blatt. »Als Nächstes mache ich etwas über dich. Das ist eine großartige Werbung. Ein Interview mit dem Mann, der den bisherigen Beruf für seine Leidenschaft an den Nagel gehängt hat.« Sie breitete ihre Arme aus. »Man geht zu Georges Fabre, wenn einem der Sinn nach einem kreativen Gericht steht. Oder nach Hausmannskost, wie sie einem die Großmutter als Kind zubereitet hat, wenn man Trost bedurfte. Denn Fabre geht nicht mit den Strömungen der Modeköche, beim Kochen folgt er seinem Gefühl. Aus diesem Grund hat der Mann das kleine Restaurant, das sich unter den alten Arkaden von Beaulieu versteckt, auf den Namen ›Mit Herz und Seele‹ getauft.« Sie strahlte ihn an. »Überleg schon mal, welches Gericht du in den Vordergrund stellen möchtest.«

»Das ist die Idee«, sagte Georges langsam. »Warum bin ich da nicht gleich draufgekommen?«

Nun war es an Alice, fragend zu schauen. »Auf was?«

Georges stand auf und umarmte sie. »Ich setze eine Auswahl dieser *Genussberichte* auf die Karte! Das ist genau, was ich suche. Authentische Speisen aus der Gegend, abgerundet mit deinen Interviews und Fotos. So erfahren die Gäste, was hier warum auf die Teller kommt!«

In diesem Moment kam Marie aus der Küche. »Kannst du mir verraten, wo hast du die Salz … Was ist denn hier los? Hat man dir den Michelin-Stern für verzweifelte Köche verliehen?«

»Nein, *chérie*. Wir haben die Lösung!« Er bezog Marie in die Umarmung mit ein. »Wir setzen eine Auswahl der Speisen auf die Karte, die Alice in ihren *Genussberichten* besprochen hat.«

»Klingt gut. Ist aber kein Grund, meine Frisur zu ruinieren.« Marie richtete das buntgemusterte Haarband.

»Ich habe ja gleich gesagt, du sollst sie um Rat fragen. Aber *Monsieur* wollte das Problem alleine knacken.«

»Es kommt noch besser.« Alice reichte ihr die ausgedruckte Mail. »Sie werden veröffentlicht.«

Marie pfiff anerkennend durch die Zähne. »Wenn ich meiner Tante erzähle, dass man den Artikel über ihre Terrine bald in einer Zeitschrift nachlesen kann, stellt sie sich vor Freude nackt auf den Ventoux!« Sie drückte Georges den Brief in die Hand. »Aber *vorher* wüsste ich gern, wo du die Salzbutter versteckt hast.«

»Ich komme mit zu Jeanine«, sagte Georges, während er die Kochbücher zur Seite räumte. »Ich brauche Kräuter aus ihrem Garten.« Auf dem Weg zu ihrer alten Freundin überschlugen sich ihre Ideen.

»Diese Terrine von Maries Tante eignet sich prima fürs Menü«, sagte Alice. »Und den Leuten, die lieber Fisch nehmen, bietest du die Lachspastete von Chantal an.«

»Das wird großartig«, sagte Georges. »Von wem war noch mal das Rezept von der Poularde mit Aïoli?«

»Von einer Freundin von Jeanine.« Alice überlegte. »Christiane? Vinciane? Egal. Und für Vegetarier machst du diesen köstlichen Paprika-Brot-Auflauf mit Oliven.«

Sie waren in einer schmalen Gasse im Ortskern angekommen. Sie wurde von einfachen Mauern gesäumt, deren Grau nur von wuchernden Kletterrosen und Clematisblüten unterbrochen wurde. In den Löchern zwischen den großen Steinen nisteten schnatternde Spatzen.

Georges drückte die Klinke einer verwitterten Holztür, die vor vielen Jahren einmal blau gewesen war. Sie öffnete sich quietschend und gab den Blick auf einen Garten frei, der einem Märchenbuch entsprungen sein könnte.

Wann immer er diese versteckte Idylle betrat, war er glücklich. Schon als Kind hatte dieser Ort ihm Zuflucht geboten. Hier war er in den Sommerferien vor seiner übermächtigen Familie in Sicherheit gewesen. Auch später hatte er an diesem Flecken Erde zur Ruhe kommen können. Egal, ob er dabei in den Beeten gewühlt oder einfach nur dagesessen und den Pflanzen beim Wachsen zugeschaut hatte, bei Jeanine war er willkommen gewesen.

Bohnen und Tomaten rankten an langen Stangen empor, die Stiele des Mangolds blitzten in Gelb- und Rottönen zwischen den stachligen Zucchinipflanzen, die bereits erste Früchte trugen. Überall standen wuchtige Töpfe mit blühenden Oleanderbüschen, und an einem Holzgestell kletterte ein duftender Jasmin hinauf. Üppig wuchernde Kräuterbüsche und Rosen rundeten die Idylle ab.

Sie gingen über das Feldsteinpflaster zum Haus, als plötzlich etwas aus dem Rosmarinstrauch auf sie zusprang und blitzschnell an Alice' Leinenhose hinaufkletterte.

Erschrocken schrie sie auf. »*Mon dieu!* Seit wann hat Jeanine eine Katze?«

»Und noch dazu so eine hübsche!« Georges kraulte das Tier hinter den großen Ohren. »Werden die nicht als *Glückskatze* bezeichnet, wenn das Fell rot, schwarz und weiß gescheckt ist?«

»Fragen wir gleich mal, wo sie die herhat.« Alice stieg die ausgetretenen Stufen der Steintreppe hinauf und schob den Fliegenvorhang zur Seite. »Jeanine? Wo bist du?«

»In der Küche!«, kam es von innen.

Im Gänsemarsch gingen sie durch den engen Flur, vorbei an den alten Möbeln, die seit Menschengedenken ihren Platz in diesem Haus hatten. Von den Wänden verfolgten ernst dreinblickende Verwandte ihren Weg zum jüngsten Spross der Familie. Der Geruch von Aprikosen wurde mit jedem Schritt intensiver.

Jeanine stand mit verschränkten Armen am Spülbecken. »Gleich beide auf einmal«, sagte sie. »Gibt es was zu feiern?«

»So wie es aussieht, die erste Aprikosenmarmelade des Jahres.« Blitzschnell tauchte Georges seinen Zeigefinger in den Inhalt einer kleinen Schale und leckte ihn ab. »Köstlich!«

»Georges Fabre!« Lachend schlug Jeanine mit dem Geschirrtuch nach ihm. »Wie oft habe ich dir schon gesagt, dass sich das nicht gehört!«

»Oft, meine Liebe. Sehr oft.« Er nahm Jeanine in die Arme und küsste sie zur Begrüßung auf beide Wangen. Dann deutete er auf eine verblasste Kinderzeichnung, die mit Klebestreifen an der Kühlschranktür befestigt war. Sie zeigte eine Figur, die Schürze und Kochmütze trug und einen riesigen Löffel in der Hand hielt. »Genauso oft, wie ich dich schon gebeten habe, endlich diese Zeichnung zu entsorgen.«

»Das Bild hast du mir geschenkt, als du acht warst, und das bleibt dort hängen, bis ich zu meiner Verwandtschaft ziehe, du frecher Kerl!«

»Seit wann hast du eine Katze?« Alice hob das Tier hoch, das ihr laut maunzend um die Füße strich. »Sie hat mich zu Tode erschreckt.«

»Mir frisst sie die Ohren vom Kopf.« Jeanine zeigte auf die leeren Thunfischdosen auf der Anrichte. »Aber wo sie herkommt, weiß ich nicht mehr.« Sie setzte sich an den großen Küchentisch. »Es war heute so viel los …«

»Du meinst, sie frisst dir die Haare vom Kopf.« Alice setzte sich neben sie. »Überlege mal: Wo bist du überall gewesen? Beim Einkaufen? Bei deinen Eltern? Hast du sonst jemanden besucht? Oder stand sie vielleicht einfach am Tor?«

Jeanine dachte eine Weile nach, dann erhellte sich ihr Gesicht. »Ich habe sie im Lavendelfeld entdeckt. Ich wollte nachsehen, wie weit die Pflanzen sind, und da habe ich sie gefunden.«

»Wenn du sie *gefunden* hast, könntest du sie *Trouvé* nennen«, sagte Georges. »Das klingt nett und trifft den Nagel auf den Kopf.« Er füllte den kleinen Teller, der vor dem Kühlschrank stand.

Während die Katze sich begeistert über die nächste Fischmahlzeit hermachte, las Alice Jeanine die Mail vor. Die alte Frau sah sie fragend an. »Welche Texte? Und was für eine Zeitschrift?«

Alice versuchte sich nichts anmerken zu lassen, doch in ihrem Kopf schrillten die Alarmglocken. Diese Gedächtnislücken häuften sich in letzter Zeit. »Es war doch deine Idee, diese Interviews zu führen. Weißt du noch? *Wenn ich zum letzten Mal ein Essen zubereiten dürfte ...*«

»*... dann dieses!*« Jeanine war wieder ganz da. »Das wird richtig gedruckt? Und jeder kann es dann kaufen?«

»Nicht nur das«, sagte Georges. »Ich werde eine Auswahl der Rezepte im Restaurant auf die Karte setzen. Wie wäre es, wenn du mit deinen Freundinnen bald zum Essen kommst? Ich lade euch alle ein.«

»Dann musst du unbedingt die Lachspastete machen.« Jeanine strahlte. »Sonst ist Chantal vielleicht traurig. Und meinen lauwarmen Gemüsesalat mit Seeteufel.« Plötzlich verlor sich ihr Blick in der Ferne. »Den hat Jacques so gern gegessen ...«

Nachdem Georges die benötigten Kräuter im Garten gesammelt hatte, traten sie den Heimweg an. Jeder mit einem Glas Aprikosenmarmelade in der Tasche.

»Ich möchte keineswegs die Pferde scheu machen, aber diese Aussetzer von Jeanine machen mir große Sorgen«, sagte Alice. »Am Anfang habe ich mir nichts dabei gedacht, aber seit Wochen häufen sie sich. Und hat sie dir jemals von diesem Jacques erzählt?«

»Noch nie. Vielleicht ein alter Freund? Verheiratet war sie ja nicht.« Er legte Alice einen Arm um die Schulter. »Vergiss nicht, dass sie im Herbst neunundsiebzig wird. Später ist ihr ja alles wieder eingefallen. Mach dir keine Sorgen. Dafür hat sie jetzt eine Glückskatze. Die wird schon dafür sorgen, dass alles im Lot bleibt.«

*

Alice hoffte, dass Georges' Prophezeiung sich bewahrheiten würde. Schon der Gedanke, ihre liebe Freundin könnte irgendwann völlig in eine Welt des Vergessens wegdämmern, ließ sie erschaudern. Und das Schlimme: Wenn es so wäre, würden sie nichts dagegen unternehmen können.

Sie sah nach, was der Kühlschrank zu bieten hatte. Mit einem Salat aus Tomaten, Artischocken und Oliven ging sie auf den großen Balkon und aß mit Genuss. Anschließend überflog sie die Mail der Redaktion ein weiteres Mal.

Sowohl Idee als auch Umsetzung finden in der Redaktion großen Anklang, und wir möchten mit der Reihe im Laufe des Sommers starten … Könnten Sie uns eine Übersicht über weitere Texte, die bereits vorhanden sind, schicken? Dann könnten wir besser planen.

Glücklich nippte sie an ihrem kühlen Rosé. Wer hätte gedacht, dass diese Idee, die durch Zufall entstanden war, so viele Menschen begeistern würde. Jeanine hatte den Stein ins Rollen gebracht, als Alice in einer tiefen Krise steckte und sich hier in der Wohnung verkrochen hatte. Eines Morgens hatte Jeanine geklingelt und Alice um Hilfe bei der Gartenarbeit gebeten. Zuerst hatte sie sich mit Händen und Füßen gewehrt, doch die alte Dame kannte kein Pardon. Depressionen vergehen nicht, indem man sich vor der Welt versteckt, war ihr Motto. Und bevor sie wusste, wie ihr geschah, stand sie in einem abgeernteten Beet und lockerte mit Spaten und Hacke den Boden.

Nachdem sie gemeinsam eine Gründüngung eingesät hatten, setzte Jeanine sie an ihren großen Küchentisch und servierte ihr eine *Soupe au Pistou* mit den Worten: »Wenn ich zum letzten Mal ein Essen zubereiten dürfte, wäre es dieses. Eine Suppe, die mit einer selbstgemachten Basilikumcreme verfeinert wird. Ob du nun Hunger hast oder nicht, du musst sie wenigstens probieren.«

Während Alice zaghaft ein paar Löffel zu sich genommen hatte, war Jeanine ins Erzählen gekommen: Dieses spezielle Rezept wurde seit Generationen weitergegeben, und ihre Großmutter hatte die Suppe vor allem dann aufgetischt, wenn die größte Hitze vorbei war. Jeanine beschwor Gewitter herauf und erste kühle Abende, die zeigten, dass der Herbst nicht mehr weit war. Dann hatte *Mamère* eine duftende *Soupe au Pistou* angesetzt. »Mit dem vielen Gemüse aus dem Garten glaubte sie, den Sommer etwas verlängern zu können. Auch die *Pistou*, eine Basilikumpaste mit Knoblauch, Tomate und Olivenöl, ist daher ein wichtiger Bestandteil.«

Alice hatte gebannt zugehört und dabei alles aufgegessen. »Das solltest du mal aufschreiben«, hatte sie gesagt. »So etwas lesen die Leute richtig gern.«

Doch die alte Frau hatte den Kopf geschüttelt. »Das ist

nichts für mich. Ich stelle dir gern den Kontakt her zu Leuten, die zu dem Thema was zu sagen haben, aber die Umsetzung ist deine Aufgabe.«

Anfangs war Jeanine zu den Verabredungen mitgekommen, dann hatte sie allein weitergemacht und die *Genussberichte* in ihrem Blog veröffentlicht. Und nun würden die Texte bald gedruckt werden.

Als sie aufstand, um den leeren Teller in die Küche zu bringen, bemerkte Alice, dass sich die Tür an der Rückseite des baufälligen Hauses nebenan öffnete. Wie jeden Morgen und jeden Abend füllte eine der Frauen aus der Nachbarschaft die alten Teller mit Trockenfutter und rief nach ihren Schützlingen. Auch Alice trug regelmäßig ihr Scherflein dazu bei.

Die geräumige Terrasse war voller Unrat, und die Eisenträger der Pergola waren verrostet. Alice stellte sich gern vor, wie sie früher, mit einem grünen Dach aus Weinreben und Blauregen, ausgesehen haben könnte.

Von Zeit zu Zeit streunten auch Colette und Zazou dort umher. Dabei hielten sie stets einen Sicherheitsabstand zu den Stammbewohnern und unternahmen von da aus weite Spaziergänge über die Dächer.

Während Alice zusah, wie die herrenlosen Katzen herbeiflitzten, schenkte sie sich nach und kraulte Colette, die auf dem Stuhl neben ihr lag. Zazou betrachtete das Schauspiel gleichgültig von einem Blumenkasten aus.

»Wisst ihr überhaupt, wie gut ihr es habt?«

Colette streckte sich gähnend. Dann starrte sie Alice aus halbgeschlossenen Augen an. Das stimmt, schien ihr Blick zu besagen. Aber da ist noch viel Luft nach oben.

4

Am nächsten Morgen erwachte Alice zuversichtlich wie
schon lange nicht mehr. Geduscht und angezogen ging sie
in die Wohnküche hinunter und begrüßte ihre Katzen, die
schon auf sie warteten.

Während Colette und Zazou sich über ihr Frühstück
hermachten, trat Alice hinaus und ließ den Blick über die
verschachtelten Häuser schweifen. Die Felsen und Berg-
rücken ringsumher lagen in der aufgehenden Sonne. Es versprach ein schöner Tag zu werden.

Alice nahm die To-do-Liste vom Tisch, die sie gestern
noch geschrieben hatte. Punkt eins lautete: *Jeanine.* Wenn
es um die Vergangenheit ging, war das Gedächtnis ihrer
alten Freundin ausgezeichnet, und Alice war davon überzeugt, dass es sich positiv auswirken würde, wenn Georges
und sie sie aktiver bei allem beteiligten.

Als Nächstes hatte sie das Stichwort *Flow* notiert. Sie
wollte ihren Schwung und die Begeisterung des Verlags
nutzen, um neue Ideen zu sammeln und weitere Artikel
zu entwerfen. Glücklich schnappte sie sich einen Stoff-
beutel und ging zum Bäcker.

Auf ihrem Weg dorthin umrundete Alice die Nordseite
der Kirche, eines schmucklosen Baus aus dem 12. Jahrhun-
dert. Die abgeflachte Spitze des niedrigen Kirchturms
wurde von der Statue der Notre-Dame de Nazareth ge-
krönt, die ihr auch den Namen gegeben hatte.

Die Turmuhr war etwas Besonderes. Ihre Zeiger bewegten sich im Schnitt 4 Minuten am Tag weiter. Das hatte

Alice von Anfang an für sie eingenommen und sie zu der Überzeugung kommen lassen, dass es sich bei dieser *Notre-Dame* wohl um die Patronin des Müßiggangs handeln musste.

Von 22 bis 8 Uhr verhielt sie sich still, was ihr weitere Pluspunkte einbrachte. Dafür schlugen ihre gewaltigen Glocken in der übrigen Zeit gleich zweimal zur vollen Stunde. Ein Läuten, als würde eine riesige Klangschale angestoßen, deren vibrierende Wellen man selbst dann noch spürte, wenn der eigentliche Ton längst verstummt war.

Der verlockende Duft nach frischem Brot, der Alice schon vor dem Geschäft entgegenwehte, ließ sie voller Vorfreude innehalten. Dann reihte sie sich in die Schlange der Kunden ein und betrachtete das Angebot in den Körben hinter der Theke. Frisches Baguette mit Jeanines Aprikosenmarmelade – es würde ein Fest werden!

Nach dem Frühstück legte sie Block, Stift und eine Dose Katzenfutter in ihren Korb und machte sich auf den Weg, Punkt eins ihrer Liste zu erledigen. Die Morgenluft war noch kühl.

Obwohl sie Jeanines Garten bereits Hunderte Male betreten hatte, war sie immer wieder erstaunt, wie das Licht diesen Ort veränderte. Um diese Zeit fielen die Sonnenstrahlen schräg über eine der Mauern und ließen die Farben leuchten und die Tautropfen glitzern.

Wie sie wusste, gehörten Haus und Hof seit Generationen der Familie Bressier. Mutter und Großmutter hatten Jeanine ihr Wissen über Pflanzen, Kräuter und Früchte weitergegeben, hatten die Namen so lange wiederholt, bis sie schon als kleines Mädchen alle am Geruch erkannte und wusste, welches Kraut man wofür verwendete, und Heilkräfte und Aromen verinnerlicht hatte.

Zur Zeit ihrer Krise war Alice oft mit Jeanine unterwegs gewesen und hatte dabei vieles von diesem Wissen vermittelt bekommen.

Heute zeigte Jeanine sich froh über ihr Kommen. »Stell dir vor, was ich heute Morgen im Garten gefunden habe: eine Katze!«

Als wüsste sie, dass von ihr die Rede war, sauste Trouvé durch die Diele auf Alice zu und rieb ihren kleinen Kopf an ihrem Bein. Alice hob das schnurrende Knäuel hoch und streichelte es. Wer so oft *gefunden* wurde, hatte den Namen *Trouvé* wahrlich verdient.

»Du hast sie gestern im Lavendelfeld entdeckt. Weißt du noch?« Sie öffnete ihre Tasche. »Guck, ich habe dir sogar Futter mitgebracht.«

Jeanine ließ sich auf einen Küchenstuhl sinken und schüttelte langsam den Kopf. »Mir wird in letzter Zeit alles zu viel«, sagte sie leise. »Ich bin so müde … Auch im Garten komme ich nicht mehr hinterher.«

Alice' Ängste waren sofort wieder zur Stelle. Sie setzte sich zu der Freundin und strich ihr sanft über den Arm. »Weißt du was? Wenn es dir zu viel wird, nehme ich dieses kleine Biest einfach mit zu mir. Ob ich nun zwei oder drei Katzen habe, ist egal. Die werden sich schon vertragen. Und heute Abend gehen wir zusammen zu Georges und essen dort. Ich hole dich gegen halb sieben ab. Einverstanden?«

Jeanine lächelte angestrengt. »Das wäre schön.«

*

Jeanine blieb verzweifelt in der Küche zurück. Es war, als würde die Zeit sich verbiegen. Dinge, die gerade passiert waren, lösten sich einfach in Luft auf. Ihre Gedanken zerfaserten, Sätze zerbrachen in Einzelteile, die so keinen Sinn ergaben. Und glaubte sie, die richtige Reihenfolge wiedergefunden zu haben, verschwand ein anderer Brocken, konnte sie nur noch erahnen, was es gewesen war, aber nicht erfassen. Alles schien ihr zu entgleiten.

Wie war es möglich, dass sie manche Erinnerungen mühelos abrufen konnte, während andere Ereignisse ihr völlig entfielen? Früher war ein Gegenstand ein Gegenstand gewesen. Doch in letzter Zeit war es fast unmöglich geworden, etwas zu betrachten, ohne dazu einen Rückblick präsentiert zu bekommen. Manchmal freute sie sich über dieses Kopfkino, doch es gab auch genügend Momente, an die sie lieber nicht zurückdachte.

Jeanine starrte auf die Holzplatte vor sich. Seit drei Generationen stand der Tisch bereits in dieser Küche, und könnte er reden, würde er Bände füllen. Es wäre eine Chronik von Leid und Liebe, Streit und Versöhnung.

Auf ihm war Teig ausgerollt und Gemüse geschnitten, waren Hausaufgaben gemacht und Testamente verfasst worden. Heiße Töpfe waren für die Brandflecke verantwortlich, Messer für die Kerben, und die tiefe Scharte am Rand erzählte von einem heftigen Streit, den ihr Vater mit seinem Onkel hatte. Mit dem Zeigefinger zog sie den runden Fettfleck nach, der entstanden war, als ihre Mutter über Nacht eine Ölflasche hatte stehenlassen. Daneben konnte man noch immer die blassen Filzstiftstriche erahnen, die Georges dort als Zehnjähriger hingeschmiert hatte. Überbleibsel von Familie und Freunden. Nur Jacques war es verwehrt geblieben, hier seine Spuren zu hinterlassen.

*

Als Alice mit dem neuen Mitbewohner nach Hause kam, lagen Colette und Zazou im Tiefschlaf auf der Couch. Leise nahm sie das Kätzchen aus dem Korb, gespannt, was passieren würde. Kaum spürte Trouvé festen Boden unter den Tatzen, begann sie, ihre neue Umgebung zu erkunden. Mit langem Hals und großen Augen ging sie schnüffelnd umher.

Es dauerte nicht lange, bis sie ihre beiden Artgenossen entdeckt hatte. Ohne zu zögern, hangelte sie sich am Sofaüberwurf hinauf und beschnupperte zuerst Colette, die auf einem der Kissen lag. Sofort wachte die Diva auf und betrachtete den Störenfried voller Abscheu. Das hielt Trouvé nicht davon ab, sich freudig auf deren Schwanz zu stürzen. Leider währte dieser Spaß nicht lange: Mit einem Satz sprang Colette auf den Boden und rannte die Treppe hinauf.

Trouvé nahm ihr das nicht krumm. Schließlich hatte sie bereits einen weiteren Spielkandidaten am anderen Ende der Couch entdeckt. Gekonnt schlich sie sich an Zazou heran, um sich just in dem Moment auf ihn zu stürzen, als der Kater ein Auge öffnete. Fauchend fuhr er hoch, katapultierte dabei Trouvé auf den Boden, wo sie verdutzt sitzen blieb. Die Kleine sortierte sich kurz und wollte einen neuen Aufstieg wagen, doch Zazou hatte genug gesehen. Er fauchte sie ein weiteres Mal an, dann flüchtete auch er.

Trouvé wollte die Verfolgung aufnehmen, doch Alice fing sie ab. »Die brauchen Zeit, bis sie sich an dich gewöhnt haben. Bis dahin müssen wir uns andere Spiele ausdenken.«

Trouvé ließ sich leicht überreden. Nachdem sie sich über das Futter der Großen hergemacht hatte, erkundete sie das Wohnzimmer. In wilden Bocksprüngen durchquerte sie den Raum, versuchte überall hochzuklettern und landete nach einiger Zeit todmüde auf Alice' Schoß, wo sie augenblicklich einschlief.

Behutsam legte Alice sie aufs Sofa und schlich mit frischgefüllten Näpfen hinauf ins Schlafzimmer, wo ihre Katzen sichtlich pikiert auf dem Bett saßen. »Entschuldigt bitte, das war so nicht geplant.« Sie öffnete die Tür zum kleinen Patio und stellte das Fressen dort ab. »Aber glaubt mir, in dem Alter habt ihr euch auch nicht besser benommen. Also kein Grund, beleidigt zu sein.« Ohne Alice auch nur anzusehen, setzten sie sich hinaus.

»Okay, dann schmollt eben weiter.« Alice ließ die Tür zum Treppenhaus angelehnt und ging hinunter. So viel zum Thema *Glücks*katze …

Gegen Abend hatte sich die Stimmung an der Katzenfront nicht gebessert, aber Jeanine war guter Laune. Sie erinnerte sich sogar noch daran, dass die *Genussberichte* kurz vor der Veröffentlichung standen.

»Ich habe Christiane angerufen und ihr alles vorgelesen«, Jeanine wedelte mit dem zusammengerollten Ausdruck, bevor sie ihn in ihre Handtasche verschwinden ließ. »Sie ist ganz aus dem Häuschen und kommt auch zu Georges. Dann kann sie alles selber durchlesen.«

Im Restaurant war es noch ruhig. Jeanine setzte sich zu ihrer Freundin Christiane, die sie schon sehnsüchtig erwartete, Alice machte sich auf die Suche nach Georges. Sie fand ihn an einem der hinteren Tische, wo er gerade letzte Hand an die neue Speisekarte legte. »Na, was sagt die Fachfrau?« Er schob ihr das Ergebnis zu.

»Die ist der Meinung, dass wir uns mehr um Jeanine kümmern sollten.« Während sie einen ersten Blick auf

Georges' Auswahl warf, ging der hinaus und kam kurz darauf mit einer Flasche Côtes du Rhône Villages zurück. »Jeanine schnattert mit ihrer Freundin, als gäbe es kein Morgen, und scheint mir topfit zu sein.«

»Heute Morgen war sie noch verwirrter als gestern«, sagte Alice. »Sie war todmüde und fühlte sich außerstande, etwas im Garten zu machen. Und es war ihr völlig schleierhaft, wo die Katze plötzlich hergekommen war.«

»Das Tier macht seinem Namen wirklich alle Ehre. Aber im Ernst, mach dir nicht so viele Gedanken. Ich kenne Jeanine seit meiner Kindheit, sie ist zäh. In ihrem Alter darf man schon mal vergesslich sein, oder?« Er zeigte auf die Theke. »Setzt du dich zu mir? Gleich geht es hier rund.«

Marie eilte unermüdlich zwischen den eintreffenden Gästen umher. Sie ließ die Touristen spüren, dass sie willkommen waren, und begrüßte Stammgäste mit einem Küsschen. Sie wusste, wo sie Leute mit Hunden am besten platzierte, und merkte sich stets, wer gern an welchem Tisch saß. Vor Marie waren alle gleich, es sei denn, sie wussten sich nicht zu benehmen. Dann konnte sie biestig werden.

Jeanine winkte Alice fröhlich zu. Von der Verzweiflung von heute Morgen keine Spur. Sah sie nur Gespenster? Alice setzte sich an die Theke, bestellte bei der vorbeiflitzenden Marie einen Vorspeisenteller und vertiefte sich in die neue Karte.

»Zufrieden?« Georges tauchte hinter dem Tresen auf und stellte ihr ein Glas Wein und einen Brotkorb hin.

»Sehr. Jetzt musst du das Ganze aber schnell umsetzen. Bevor dieser Kritiker kommt.« Sie drehte sich herum und ließ den Blick über die Gäste schweifen. »Hoffentlich ist es nicht der da drüben.« Alice zeigte auf einen Gast draußen, mit dem Marie lauthals schimpfte.

»Sie haben Ihr Gemüse nicht mal *angerührt*!« Marie war so beleidigt, als hätte sie die Bohnen eigenhändig im Garten gezogen. »Sie wissen nicht, was Sie versäumt haben.« Sie schnappte sich den Teller und flipflopte ins Restaurant zurück. »Wenn der sich ein Dessert bestellt, mische ich ihm diese Reste unter«, raunte sie im Vorbeigehen.

»Der Typ scheidet aus. Jemand, der Speisen testet, würde alles probieren.« Alice musterte Georges. »Wie würdest du denn einen Durchschnittskritiker beschreiben? Nenn mir drei Begriffe.«

Er überlegte. »Selbstbewusst … arrogant und dreist? Es könnte aber auch eine Frau sein oder ein Paar.« Er stellte an einem Tisch die leeren Teller zusammen und verschwand damit in die Küche.

Während Alice an der Theke zu Ende aß, musterte sie die anwesenden Gäste. Ein bedrohliches Gefühl, dass womöglich einer dieser Menschen über den Ruf des Lokals und über Georges' Schicksal entscheiden könnte. Als Georges mit sorgenvoller Miene zurückkam, glaubte sie, er hätte den Tester enttarnt. Doch es gab einen anderen Grund.

»Gerade hat sich eine Gruppe von zehn Geschäftsleuten für morgen Abend angemeldet. Dummerweise hat Marie sich für eine Familienfeier frei genommen. Könntest du für ein paar Stunden einspringen? Die Aushilfskraft kommt zwar auch, aber ich möchte nichts dem Zufall überlassen.«

Alice überlegte. War morgen nicht irgendwas geplant? Doch wie sehr sie auch grübelte, es fiel ihr nicht ein. Sicher nichts Wichtiges. »Ich werde da sein«, sagte sie. »Pünktlich, fit und gut gelaunt.«

Zu Hause wurde Alice stürmisch von Trouvé begrüßt. Sie servierte der Kleinen ein weiteres Abendessen, dann trat sie auf den Balkon hinaus, in der Hoffnung, Zazou und Colette irgendwo zu entdecken.

Im schwindenden Abendlicht färbte sich der sternübersäte Himmel königsblau. Überall gingen die alten Wandlaternen an. In ihrem warmen Schein verwandelten sich die Gassen in eine mittelalterliche Szene. Dabei wurde auch das junge Pärchen sichtbar, das sich allabendlich hinter dem Haus traf. Innig umarmt verharrten sie im Schutz eines Hauseingangs, als würden sie bald für immer getrennt.

Alice dachte an ihre ersten Liebschaften zurück, an geheime Treffpunkte und schüchterne Küsse. Wie überzeugt sie stets gewesen war, ohne diesen oder jenen Menschen sterben zu müssen. Und wie mühsam sie hatte erfahren müssen, dass das Leben dann doch weiterging.

5

Trouvé lernte schnell. War sie tags zuvor noch an den Treppenstufen gescheitert, schaffte sie es am nächsten Morgen mit Anlauf in den zweiten Stock hinauf. Ein Schock für Colette und Zazou, die sich im Laufe der Nacht hineingeschlichen hatten und bei Alice am Fußende des Bettes schliefen.

Obwohl sie als Friedensrichter zu vermitteln versuchte, musste Alice bald einsehen, dass ihre Bemühungen zum Scheitern verurteilt waren. Die beiden fauchten die Kleine an, dann flitzten sie mit gesträubtem Fell davon.

Trouvé schien das nicht zu kümmern. Zufrieden turnte sie zwischen den Decken umher und erkundete das Schlafzimmer.

»Genug getobt. Wir müssen uns jetzt mal um die verärgerten Herrschaften kümmern.« Im Kühlschrank fand Alice eine Packung Serrano-Schinken. Perfekt. Für diese Delikatesse würden ihre Katzen alles stehen und liegen lassen. Sie band die einzelnen Scheiben an lange Bindfäden und ging mit den Ködern hinaus.

Doch in der Zwischenzeit waren die Teller auf dem Nachbargrundstück mit Trockenfutter gefüllt worden, und Alice musste hilflos zusehen, wie auch ihre beiden sich begeistert darüber hermachten. Sie wartete kurz, dann versuchte sie ihr Glück und ließ den Schinken hinunter. Zu ihrem Unmut rief ihr Locken nur die Streuner auf den Plan, die sich sofort um die Leckereien balgten. Colette und Zazou hingegen würdigten sie keines Blickes.

Entspannt lagen sie in der Sonne und putzten sich die Schnauzen.

»Ihr seid verzogen, arrogant und doof!« Missmutig ließ Alice die leeren Bindfäden hinunterfallen. Sie würde sich wohl vorerst mit dieser Situation abfinden müssen.

Nach dem Frühstück wähnten sich die Spatzen auf der Terrasse im Baguette-Himmel. Trouvé wiederum war begeistert von dieser ihr unbekannten Spezies und setzte alles daran, näheren Kontakt aufzunehmen. Beim Herumturnen auf der Brüstung hatte sie auch die anderen Katzen bald entdeckt, und Alice konnte sie gerade noch aus einem der Blumenkästen lüpfen, bevor sie zum Sprung ansetzte.

»Dort hast du nichts verloren.« Sie brachte die Kleine ins Wohnzimmer und schloss die Schiebetür. »Ich muss jetzt arbeiten, und du schläfst mal eine Runde.« Entschlossen fuhr sie den Computer hoch.

Die Rechnung ging nicht auf. Trouvé war kein bisschen müde, und Alice zog es immer wieder hinaus, um zu sehen, was ihre Lieblinge trieben. Erneut versuchte sie es mit Locken und Leckereien, doch ihre Katzen zeigten ihr die kalte Schulter. Resigniert warf sie die leere Schinkenpackung in den Mülleimer.

Inzwischen war der Bildschirmschoner angesprungen. Auf dem Monitor war ein Foto von der Halbinsel Crozon zu sehen. Den Kopf auf die Hände gestützt beobachtete Alice die Bretagne-Bilder, die folgten: die Schiffswracks im Hafen von Camaret, das verfallene Manoir des Dichters Saint-Pol-Roux hoch über den Klippen, die kleinen Straßen im Ort. Als das lachende Gesicht von Léon erschien, rechnete sie nach. War das alles erst fünf Jahre her?

Alice war zur Hochzeit von Freunden auf die Halbinsel gereist und hatte nach den offiziellen Festlichkeiten bis tief in die Nacht an der Bar weitergefeiert. Da sie zu den Frühaufstehern gehörte, war sie bereits um acht aufgebrochen und hatte sich Camaret angeschaut. Zum Schluss war sie am Schiffsfriedhof im Hafen gelandet, wo sie sich auf der Kaimauer niederließ.

Was diese alten Kähne wohl schon alles gesehen hatten, bevor sie hier im braunen Schlick gelandet waren? Einige erinnerten an gestrandete Wale, von anderen war nur noch ein Holzgerippe übrig, das bei der nächsten Flut auseinanderzubrechen drohte. Auf manchem Rumpf hatte sich die Farbe gehalten und sie konnte Namen und Zahlen entziffern.

Sie hatte schon eine ganze Weile dort gesessen, als jemand sie ansprach. »Ich habe mir sagen lassen, dass du in Straßburg wohnst und eine schreibende Kräuterhexe bist.« Der Mann, der ihr schon bei der Feier aufgefallen war, setzte sich neben sie. »Und dass du Alice heißt.« Er reichte ihr die Hand. »Ich heiße Léon.«

Alice blickte in dunkelbraune Augen mit dichten, langen Wimpern.

»Tut mir leid, Léon. Wenn dem so wäre, hätte ich mir längst etwas gegen diese elenden Kopfschmerzen gemixt.«

»Schade. Ich hatte meine ganze Hoffnung auf deine Fähigkeiten gesetzt.« Er zeigte auf die Schiffe vor ihnen. »Abgefahren, oder? Jemand hat mir erzählt, dass diese Kutter früher bis in die Fischereigründe von Afrika und Madagaskar fuhren. Seit sich das nicht mehr lohnt, überlässt man sie hier ihrem Schicksal. Allerdings ist diese Info ohne Gewähr, Irrtümer vorbehalten.«

»Bist du Jurist?«

Er rollte entsetzt die Augen. »Nein, Journalist bei einer großen Zeitung. Und du?«

»Ich habe Biologie studiert …«

»Begeisterung klingt anders.«

»Stimmt. Deshalb habe ich mir den Rat einer Tante zu Herzen genommen, auf mein Bauchgefühl gehört und eine Ausbildung zur Gärtnerin gemacht. Hast du mal einen Kaugummi?«

Léon griff in seine Jackentasche und wurde fündig. »Hilft das bei Kater?«

»Wohl kaum. Aber ich hoffe, er verdrängt diesen Geschmack von rostigen Ketten ein wenig.« Alice wickelte das Papier ab und schob sich den Streifen in den Mund. »Lebst du hier in der Gegend?«

»Nein, in Paris.«

Eine Weile schauten sie schweigend auf die Wracks vor ihnen.

»Für welches Blatt schreibst du?«

»Ich bin nur ein Freelancer, der sein Herz der Ausländerpolitik verschrieben hat«, gab Léon zu. »Ich berichte über die Arbeitslosigkeit und Integrationsprobleme in den Banlieues und versuche, den Ursachen nachzuforschen. Nebenbei schreibe ich Bücher über diese Themen.«

»Ist es nicht riskant, sich dort herumzutreiben?«

Léon zuckte die Schulter. »Ich verfüge über gute Kontakte. Außerdem sind die Menschen froh, wenn dort jemand mal genauer hinschaut und nicht nur über gescheiterte Projekte informiert. Und wie gärtnert es sich so im Elsass?«

»Die Arbeit hebe ich mir auf, bis ich einen eigenen Garten habe. Im Augenblick betreibe ich nur den Blog für eine Freundin, die eine Firma für Garten- und Landschaftsbau hat, und gewähre ihren Kunden Einblick in die Verwendung von Kräutern, Gewürzen und anderen Pflanzen. Dabei habe ich absolute Freiheit.«

»Davon kann man leben?«

»Nur, weil meine Eltern zeit ihres Lebens eine florierende Firma hatten und meinem Bruder und mir einiges hinterlassen haben.«

»Du bist also mit dem goldenen Löffel im Mund aufgewachsen?«

Alice lachte spöttisch. »Eher in einem Haus, in dem Streit und miese Stimmung vorherrschten. Daher betrachte ich dieses Erbe als Schmerzensgeld für eine verpfuschte Kindheit und Jugend.«

»Verstehst du dich mit deinem Bruder?«

»Wir haben kaum Gemeinsamkeiten. Er ist zwölf Jahre älter und nach dem Tod unserer Eltern sofort nach Kanada übergesiedelt. Seitdem habe ich ihn dreimal kurz gesehen.«

»Wie alt ist der Knabe?«

»49.« Sie zog die Brauen hoch. »Ist das ein Verhör?«

Léon lachte. »Entschuldige, eine lästige Berufskrankheit. Jedenfalls schön, dass du ihm nicht gefolgt bist.«

»Und du? Lebst du gern in Paris?«

»An sich schon. Aber wenn ich wählen könnte, würde ich in die Gegend um den Mont Ventoux zurückkehren.« Als er ihre fragende Miene bemerkte, holte er weiter aus. »Das ist die Ecke nordöstlich von Avignon, Département Vaucluse.« Er erzählte ihr von diesem majestätischen Berg, von dem Dorf, in dem er aufgewachsen war. Von den Gerichten, die dort auf den Tisch kommen, dem betörenden Duft des Lavendels, von den Menschen, die er schmerzlich vermisste.

»Schade, dass wir uns nicht einfach dorthin beamen können. Zuerst würde ich dich Jeanine vorstellen. Die wühlt auch gern in der Erde und hat einen herrlichen Garten. Danach würden wir zu einem Mittagessen bei meinem besten Freund Georges einkehren.« Mit einem tiefen Seufzer sah er auf die Uhr. »Aber leider muss ich jetzt los. Die Arbeit ruft.«

Langsam gingen sie am Ufer zurück, blieben immer wieder stehen, fanden neue Gesprächsthemen, entdeckten Gemeinsamkeiten. Was hätte sie dafür gegeben, die Zeit anhalten und weitere Stunden mit diesem Mann verbringen zu können.

Vor dem Hotel angekommen, schloss Léon sie in die Arme, küsste sie flüchtig auf die Wangen und stieg in seinen Wagen. Alice blieb stehen, bis der rote Punkt aus ihrem Blickfeld verschwunden war. Dann kam der Kater zurück, schlimmer als zuvor.

In den darauffolgenden Wochen zog der Herbst alle Register. Tag für Tag wurde Straßburg von dichten Nebelfeldern eingehüllt, und Alice hatte Mühe, die Erinnerungen an das strahlend schöne Wochenende aufrechtzuerhalten. Mehrmals entwarf sie eine Mail an Léon, doch jedes Mal löschte sie die Zeilen. Schon der Gedanke, keine Antwort zu bekommen, lähmte sie. Schließlich wusste sie nicht mal, ob er liiert war.

Stattdessen ließ sie die wenigen gemeinsamen Stunden Revue passieren, erinnerte sich an seine funkelnden Augen und versuchte, diesen herben Duft von Zeder und Rosmarin heraufzubeschwören.

Es war Ende Oktober, als es an der Tür Sturm klingelte. Widerwillig öffnete Alice, überzeugt, gleich dem Paketboten mit einer Sendung für die Nachbarn gegenüberzustehen. Doch im nächsten Moment glaubte sie zu träumen. Sie hatte ganz vergessen, wie groß er war, wie kantig sein Kinn und wie geschwungen seine vollen Lippen.

Unfähig einen Ton herauszubringen, starrte sie Léon an. Was hätte sie schon sagen können? Dass sie immerzu an ihn denken musste und sich in die Arbeit gestürzt hatte, damit ihr keine Zeit zum Grübeln blieb?

»Ich hoffe, du fühlst dich nicht überrollt, aber die Angst, dass du nicht auf meine Mails reagierst, war einfach zu groß«, sagte Léon leise. »Hättest du Lust, mit mir essen zu gehen?«

Wo und was sie gegessen hatten, wusste Alice nicht mehr. Nur die Tatsache, dass er ihr gegenübersaß, war wichtig gewesen. Ein paar Monate pendelten sie, dann zog sie nach Paris. In Straßburg hielt sie nichts, und arbeiten konnte sie schließlich überall.

Zum ersten Mal in ihrem Leben fühlte sie sich geborgen. Sie genoss die gemeinsamen Tage und Nächte, die Konzert- und Museumsbesuche, den Austausch mit seinen Freunden, die endlosen Gespräche am Küchentisch. Endlich hatte sie gefunden, wonach sie sich ein Leben lang gesehnt hatte: eine Art Familie. Menschen, die füreinander da waren, anstatt sich zu bekriegen und zu verletzen.

Anfang April nahm Léon sie zum ersten Mal mit nach Beaulieu. Kurz nachdem sie die Autobahn verlassen hatten, fuhr er auf einen kleinen Parkplatz und zeigte Alice den Mont Ventoux, der sich am Horizont abzeichnete. Über kleine Straßen fuhren sie weiter nach Beaulieu, und Alice konnte verstehen, warum er diese Landschaft so liebte.

In Beaulieu führte ihr erster Weg zu Jeanine. Alice schloss die kleine quirlige Frau mit ihren bunten Kleidern und grauen Haaren sofort ins Herz. Gemeinsam gingen sie weiter zu Georges, der sich mit ihnen an einen gedeckten Tisch setzte.

Die Zeit verging wie im Flug. Alice konnte nicht genug bekommen von dem klaren Licht, den kleinen Dörfern, den bunten Märkten und den köstlichen Speisen und Weinen, die Georges täglich auf den Tisch zauberte. Spontan schrieb sie in einem neuen Blog über das, was sie erlebte, und erzielte mit diesen Texten eine unerwartet große Reichweite.

Als Jeanine sie beim zweiten Besuch fragte, ob sie sich vorstellen könne, hier zu leben, antwortete Alice spontan mit Ja. Doch nach ihrer Rückkehr nach Paris kamen erste Zweifel. Wollte sie dieses pulsierende Leben wirklich aufgeben und ihre Tage am Ende der Welt verbringen? Ihre Kontakte und diese kulturelle Vielfalt zurücklassen? Noch einmal ganz von vorn anfangen?

Léon hatte sie nicht gedrängt. Sollte sie sich zu diesem Schritt entschließen, würden sie ein Haus suchen, in dem sie zusammen alt werden konnten, hatte er gesagt. Und dass sie sich Zeit lassen solle. Nicht wissend, dass alles ganz anders kommen würde.

Durch die Berührung der Tastatur beendete Alice den Ausflug in die Vergangenheit. Jetzt brauchte die Gegenwart ihre Aufmerksamkeit. Léon würde sie später anrufen. Denn wenn sie sich jetzt nicht sofort um ihre Arbeit kümmerte, würde man ihr die Kolumne kündigen, bevor sie in Druck gegangen war.

*

Es war zum Verrücktwerden! Zum wiederholten Mal durchsuchte Georges die Papierstöße auf seinem Schreibtisch, wühlte in Schubläden und blätterte in Ordnern, aber das Rezept der provenzalischen Schweinefleischterrine war verschwunden. Ein Blick auf die Uhr zeigte ihm, dass er sich beeilen musste. Schließlich musste diese Vorspeise über Nacht kühlen und sollte so weit fertig sein, bis er sich um das Abendessen kümmern musste.

Er beschloss, Jeanine aufzusuchen. Zum einen war es ihr Rezept, zum anderen konnte er dann gleich mal nach dem Rechten schauen.

Als sie trotz Klingeln und Rufen nicht reagierte, nahm Georges den Haustürschlüssel aus seinem Versteck und ging in die Küche. Die Gläser mit frisch gekochter Marmelade, die kopfüber auf der Anrichte standen, waren noch warm. Sie hatten sich wohl gerade verpasst. In der Hoffnung, die neue Speisekarte nicht um einen weiteren Tag verschieben zu müssen, schrieb er ihr eine kurze Nachricht und legte den Zettel gut sichtbar hin.

Er war hier vom ersten Moment an glücklich gewesen, obwohl der Kontrast zu seinem Elternhaus in Lyon nicht größer hätte sein können: kleine, verwinkelte Räume statt Zimmerfluchten, alte Fliesen statt gewienerter Parkettböden, zusammengewürfelte Möbel statt nobler Antiquitäten.

Das ganze Jahr über hatte er sich auf die Zeit gefreut, die er bei Jeanine verbringen durfte, auf das Wiedersehen mit seinen neuen Freunden, auf das Zusammensein mit Léon. Tag für Tag waren sie in den Hügeln um Beaulieu unterwegs gewesen, hatten Felsen erklommen und ihr Glück beim Angeln in der Ouvèze versucht.

Auch bei Jeanine in der Küche hatte er viel Zeit verbracht. Er liebte das Klappern der Töpfe, war immer wieder fasziniert gewesen, wie aus einfachen Zutaten ein köstliches Essen entstand, wie man mit Hilfe von Kräutern und Gewürzen neue Geschmacksrichtungen zaubern konnte.

Jeanine hatte ihm gezeigt, worauf es ankam, und er erinnerte sich noch gut daran, wie stolz er auf sein erstes selbst zubereitetes Omelett gewesen war. Nie wieder hatte eine Eierspeise so gut geschmeckt.

Unvergessen auch der Moment, wie sie ihn auf einer umgedrehten Kiste vor dem Küchenfenster eines Restaurants entdeckte, wo er sich die Nase an der Scheibe plattdrückte. Kurzerhand war sie mit ihm hineingegangen und hatte ihn Pierre, dem Koch, vorgestellt.

Von Pierre erfuhr Georges, wie man Zwiebeln schneidet, ohne zu weinen, was ein gutes Öl auszeichnet und wie man eine Vinaigrette herstellt. Wenn er Zeit hatte, setzte Pierre ihm seine Kochmütze auf, band ihm eine Augenbinde um und unterzog ihn verschiedenen Prüfungen. So lernte Georges anhand von Geruch, Geschmack und Konsistenz herauszufinden, welchen Käse, welches Öl er auf der Zunge hatte, welche Zutaten Pierre für seine *Paté* verwendet hatte.

Als er ihm Jahre später eine Lehrstelle als Koch anbot, sagte Georges begeistert zu. Doch er hatte die Rechnung ohne seine Eltern gemacht. Dieser Beruf war weit unter ihrem Stand. Sie erwarteten mehr von ihrem Sohn. Viel mehr.

6

Zufrieden mit ihrer bisherigen Arbeit, machte Alice sich gegen drei Uhr auf den Weg zu einem neuen Interviewpartner. Kurz vor Malaucène setzte sie den Blinker und bog auf einen Feldweg ab. Die ganze Fahrt über hatte sie gegrübelt, wie sie den Gesprächseinstieg am besten gestaltete.

Jeanine, die in der Regel über die Macken anderer großzügig hinwegsah, hatte Madame Toubal als schrullig und schräg beschrieben. Sie war als Fachfrau für Zitronen, Knoblauch und Zwiebeln schon ihr Leben lang auf Märkten unterwegs, und Alice beschloss, mit der Frage zu beginnen, wie es zu dieser Angebotspalette gekommen war. Weitere Themen würden sich dann schon ergeben.

Das Haus war bereits in Sicht, als Alice eine Vollbremsung machen musste: Mitten auf dem Weg stand ein riesiger Hund, der sie hechelnd anstarrte. Alice, die als Kind ein Hundenarr gewesen war, wusste, dass es ein Irischer Wolfshund war. Größere gab es nicht.

Sie kurbelte das Fenster herunter und sprach ruhig auf das Tier ein, während sie vorsichtig versuchte weiterzufahren. Der Hund dachte aber nicht daran, zur Seite zu gehen, und gab ein dunkles Grollen von sich, das tief aus seiner Kehle zu kommen schien. Selbst lautes Hupen brachte Alice keinen Meter weiter.

Plötzlich tauchte ein Schrank von einem Mann neben dem Auto auf. »Den Lärm können Sie sich sparen. Irette ist stocktaub«, sagte er in breitem Provenzalisch. »Komm, mein Mädchen!« Mit ganzem Körpereinsatz versuchte er, den Hund zur Seite zu schieben. Umsonst. Irette stierte mit grimmiger Miene auf die Kühlerhaube, nicht willens, auch nur einen Zentimeter vor diesem Feind zurückzuweichen.

Als er den Hund endlich bezwungen hatte, streckte der Mann ihr eine Pranke entgegen, die so dreckig wie seine Kleidung war, und drückte fest ihre Hand. »Joseph Toubal. *Maman* freut sich schon auf Sie.«

Alice fuhr das letzte Stück im Schritttempo weiter und erreichte den Hof gleichzeitig mit Sohnemann, der trotz beeindruckender Körpermaße flott zu Fuß war. Als sie ausstieg, kam ein weiterer Kläffer auf sie zugerannt. Eine fette Mischung aus Dackel und Spitz. Doch im Gegensatz zu seinem großen Kollegen hatte er nichts an den Ohren. Ein lautes »Friquette, hau ab!« wurde sofort befolgt.

Aus einem offenen Fenster im ersten Stock dröhnte Kirchenmusik. Joseph formte beide Hände zu einem Trichter und brüllte: »*Maman*! Wo bist du?«

»Im Bett!«

»Du hast Besuch!« Entschuldigend drehte er sich zu Alice. »*Maman* bereitet sich auf die morgige Wallfahrt vor.«

Während Alice sich ausmalte, wie diese Maßnahmen wohl aussehen mochten, watschelten zwei Enten heran. Eine war schwarz, die andere war fast weiß, trug eine rote Schleife ums Bein. Als Joseph Alice' fragenden Blick sah, kam die Erklärung postwendend: »Das sind Antoinette und Odette. Mit dem Band kann man sie leichter auseinanderhalten.«

»Ah ja. Logisch.« Es reizte Alice sehr, ihn zu fragen, wie man zwei so verschieden aussehende Tiere verwechseln konnte, aber da sie nicht wusste, wie der Koloss auf einen solchen Kommentar reagieren würde, ließ sie es lieber sein.

Sie sah sich um. Das Chaos auf dem Hof war beeindruckend. Überall lagerten offene Paletten mit Baumaterial, neben einer alten Scheune, deren Tür schief in den Angeln hing, standen alte Maschinen und kaputte Weinfässer, im hohen Gras unter einem Apfelbaum hatte jemand einen verrosteten Traktor abgestellt. Joseph hatte in diesem Durcheinander eine Harke gefunden, tippte an seine Schirmmütze und verschwand.

Unter Friquettes wachsamem Blick beobachtete Alice die Hühner, die im Sand scharrten. Sie ging jede Wette ein, dass auch die Hennen auf Namen mit ähnlicher Endung hörten, und tippte auf Juliette, Claudette und Georgette. Plötzlich wurde das Schlafzimmerfenster mit einem Knall geschlossen. Die Musik verstummte, und im nächsten Moment erschien Madame Toubal in der Tür. Sie hatte ihre kugelrunde Gestalt in ein bunt geblümtes Gewand gehüllt und kam mit einem Tablett mit Gläsern auf Alice zu.

»Wie schön, dass Sie gekommen sind«, sagte sie mit tiefer Stimme. »Jetzt gibt es erst mal etwas zu trinken.« Sie zeigte auf die zusammengewürfelte Sitzgruppe, die im Schatten vor dem Haus stand. »Jeanine sagte, dass Sie Sachen über Essen und Trinken schreiben. Setzen Sie sich und fragen Sie, was Sie wissen wollen.«

Es lag nicht nur an der Redegeschwindigkeit, dass Alice sich manches zusammenreimen musste, sondern vor allem am Dialekt. Madame sprach ein noch breiteres Provenzalisch als Joseph, und obwohl Alice in den letzten Jahren vieles verstehen gelernt hatte, stieß sie nun an ihre Grenzen.

»Vielen Dank.« Skeptisch beäugte sie die fleckigen Gläser auf dem fleckigen Blechtablett. »Das wäre wirklich nicht nötig gewesen.«

»Bei dieser Hitze muss der Mensch viel trinken. Dieses uralte Rezept ist seit Generationen im Familienbesitz, und das nicht umsonst, wenn Sie verstehen, was ich meine. Zum Wohl!« Madame hob ihr Glas. Alice, die nicht unhöflich sein wollte, tat es ihr nach und trank einen vorsichtigen Schluck. Um sofort einen weiteren, größeren zu nehmen.

»Das schmeckt großartig! Kann es sein, dass Lavendel mit drin ist?«

Madame lächelte wissend. »Kann gut sein.« Dann wechselte sie geschickt das Thema und erzählte allerlei Geschichten über frühere Stammkunden auf den Märkten und kam dabei vom Hölzchen aufs Stöckchen – immer aber ging es dabei um Zitronen.

Alice amüsierte sich köstlich über das, was sie verstand, und versuchte den Grund ihres Besuchs nicht ganz aus den Augen zu verlieren. Über Getränke hatte sie bisher wenig Material, und es wäre schön, wenn sie Madame das Rezept entlocken könnte. Die war aber weit von diesem Thema entfernt.

»Jetzt erzählen Sie doch mal, was hat Sie hierhergeführt, wo haben Sie Jeanine kennengelernt und was genau stellen Sie mit diesen alten Rezepten so an?«

Alice versuchte ihr so gut wie möglich Auskunft zu geben. Dabei ließ sie die Sache mit ihrem Blog unter den Tisch fallen. Ihre Gesprächspartnerin machte nicht den Eindruck, als säße sie Tag für Tag am Bildschirm, und Alice lenkte direkt auf die Zeitschriftenbeiträge über.

»Ach, das ist ja interessant, und Sie wohnen bei Jeanine oder haben Sie ein Haus in Beaulieu?«

»Weder noch, aber ich bin auf der Suche«, sagte Alice. »Nicht gerade einfach in der Gegend. Haben Sie zufällig einen Tipp?«

»Und ob!« Madames Augen sprühten vor Begeisterung. »Kommen Sie mal mit.« Sie nahm Alice bei der Hand und deutete ihr an, leise zu sein. Gemeinsam schlichen sie um das Haus herum und landeten vor einem weiteren Stall, wo Joseph gebeugt vor einem mehrstöckigen Hasenstall stand. Dabei zeigte er ihnen sein Bauarbeiterdekolleté. Alice erschauderte.

»Sie haben ihn ja schon kennengelernt. Wenn Sie Joseph zum Mann nehmen, bekommen Sie das Haus dazu«, flüsterte Madame. »Na? Ist das ein Angebot? Er ist ein wahres Goldstück.«

In diesem Augenblick drehte Joseph sich zu ihnen um. Er hatte einen Hasen im Arm und streichelte das mümmelnde Tier zärtlich über den Kopf.

Er strahlte, als er sie entdeckte. »Soll ich ihn für Sie schlachten? *Maman* hat ein tolles Rezept. Mit einem *Blue* und sauren Äpfeln.«

Alice fehlten die Worte. Die Szenerie wurde plötzlich unheimlich. Bilder aus dem Film *Psycho* drängten in ihre Phantasie, und sie hoffte innig, nach Irette und Friquette nicht auch noch mit einem *squelette* im Schaukelstuhl Bekanntschaft machen zu müssen.

Sie wollte aber weder Madame noch ihren Sohn in irgendeiner Art verletzen und überlegte fieberhaft, wie sie aus dieser Situation herauskam.

»Es tut mir wirklich leid, aber ich bin schon vergeben. Und ich kriege einen hässlichen Ausschlag, wenn ich Kaninchen esse.«

»Wie schade«, seufzte Madame. Es war ihr anzusehen,

dass sie schon viele Kuppeleiversuche unternommen hatte. »Aber zwei Männer sind zu viel. Das sehe ich ein ...«

Alice war froh, als sie wieder im Auto saß, eine Tüte Zitronen und einen dicken Knoblauchzopf auf dem Beifahrersitz.

»Wenn Sie noch Fragen haben, sind Sie jederzeit willkommen. Ich freue mich, wenn Sie mich besuchen und mit mir eine Limonade trinken«, sagte Madame Toubal durch das offene Fenster. »Das Rezept ist übrigens ganz einfach: Sie müssen Ingwer hinzugeben und Zitronengras und nicht zu viel Zucker.« Dann ging sie winkend Richtung Gemüsegarten. Zu ihrem Sohn, der in diesem Leben wohl nicht mehr unter die Haube kommen würde.

Zu ihrem Entsetzen stellte Alice fest, dass es bereits nach fünf war. Alain würde bald vor der Tür stehen. Und es gab noch etwas, das sie nicht vergessen sollte. Was war das nur gewesen? In Gedanken versunken rumpelte sie über den Feldweg zur Hauptstraße zurück und gab dort Gas.

In Beaulieu angekommen, quetschte sie das Auto in eine winzige Parklücke, schnappte sich Zitronen und Knoblauch und umrundete im Laufschritt die Kirche. Die Treppe vor dem Haus war verwaist, weit und breit keine Colette, kein Zazou. Dafür rannte Trouvé auf sie zu und vollführte schräge Bocksprünge vor Freude. Alice nahm sie hoch und knuddelte sie. »Tut mir sehr leid, *ma petite*. Das war heute ein langweiliger Tag für dich. Und jetzt muss ich wieder los.«

Sie eilte ins Bad hinauf. Nach einer schnellen Dusche sah sie in den Kleiderschrank und überlegte, was passend war für diesen Abend. Sie hatte keine Ahnung, wohin Alain sie ausführen wollte, und entschied sich für ein schlichtes pflaumenblaues Leinenkleid. Dann legte sie ein leichtes Make-up auf und steckte die Haare mit einer Lederspange zusammen. Da klingelte es auch schon.

Die Schuhe in der Hand, ging Alice hinunter und drückte den Knopf der Gegensprechanlage. »Komme gleich!« Schnell kontrollierte sie, ob Trouvé hatte, was sie brauchte, und zog die Wohnungstür hinter sich zu.

Alain pfiff durch die Zähne, als sie auf die Straße trat. »Und diese schöne Frau begleitet mich heute Abend zum Essen?« Er küsste sie zart auf die Wangen. »Ich bin ein echter Glückspilz!«

»Das stimmt! Hätte ich heute Nachmittag Ja gesagt, wäre ich bald stolze Gattin und Besitzerin eines herrlichen Bauernhofs in der Nähe von Malaucène.« Sie schilderte Alain, was sie erlebt hatte. »So einen Hintern sieht man nicht alle Tage.«

Alain hielt ihr lachend die Tür seines schwarzen Volvos auf. »Ich sehe schon, die Konkurrenz schläft nicht.«

Gut gelaunt ließen sie Beaulieu hinter sich und fuhren die Straße Richtung Vaison-la-Romaine. Alice sah entspannt zum Fenster hinaus. Die Schatten wurden länger und die Sonne tauchte die umliegenden Hügel in ein warmes Licht.

Wieder einmal war sie froh, dass Léon nicht zu den Männern gehörte, die eifersüchtig reagierten. Er war sich ihrer Liebe sicher, und sie konnte sich ohne Weiteres mit jemandem zum Essen treffen.

»Wie läuft es in der Kanzlei?« Alice sah Alain von der Seite an und entdeckte erste graue Strähnen in seinem vollen, welligen Haar. »Viel zu tun?«

»Allerdings.« Er schob seine randlose Brille zurecht.

»Eine meiner Schreibkräfte ist weggezogen, die andere geht bald in Mutterschutz.« Er schaute sie an. »Umso mehr freue ich mich auf dieses Essen mit dir.«

»In welches Lokal entführst du mich?«

»In ein ganz neues, oben in der Altstadt von Vaison, direkt an der Stadtmauer. Ich habe uns einen Tisch draußen reserviert, denn die Aussicht ist großartig.« Plötzlich langte er in die Innentasche seines Jacketts. »Mist. Ich habe meinen Geldbeutel vergessen.«

»Kein Problem, ich habe Geld dabei«, sagte Alice, aber Alain schüttelte den Kopf. »Kommt gar nicht in Frage. Wir sind gut in der Zeit, ich fahre schnell zu Hause vorbei.«

Sie ließen Vaison-la-Romaine links liegen und bogen wenig später von der Hauptstraße ab. Einige Serpentinen weiter hielt Alain vor einem breiten Stahltor an, das sich auf Knopfdruck in Bewegung setzte.

»Was für ein tolles Haus!« Alice war beeindruckt von den klaren geometrischen Proportionen der kubusförmigen Villa.

»Schau dich ruhig um«, sagte Alain. Er öffnete die Tür und ging voraus. Während er in den ersten Stock verschwand, erkundete Alice die weißgestrichenen Räume. Die lichtdurchfluteten Zimmer waren um einen Innenhof mit einem japanischen Teich angeordnet und optisch miteinander verbunden. Ein Panoramafenster bot eine grandiose Aussicht auf die Altstadt von Vaison und das Ouvèze-Tal.

Die modernen Designermöbel waren genau ausgerichtet. Alles lag ordentlich an seinem Platz, nirgendwo war ein Stäubchen zu sehen. Alice stellte sich vor, wie eine unsichtbare Frau hier schweigend arbeitete und sich sicher auch zuständig fühlte für Alains stets tadellos gebügelte Kleidung.

Vor einer Reihe von Bildern blieb Alice stehen. »Leider sind es keine echten Picassos«, sagte Alain, der sich neben sie stellte. »Originaldrucke, vor allem die, die ich mir gern kaufen würde, sind nicht gerade billig. Sollte ich aber mal im Lotto gewinnen, würde ich das Geld dafür ausgeben. Bis dahin muss ich mich mit Museumsbesuchen begnügen.«

Alice zeigte auf einen weiteren Kubus, der etwas versetzt im Garten stand. »Und das ist wohl der Schuppen für den Rasenmäher?«

Alain lachte. »Nein, das ist ein Gästehaus. Dahinter befindet sich noch ein Pool. Ich überlege, es zu vermieten.«

Auf dem Weg ins Restaurant unterhielt Alain sie mit amüsanten Geschichten aus seiner Kanzlei. Gerade als er einen Parkplatz ergattert hatte, meldete Alice' Handy eine eingehende Nachricht.

Wo bleibst du denn? G.

Alice schloss die Augen. Wie hatte sie das bloß vergessen können? Doch es war keine Frage, wen von den beiden Männern sie heute enttäuschen würde. Sie ging zu Alain, der strahlend auf sie zuschritt, und zeigte ihm kleinlaut den Text.

»Ich weiß, es ist unverzeihlich, aber ich muss nach Beaulieu zurück. Ich habe Georges fest versprochen, ihm heute Abend zu helfen, und kann ihn unmöglich hängenlassen.«

Alains Blick wurde starr. Er war es nicht gewohnt, abgewiesen zu werden, so viel war Alice klar. »Ich kann mir auch gern ein Taxi nehmen«, lenkte sie ein. »Ich komme schon irgendwie zurück.«

»Wenn dieser Georges dir so wichtig ist, werde ich dich

wohl oder übel hinfahren müssen.« Ohne eine Antwort abzuwarten, ging Alain mit großen Schritten zum Auto zurück.

Die Fahrt nach Beaulieu verlief schweigend. Alain fuhr viel zu schnell, doch Alice traute sich nicht, ihn darauf hinzuweisen. Sie dachte an Léon, der solche Situationen stets mit Humor nahm. Davon war Alain weit entfernt, und Alice fühlte sich hundeelend.

Am Ortseingang brach Alain sein Schweigen. »Er bedeutet dir viel, oder? Dieser Georges.«

»Er ist ein lieber Freund, und ich habe fest zugesagt, ihm zu helfen. Das würde ich auch bei dir einhalten.«

Diese Aussage schien Alain zu besänftigen. Er parkte direkt vor dem Lokal und sah sie wehmütig an. »Und wann bekomme *ich* eine neue Chance?«

7

Die folgenden Nächte verliefen unruhig. Bei jedem Geräusch war Alice aus dem Schlaf hochgeschreckt und hatte nach ihren Katzen gerufen. Sie hatte alles abgesucht, Nachbarn gebeten, die Augen offenzuhalten, doch Colette und Zazou waren wie vom Erdboden verschwunden. Auch auf die Suchmeldungen hatte bisher niemand reagiert.

Verzweifelt hatte Alice im Internet nachgeforscht und erfahren, dass man vor allen Dingen Geduld brauchte, bis Alt-Katzen sich an einen Neuzugang gewöhnten. Der Hinweis, dass dies in schwierigen Fällen Monate dauern konnte, hatte sie keineswegs beruhigt. Auch die Tatsache, dass sie nicht wusste, wo Colette und Zazou sich herumtrieben, machte sie verrückt vor Sorge.

Doch als sie hinter Emile in der Warteschlange beim Bäcker stand, kam ihr eine Idee. Emile war dafür bekannt, dass er Sachen aufspürte. Man sagte ihm, was man suchte, und er richtete seine Antennen danach aus. Ein entlaufener Hund? Eine Garage mit Platz für eine Werkbank? Eine verlorene Tasche? Als hätte er einen siebten Sinn, wusste Emile bald, wo einem weitergeholfen werden konnte. Laut Jeanine, die mit ihm zur Schule gegangen war, besaß er diese Gabe bereits als kleiner Junge.

Seit er die Installationsfirma seinen Söhnen übertragen hatte, fuhr Emile die meiste Zeit auf einem alten Fahrrad durch den Ort und bewegte die Pedale dabei so langsam, dass es einer Zen-Meditation glich.

Alice schilderte ihm ihr Problem. »Colette sieht einer

Siam-Katze ähnlich: Beiges Fell, Pfoten, Ohren, Schwanz und Kopf sind schwarz. Zazou ist schwarz, hat weiße Pfoten, eine weiße Schnute, und auch der Bauch ist hell. Er ist der Zutraulichere von beiden. Meistens sind sie zusammen unterwegs.« Sie wollte noch hinzufügen, dass Zazou ein Meister im Anschleichen und im Fangen von Fliegen war und Beauty-Queen Colette eine elende Zicke sein konnte, aber diese Eigenschaften behielt sie für sich. Es tat in diesem Moment nichts zur Sache.

Emile, der auch im Ruhestand stets einen Blaumann trug, hörte ihr schweigend zu. Er fuhr sich mehrmals über den Dreitagebart, dann nickte er. »*D'accord.*«

Alice stellte sich vor, wie die Infos in Emiles Kopf sortiert, in bestimmte Fächer gespeichert und bei Bedarf hervorgekramt wurden. Sie hoffte, dass das System auch diesmal verlässlich funktionierte und er bald fündig werden würde.

Guten Mutes machte sie sich an die Arbeit. Sie hatte am Tag vorher ein langes, angenehmes Telefonat mit der Zeitschriftenredaktion geführt und wusste nun, welches Layout geplant war und wie umfangreich die *Genussberichte* sein durften. Vorher wollte sie ihren Besuch bei der Zitronenfrau zusammenfassen. Sie überlegte, inwieweit sie das Chaos auf dem Hof schildern konnte, als ihr Telefon klingelte: eine wütende Jeanine.

»Stell dir vor! Ich habe diese Pflanzen erst vor zwei Wochen gekauft und alle sind sie eingegangen! Einfach so! Und als wäre das nicht schon ärgerlich genug, haben diese verdammten Schnecken vier von meinen Zucchinipflanzen gefressen. Es sind nur noch armselige Stümpfe übrig!«

»Das tut mir sehr leid«, sagte Alice in einer Atempause. »Aber ich fürchte, da kann ich dir nicht helfen.«

»Doch. Du könntest mit mir auf den Markt nach Vaison fahren.«

»Kann das nicht bis morgen warten? Dann haben wir den Markt direkt vor der Tür.«

»Aber ohne den Händler, der mir diesen Mangold angedreht hat. Ich will Ersatz. So leicht lasse ich den Halsabschneider nicht davonkommen!«

In den Gassen von Vaison-la-Romaine herrschte bereits dichtes Gedränge. Ohne sich um das breite Angebot zu kümmern, bahnten sie sich ihren Weg durch die Grand Rue zum Cours Taulignan. In der Querstraße, die Pflanzenhändlern, Fisch- und Fleischständen vorbehalten war, steuerte Jeanine direkt auf ihr Ziel zu.

Der Händler hatte sich fein zurechtgemacht: ein weißes Hemd, eine verwaschene, aber gebügelte Hose, die von einem Gürtel mit Riesenschnalle gehalten wurde, darunter ein paar alte, auf Hochglanz polierte, beeindruckend spitz zulaufende Lackschuhe. Die schwarzen Haare nach hinten gegelt, ein altmodisches Brillengestell auf der Nase, wartete er auf Kundschaft.

Ohne Umschweife drückte Jeanine ihm den Beutel mit der welken Ware in die Hand. »Da haben Sie Ihren Dreck wieder. Heute möchte ich zur Abwechslung gesunde Pflanzen, ist das klar?«

Der Mann versuchte, den Spieß umzudrehen, doch er hatte keine Chance. Als Jeanine sich an die Kundin neben ihr wandte und sie vor der Qualität der angebotenen Ware warnte, bekam sie sofort, was sie haben wollte. Zufrieden legte sie die Pflanzen in ihren Korb und hakte sich bei Alice ein.

»Das soll er sich mal merken«, raunte sie. »Ich bin alt,

aber nicht auf den Kopf gefallen. Und wir beide gehen jetzt einen Kaffee trinken!«

Auf der Place Montford suchten sie sich in einem der vielen Cafés zwei Stühle in vorderster Reihe. Nachdem Jeanine sich eine Weile über die scheußliche Renovierung des alten Platzes aufgeregt hatte, begannen sie ihr Lieblingsspiel und lästerten über die Touristen.

»Schau dir mal dieses grimmig guckende Ehepaar neben uns an«, flüsterte Alice. »Warum, meinst du, sind die hierhergefahren?«

»Klarer Fall«, sagte Jeanine nach kurzer Überlegung. »Nachdem er hier im Alter von sieben sein Kindermädchen umgebracht und verscharrt hat, zieht es ihn jeden Sommer wieder an den Ort des Verbrechens.« Sie blitzte Alice an. »Bei diesen Verschandelungsarbeiten haben sie aber die Leiche gefunden und entsorgt. Das ärgert ihn maßlos. Sollen wir es seiner Frau verraten?«

Alice lachte laut los. Sie freute sich, dass ihre Freundin wieder zur alten Form zurückgefunden hatte. Sie wollte gerade ein weiteres Paar ins Visier nehmen, als Alain Bardou vor ihrem Tisch auftauchte.

»Wusste ich doch, dass ich dieses Lachen kenne!« Ungefragt gesellte er sich zu ihnen und bestellte einen Kaffee. »Habt ihr groß eingekauft?«

Jeanine sagte keinen Ton. Stumm starrte sie auf die Menschen, die sich an den bunten Marktständen drängten, und tat, als wäre Alain nicht da.

Alice hingegen, die solche Stimmungen schlecht ertragen konnte, redete wie ein Wasserfall. Sie erzählte von den eingegangenen Pflanzen, von der Schneckenschwemme und ihren verschwundenen Katzen.

»Ach, mach dir keinen Kopf. Katzen retten sich schon

allein«, sagte Alain, was ihm einen giftigen Blick von Jeanine einbrachte. Auch Alice hielt nun den Mund.

Alain bemerkte nichts von alledem. Er plauderte über das schöne Wetter und über die Termine, die auf ihn warteten. Bis Jeanine plötzlich aufstand. »Wir müssen los«, sagte sie zu Alice. »Jacques wartet.«

Überrascht sprang Alice ebenfalls auf. »Tja, dann ... wollen wir mal. Wir sehen uns ja heute Abend. Du brauchst mich aber nicht abholen. Ich fahre selber.«

»Wieder ein Abend auf Abruf?« Alain zwinkerte sie an.

»Ganz bestimmt nicht«, sagte Alice. »Ich freue mich auf das Essen!«

Schweigend machten sie sich auf den Rückweg. Beim Auto angekommen, sah Jeanine Alice ernst an. »Du gehst mit diesem Kerl aus?«

»Ja. Hast du was dagegen?«

»Sein Vater war schon ein elender Schürzenjäger. Der hat nie Rücksicht darauf genommen, ob eine Frau liiert war oder nicht.«

»Moment mal. Niemand kann etwas für seinen Vater, oder? Auch meiner war ein Idiot. Ich bin aber gut in der Lage, auf mich aufzupassen, und sinke nicht jedem in die Arme. Alain hat Léon und mir schon einige Male geholfen, und ich verstehe es einfach als eine nette Geste, dass er mich zum Essen einlädt.«

»Der Apfel fällt bekanntlich nicht weit ...« Jeanine dachte angestrengt nach, aber die richtige Ergänzung fiel ihr nicht ein. »Er fällt eben nicht weit. Vergiss das niemals.«

*

Müde war sie. Todmüde. Der Ausflug hatte sie angestrengt, doch der Gedanke, dass sie sich gleich bei Jacques ausruhen konnte, verlieh ihr neue Kraft.

Jeanine klopfte an seiner Tür und drückte auf die Klinke, doch das Zimmer war abgesperrt. Sie sah in den Garten hinunter, ob sie ihn dort entdecken konnte, lauschte, ob sie ihn singen hörte. Doch es war überall still.

Sie nahm den Schlüssel aus seinem Versteck und betrat das Zimmer. Dort setzte sie sich auf die Couch am Fenster.

Padam ... padam ... padam ... Mit einem Mal hörte sie die Stimme von Edith Piaf und summte leise mit.

Padam ... padam ... padam ... Des ›je t'aime‹ de quatorze juillet,

Padam, padam, padam ... Des ›toujours‹ qu'on achète au rabais.

Sie dachte an ihr Glück, an die guten Zeiten zurück, wie Edith es empfahl.

Padam ... padam ... padam ... Auch der heutige Tag war gut gewesen. Oder? Es war nur so schrecklich viel passiert. Die Schnecken, die verwelkten Pflanzen ... Und der Markt, die vielen Menschen. Und dann war noch dieser ... aufgetaucht.

Jeanine ließ sich erschöpft zur Seite gleiten, schob sich das weiche Kissen unter den Kopf. Nur ganz kurz. Nur ein paar Minuten, bis Jacques ...

Da bist du ja, meine Schöne! Jacques umfasst ihre Taille und küsst sie auf die Wangen. Wie hübsch du in dem Kleid aussiehst! Hast du etwa auch schon frei? Wir könnten uns etwas Paté und Brot aus der Küche holen und ein Picknick unten am Fluss machen. Was hältst du davon?

Sie schmiegt sich an ihn. Das wäre schön! Ich habe noch

eine Flasche Wein in meinem Zimmer. Die nehmen wir auch mit.

Doch anstatt aufzubrechen, bleiben sie umarmt im Zimmer stehen, wiegen sich sanft zu der Melodie, die Jacques leise summt: Padam ... padam ... padam.

Du bist mein großes Glück, flüstert sie ihm ins Ohr. Eine so schöne Zeit wie mit dir habe ich noch nie erlebt ...

Und sie wird nie enden, meine Liebste, nie, das verspreche ich dir. Wir werden ...

Das Hupen eines Busses riss Jeanine in die Wirklichkeit zurück. Mit geschlossenen Augen blieb sie liegen, versuchte mit Macht in den Traum zurückzukehren, sich den Duft seines Parfums in Erinnerung zu rufen, aber die Tür in die Vergangenheit war wieder fest ins Schloss gefallen.

Langsam setzte sie sich auf, hielt sich mit beiden Armen umschlungen. Summend versuchte sie, in den Rhythmus zurückzufinden, seinen Körper zu spüren. Doch alles, was sie erkennen konnte, war eine sich auflösende Gestalt, die eins wurde mit den tanzenden Staubkörnchen im Licht, das durch die Lamellen der Fensterläden fiel.

*

Alice verstand die Welt nicht mehr. Schon beim geringsten Anlass fuhr der sonst so ruhige Georges aus der Haut. »Was ist denn so schlimm daran, dass dieser Spiegel abgehängt wurde? Er wurde ja nicht geklaut, oder?«

Georges schnaubte. »Man hätte mich fragen können. Abgesehen davon wurden zwei Tische umgestellt. Und keiner weiß was.«

»Vielleicht hast du das beim Bodenwischen selber gemacht?«

»Klar. Und dann sofort vergessen.« Er fuhr sich mit beiden Händen durchs Haar. »Tut mir leid, dass ich so schlecht gelaunt bin. Aber diese Kritikergeschichte hängt wie ein Damoklesschwert über meinem Kopf. Es soll alles so perfekt wie möglich sein.«

»Die Karte ist es ja schon«, sagte Alice. »Mit diesen Speisen liegst du goldrichtig und vieles kannst du vorbereiten.« Sie wollte noch etwas hinzufügen, als es hinter ihr klingelte. Emile radelte auf sie zu.

»Im Garten des alten Hotels«, sagte er. »Viel Glück!« Keine Silbe zu viel, aber ein Hinweis voller Hoffnung.

»Habe ich was verpasst?« Georges starrte Emile hinterher.

»Er hat meine Katzen entdeckt.« Alice nahm ihre Tasche vom Tisch und eilte davon. Im kleinen Supermarkt an der Platanenallee kaufte sie zwei Dosen Katzenfutter und nach kurzer Überlegung eine Tüte Käserollis. Egal, wie beleidigt die beiden waren, dieser Leckerei würden sie nicht widerstehen können. Hoffentlich hatte Emile richtig gesehen!

Das Hotel *Le Tilleul* lag am Rande von Beaulieu und hatte seinen Namen nach den beiden Lindenbäumen bekommen, die den verwilderten Vorgarten beherrschten. Um ihren Stamm blühten zahlreiche Mohnblumen.

Alice linste durch den zerrissenen Sichtschutz auf das parkähnliche Entree. Genau an dieser Stelle hatten Léon und sie vor geraumer Zeit hineingeschaut und sich ausgemalt, wie es wohl wäre, hier zu leben.

Das Haus, eher eine große Villa, stand seit Jahren leer. Die helle Fassade brauchte dringend einen neuen Anstrich. Ein bekiestes Rondell führte zu einer schlichten Steintreppe, die zu beiden Seiten von einem schmalen, flechtenüberzogenen Handlauf eingefasst war. Links und rechts wuchs je eine hohe, zerzauste Palme. Vor der Eingangstür lag eine Terrasse, die sich, wie Alice gehört hatte, um das ganze Haus erstreckte. Die lindgrünen Fensterläden wurden von schmalen Lamellen unterbrochen und waren allesamt geschlossen.

Alice rief ihre Katzen, doch es rührte sich nichts. Hatte Emile sich getäuscht? Oder versteckten sie sich hinter dem Haus? Als sie sicher war, dass niemand sie beobachtete, kletterte sie über eine niedrige Mauer und kämpfte sich durch das Gestrüpp am Rand des Grundstücks. Durch ein Loch im Zaun hatte sie freie Sicht auf den großen Garten und die teils überdachte Terrasse, wo noch einige Tische und Stühle standen. Angestrengt starrte sie in den dichten Dschungel, in der Hoffnung, zwischen den vielen Grüntönen etwas Schwarzweißes oder Beigeschwarzes zu entdecken.

Sie wollte schon aufgeben, als sich im Unterholz plötzlich etwas bewegte. Zazou! Sie rief ihn mehrmals, doch der Kater schien nicht zu begreifen, woher ihre Stimme kam, und verschwand wieder im Gebüsch. Hektisch ging Alice an der Umzäunung weiter. Irgendwo musste sie sich doch Zugang verschaffen können.

Am Ende des Grundstücks wurde sie fündig. Eines der Sichtschutzpaneele war zur Seite geschoben worden. Alice schlüpfte durch den Spalt und stellte fest, dass sie nicht die Erste war, die hier eindrang. Andere Besucher hatten bereits eine Schneise durch das Dickicht geschlagen.

Leise rufend schlich sie zu der Stelle, wo sie Zazou gesichtet hatte, doch der Kater blieb verschwunden. Nachdem sie den Teil des Gartens durchstreift hatte, der problemlos zugänglich war, setzte Alice sich auf die Terrasse und entfernte die Zweige und Blätter, die sich in ihrem Haar verfangen hatten. Nun fiel ihr auf, dass manche Tische sauber gewischt waren, andere nicht. Bestimmt trafen sich hier abends heimlich Jugendliche.

Sie stand auf und kontrollierte die Türen an der Rückseite des Hauses. Beim zweiten Versuch war sie erfolgreich. Neugierig drehte sie den Knauf und trat ein.

Bereits nach wenigen Schritten hatte Alice das Gefühl, sich in einer anderen Zeit zu bewegen. Die Luft war muffig und abgestanden, es roch nach Bohnerwachs und einer längst vergangenen Epoche. Als ihre Augen sich an das dämmrige Licht gewöhnt hatten, erkannte sie die Rezeption und ging über den schwarzweiß gemusterten Mosaikboden auf die gerundete Theke aus Holz zu. Die ehemals glänzende Empfangsglocke stand auf einem kleinen Untersetzer, an der Rückwand hingen die Zimmerschlüssel ordentlich in ihren Kästchen, ein Prospektständer an der Wand gab Hinweise auf die Sehenswürdigkeiten der Region. Alles war von einer dicken Staubschicht überzogen.

An den Wänden hingen halbrunde Schalenlampen aus mattem Glas. Alice stellte sich das weiche Licht vor, das sie einmal in diesem Raum verbreitet haben mussten. Hinter der Rezeption führte eine schlichte Marmortreppe in den ersten Stock.

Sie wandte sich nach rechts und kam zu einer Sitzgruppe mit Ledersesseln und einer dunkelroten Chaiselongue, gegenüber war eine Bar eingerichtet, deren Drehhocker schon lange verwaist waren. Dann stand sie vor einer verglasten Holztür und blickte in den Speisesaal.

Durch die Lamellen der Fensterläden drang auch hier so viel Licht, dass sie alles gut erkennen konnte. Die ordentlich ausgerichteten Tische, die Kronleuchter an der Decke, die Schirmlampen zwischen den Sprossenfenstern, alles schien auf Gäste zu warten, die so schnell nicht wiederkehren würden.

Neben wuchtigen Schränken voller Geschirr und Besteck entdeckte Alice die Pendeltür zur Küche. Während sie den großen Herd umrundete, die vielen Kupfertöpfe und -pfannen bewunderte, stellte sie sich das Klappern des Geschirrs, das Hin-und-Her-Rennen der Köche und die livrierten Kellner vor, die ungeduldig auf die bestellten Speisen warteten.

In Gedanken versunken kehrte Alice in die Lobby zurück. Sie wunderte sich, wie gut erhalten alles war. Manche Fensterscheiben hatten einen Sprung und sicher fehlte einiges vom Inventar. Aber mutwillig randaliert hatte hier niemand, soweit sie feststellen konnte.

Sie blieb vor dem Foto einer elegant gekleideten Dame stehen und überlegte, ob es sich dabei um die ehemalige Besitzerin handelte, als etwas ihre Beine berührte. Erschrocken sprang sie zur Seite und sah mit klopfendem Herzen zu Boden.

»Mau!« Mit vorwurfsvollem Blick sah Colette sie an. Im nächsten Moment kam auch Zazou angerannt.

Überglücklich, sie gefunden zu haben, ging Alice in die Hocke und streichelte sie ausgiebig. »Wisst ihr, wie ich mich um euch gesorgt habe?« Das interessierte die Katzen nicht sonderlich. Sie hatten Hunger, und Alice sollte gefälligst spuren.

Gemeinsam gingen sie in den Speisesaal, wo Alice einen Teller aus dem Schrank nahm. Das Hotelporzellan war schlicht und edel gestaltet. Die Teller hatten einen flachen, zartgrünen Rand, in dem der Name des Hotels als weißer Schriftzug zu lesen war. Die Mitte war mit einigen stilisierten Lindenblüten dekoriert.

Alice verteilte das Futter darauf und stellte es ihren Katzen hin. »Ich wünsche den Herrschaften einen guten Appetit!« Während die Katzen sich glücklich über die Mahlzeit hermachten, beobachtete sie die beiden. Sollte sie sie mit nach Hause nehmen? Nein, sie würden sofort wieder abhauen und dann ginge die Sucherei von vorn los. Besser wäre es, jeden Tag herzukommen und nach dem Rechten zu sehen.

Als die Teller leergeputzt waren und Alice mit Hilfe einiger Käserollis die Gunst der beiden wiedergewonnen hatte, ließ sie die Katzen hinaus. Sie wollte ihnen schon folgen, als sie ein Klopfen zu hören glaubte. Gebannt stellte sie sich an die Treppe und lauschte. Wieder hörte sie das Geräusch. Auch, wie jemand mit leiser Stimme sprach. Eine Stimme, die näher zu kommen schien.

»Alles in Ordnung bei Ihnen? Ja? Wunderbar. Das Abendessen wird ab sieben serviert. Selbstverständlich können Sie auf der Terrasse speisen. Bei dem schönen Wetter ...«

Alice hörte, wie eine Zimmertür geschlossen wurde, kurz darauf wieder ein Klopfen. Das ging so weiter, bis die Person die Treppe erreicht hatte. Schnell versteckte sie sich hinter der Rezeption. Gerade rechtzeitig, denn nun stand die Person ganz in der Nähe: »Zimmer vier möchte heute Abend gern auf der Terrasse speisen, Madame. Genau. Ich kümmere mich darum.«

Als die Schritte sich entfernten, wagte Alice einen Blick über die Theke. Sie hatte richtig gehört. Es war die Stimme von Jeanine.

8

»Sie hat an Türen geklopft und imaginären Menschen erzählt, wann es Abendessen gibt, Georges. Es war beklem-
mend! Und zum Schluss unterhielt sie sich mit dem Foto
einer Frau. Kannst du dir vorstellen, wie gespenstisch
das war?«

»Aber sie hörte sich gut an, sagst du?«

»Wenn man in einer solchen Situation von *gut* sprechen kann. Ihre Stimme klang geradezu jung.«

»Du musst wissen, dass Jeanine früher in diesem Hotel gearbeitet hat. Vielleicht geht sie nun dorthin, wenn
sie sich nach dieser Zeit zurücksehnt. Vielleicht verschaffen ihr die Erinnerungen an diese Lebensphase auch eine
gewisse Geborgenheit. Ich kann es dir nicht genau sagen.«

»Was hat sie früher dort gemacht?«

Georges verteilte den Inhalt einer Wasserkaraffe auf ihre Gläser und setzte sich zu Alice an den Tisch. »Jeanine
stammt aus einfachen Verhältnissen. Die Eltern hatten
einen Lebensmittelladen, gleich am Ende der Arkaden.
Die Aprikosenmarmelade, die Jeanines Mutter selbst machte, war bei den Kunden sehr beliebt und wurde auch im
Hotel serviert. Obwohl sie gute Noten mit nach Hause
brachte, kam es für Jeanine nicht in Frage, eine weiterfüh-
rende Schule zu besuchen. Sie wurde im Laden gebraucht.
Eine ihrer Aufgaben war das Ausliefern der Marmelade
in das Hotel, das damals als mondän galt.«

Georges lächelte versonnen. »Sie hat mir mal erzählt,
dass sie die Gäste bei ihren Besuchen genau studierte: die

Gestik, die Ausdrücke, die sie benutzten, ihr Benehmen. Und sie stellte sich vor, wie diese Menschen zu Hause wohl leben mochten, welchen Berufen sie nachgingen und wie sie sich in bestimmten Situationen verhalten würden.«

Alice sah ihn erstaunt an. »Ein ähnliches Spiel betreibt sie noch heute, wenn wir mal zusammen im Café sitzen.« Sie erzählte von dem Marktbesuch am Morgen.

»Wie es das Schicksal so wollte, glaubte ein älterer Herr, dass sie zum Personal gehörte, und fragte, ob sie ihm behilflich sein könnte. Jeanine ließ sich nicht lange bitten, erfüllte ihm seinen Wunsch und wurde dabei von Madame Bonnet, der Chefin des Hauses, beobachtet. Als diese das Mädchen dann ansprach und sich für ihren Einsatz bedankte, entschuldigte Jeanine sich zuerst. Sie hatte sich nicht aufdrängen wollen. Doch dann kam alles ganz anders.« Er nahm einen tiefen Schluck aus seinem Glas.

»Madame Bonnet erklärte ihr, dass eine ihrer Hilfskräfte ausgefallen sei und sie dringend jemanden suche, der sich um die Zimmer der Gäste kümmere.«

»Da werden ihre Eltern nicht begeistert gewesen sein, oder?«

Georges schüttelte den Kopf. »Aber der Verdienst war letztendlich ausschlaggebend. Zum Glück, denn sonst hätte ich Jeanine nie kennengelernt, und auch wir beide würden hier nicht zusammensitzen.«

»Wie das?«

»Jeanine lernte schnell und machte sich im Hotel unentbehrlich. Du kennst sie ja. Schon damals war sie hilfsbereit, geistreich und verblüffte immer wieder mit ihren praktischen Lebensweisheiten. Sie war sowohl bei ihren Kollegen als auch bei den Gästen sehr beliebt, und aus diesem Grund bot Madame Bonnet ihr irgendwann ein

Dienstbotenzimmer an. Damit war ihr Glück perfekt: Nun wohnte sie praktisch im Hotel.«

»Und was hat das mit dir zu tun?«, fragte Alice gespannt.

»Ich hatte gerade meinen fünften Geburtstag gefeiert, als ich mit meinen Eltern zum zweiten Mal in dem Hotel logierte. Meine Mutter war hochschwanger, und Jeanine hatte mitbekommen, dass ihr auch im achten Monat oft noch übel war. Aus diesem Grund hatte sie *Maman* einen Tee aus speziellen Kräutern aufs Zimmer gebracht.«

»Der ihr hervorragend geholfen hat«, tippte Alice.

»Nicht nur das. Als meine Schwester Monique schon während dieses Urlaubs zur Welt kam, kümmerte Jeanine sich so liebevoll um mich, dass zwischen den Frauen eine Art Freundschaft entstand. Später durfte ich mehrere Sommer bei ihr verbringen. So lernte ich auch Léon kennen, der ein paar Häuser weiter wohnte.«

»Ein Glück«, sagte Alice mit einem tiefen Seufzer. »Vielleicht ist es wirklich so, dass es Jeanine guttut, sich von Zeit zu Zeit in der Vergangenheit zu wähnen.«

»Ich störe nur ungern«, rief Marie aus der Küche. »Aber dein Typ wird hier dringend gebraucht, *Monsieur*!«

Georges war sofort auf den Beinen. »Wir unterhalten uns gleich weiter.« Doch Alice schüttelte den Kopf. »Morgen. Ich muss mich sputen. Sonst wird mir der Kopf abgerissen.«

»Du lieber Gott. Von wem?«

»Alain Bardou hat mich zum Essen eingeladen. Ich möchte ihn nicht wieder versetzen.« Sie hängte ihre Tasche über die Schulter. »Aber schreib mir, wenn verdächtige Gäste auftauchen, ja?«

Alice rieb sich fröstelnd die Arme, als sie das Restaurant betrat. Es war kühl in dem alten Gewölberaum, den man sehr modern und puristisch eingerichtet hatte. Dieser Gegensatz war durchaus reizvoll, doch Alice gab den gemütlichen Räumen bei Georges den Vorzug.

Ein Kellner kam auf sie zu. »Bonsoir, Madame!« Eine elegante Handbewegung. »Hatten Sie reserviert?«

»Ich bin mit Monsieur Bardou verabredet.« In diesem Moment entdeckte sie Alain bereits auf der Terrasse, wo er mit steinerner Miene auf die Speisekarte starrte.

Als sie in die Abendsonne hinaustrat, erhellte sich sein Gesicht. »Da bist du ja! Ich hatte schon befürchtet, dass unser Treffen erneut ins Wasser fällt.« Galant zog er einen Stuhl vom Tisch, damit sie Platz nehmen konnte. »Du siehst wunderschön aus.«

»Tut mir leid, dass ich zu spät bin, aber jemand hat mir den letzten Parkplatz vor der Nase weggeschnappt«, sagte Alice. »Daher musste ich den ganzen Weg herauf zu Fuß gehen.« Sie schlug die Speisekarte auf, die der Kellner ihr reichte. »Ah, jetzt weiß ich, warum du dieses Lokal vorgeschlagen hast.« Sie zeigte auf die Gestaltungselemente im Logo, die an Picasso erinnerten.

»Nein, ich habe dich hierher eingeladen, weil die Küche hervorragend ist. Aber schön, dass es dir gleich auffällt. Es gibt ein paar interessante Menüs. Und der Fisch ist sehr zu empfehlen.«

Nachdem sie ihre Wünsche dem Kellner weitergegeben hatten, genossen sie die grandiose Aussicht, die sie von ihrem Tisch aus hatten. »Apropos Picasso«, sagte Alain. »Hättest du Lust, einen Ausflug nach Vauvenargues zu machen?« Er strich ihr kurz über die Hand. »Das ehemalige Schloss von Picasso ist dem Publikum zugänglich gemacht worden. Es liegt ganz in der Nähe der Montagne Sainte-Victoire, die Cézanne immerzu gemalt hat.«

»Das hört sich verlockend an. Aber im Augenblick habe ich zu viel um die Ohren.« Alice erzählte von den geplanten Veröffentlichungen.

Alain hörte ihr aufmerksam zu. »Das klingt nach einer Riesenchance. Vielleicht beißen noch weitere Medien an, und du wirst berühmt!« Er beugte sich zu ihr vor. »Dann kannst du das Schloss gleich kaufen! Ich stehe dir gern beratend zur Verfügung.«

Alice schüttelte lachend den Kopf. »Daran bin ich nicht interessiert.« Sie zeigte auf den Teller mit verschiedenen Vorspeisen, der ihr gerade serviert wurde. »Daran aber umso mehr!«

Sie aßen mit Genuss. Alice hatte gerade den letzten Bissen heruntergeschluckt, als ihr Handy eine SMS meldete. Sie kam von Georges, der ihre Aufforderung ernst genommen hatte: *Verdächtigen gesichtet: arrogant, besserwisserisch und dreist. Und bei dir?*

Alice kicherte. *Lecker, entspannt und …* Nach einem Blick in die schöne Landschaft, die sich vor ihr ausbreitete, fügte sie die Wortschöpfung *panoramös* hinzu und schickte den Text ab.

Alain beobachtete sie irritiert. »Was Wichtiges?«

»Nur Quatsch.« Sie prostete ihm mit ihrem Wasserglas zu. »Wo waren wir stehengeblieben?«

»Bei der berühmten Alice. Hatte ich erwähnt, dass ich das Gästehaus vermieten möchte? Wäre das vielleicht eine Übergangslösung für dich?«

»Nein, nur unnötiger Stress. Diese Wohnung ist perfekt. Wenn schon Umzug, dann direkt in das Traumhaus. Abgesehen davon würden die Katzen das nicht mitmachen.

Im Augenblick sind sie schon verstört und hausen im Garten eines alten Hotels.« Sie wollte das Thema noch vertiefen, als ihr Handy erneut vibrierte. Eine weitere Nachricht von Georges: *War Fehlalarm. Neuer Spitzel im Visier: nörgelt, klagt und streitet. Marie flippt aus.*

Alice, die sich die Szene genau vor Augen holen konnte, lachte in sich hinein. »Entschuldige, das ist einfach zu schön«, sagte sie. »Was glaubst du, woran man einen Restaurantkritiker erkennen kann? Nenn mir mal drei Begriffe.«

Alain verstand nicht, worauf sie hinauswollte, und zuckte die Schultern. »Keine Ahnung. Warum?«

»Ist egal.« Alice trank ihr Glas leer und bestellte eine weitere Flasche Wasser. »Wie war dein Tag noch heute?« Sie erinnerte sich an einen Termin, den er gestern in Vaison erwähnt hatte. »Verlief die Besprechung glatt?«

Schon nach seinen ersten Sätzen verfluchte sie ihre Frage, denn es folgte eine ausführliche Abhandlung in staubtrockener Notarsprache. Immer wieder linste sie gelangweilt auf das Display ihres Handys. Zum Glück schien Georges Gedanken lesen zu können und schickte ihr die nächsten Zeilen, während Alain die Rechtslage einer Angelegenheit erörterte.

Eklat Marie – Gast: 1:0. Laut, lustig und schonungslos. Kommst du heute noch? Oder bist du schon vor Langeweile gestorben?

Der Hauptgang rettete Alice. Die Dorade auf einem Gemüsebett war köstlich, und sie bedankte sich für die Empfehlung.

»Gern geschehen!« Alain tupfte sich den Mund mit der Serviette ab. »Und denk daran: Solltest du jemals notariellen Beistand brauchen, kannst du dich jederzeit an mich wenden.« Er legte seine Hand auf ihre. »Aber das weißt du ja, oder?«

Während Alain nach dem Kaffee hineinging, um die Rechnung zu begleichen, schrieb Alice Georges schnell zurück.

Bordeaux, Beistand und gute Unterhaltung. Bitte alles bereithalten!

Auch Alain hielt sein Handy in der Hand, als er zurückkehrte. »Ich bedauere es sehr, dich nicht mehr nach Hause einladen zu können, aber ich wurde von einem Mandanten kontaktiert. Es ist dringend. Ein anderes Mal?« Er sah richtig geknickt aus.

»Das läuft uns ja nicht davon«, sagte Alice, erleichtert, ohne Ausreden nach Beaulieu zurückfahren zu können. »Viel Erfolg und bis bald!«

Bei Georges saßen die letzten Gäste beim Dessert. Marie empfing sie mit einer innigen Umarmung. »Du hast hier echt was verpasst.«

»Aber ich habe erfahren, dass du als Siegerin hervorgegangen bist?«

Marie grinste böse. »Wer grundlos an unserem Essen herummäkelt und sich dann auch noch über mein Äußeres aufregt, muss sich verdammt warm anziehen.« Sie zeigte auf einen freien Tisch. »Setz dich schon mal. Bordeaux kommt gleich, Georges sage ich Bescheid.«

Es war gegen elf, als Alice das Restaurant verließ. Einerseits war sie erleichtert, weil sie nun wusste, wo ihre Katzen sich herumtrieben, andererseits machte sie sich trotz alledem Gedanken um Jeanine. Sie hatte schon einmal Erfahrungen mit einem Demenzkranken gemacht und wusste nur zu gut, wie diese Krankheit einen Menschen veränderte. Hoffentlich lag Georges mit seiner Einschätzung richtig und war Jeanine noch lange in der Lage, für sich selbst zu sorgen.

Zu Hause wurde sie sehnsüchtig erwartet. Alice nahm Trouvé hoch und kraulte sie, bis sie vor Wonne schnurrte. »Es tut mir leid, dass ich dich so oft allein lassen muss«, sagte sie. »Das ändert sich bald wieder.« Sie grub ihr Gesicht in das weiche Fell. »Und jetzt gehen wir hinauf.«

Im Patio goss sie den duftenden Kletterjasmin, dann beugte sie sich über die Brüstung. Auf der Straße nach Beaulieu durchbrachen vereinzelte Scheinwerferlichter die Dunkelheit. Menschen auf dem Weg nach Hause.

Nach Hause. Welches Verlangen diese beiden Worte in ihr auslösten. Sie nahm ihr Telefon und wählte Léons Nummer. »Ich bin es, *mon amour*. Wie schön, deine Stimme zu hören. Du fehlst mir so sehr …«

9

Wenn die Lavendelähren sich färbten, die letzten Linden blühten und es auch nach Sonnenuntergang angenehm warm blieb, hatten die Touristen den Süden endgültig erreicht. Auf den Wochenmärkten herrschte enges Gedränge, die Campingplätze füllten sich, und man musste reservieren, wollte man mit Freunden im Restaurant zu Abend essen. Der Sommer war da.

Zu dieser Jahreszeit war das Hotel stets ausgebucht gewesen, und Jeanine hatte Jacques nicht so oft wie sonst gesehen. Aber es war eine aufregende Zeit. Die Gäste kamen aus aller Welt, und Jeanine war fasziniert von den Menschen, die ein so ganz anderes Leben führten, und lauschte ihren Unterhaltungen:

– *Werden Sie anschließend wieder nach Paris zurückkehren?*

– *Ich bitte Sie ... Dort ist es um diese Zeit unerträglich. Wir fahren weiter nach Antibes, da lässt es sich bis September ganz gut aushalten.*

Sie liebte das hellblaue Hemdblusenkleid, das ihr die Möglichkeit gewährte, die Zimmer der Besucher zu betreten. Jeanine hatte die Fähigkeit, Räume *lesen* zu können. Dafür musste sie nicht herumschnüffeln, sie beobachtete nur. Hing ein seidener Morgenmantel ordentlich auf einem Bügel oder lag er hingeworfen im Bad? Wie ordnete der Gast seine Utensilien, wie sah sein Bett am Morgen aus?

So wusste sie, dass das alte Paar in Zimmer 3 sich nach

wie vor liebte, die frisch Vermählten in Zimmer 7 sich möglichst aus dem Weg gingen. Es machte sie glücklich, den Menschen zuzuhören und ihnen eine schöne Zeit zu ermöglichen. Zu beobachten, wie sie strahlend von einem Ausflug zurückkehrten oder ein *diner* bei Kerzenlicht genossen.

Hatten beide frei, trafen sie sich in Jacques' Zimmer und reisten mit Hilfe seiner Bücher durch die Welt. Jacques nahm sie mit in ferne Städte und in berühmte Museen, zeigte ihr dort Gemälde und Fresken, erklärte mit leiser Stimme, was das Besondere an den Drucken in seiner Mappe war, und machte sie auf die Entwicklung in den Werken verschiedener Künstler aufmerksam.

Picassos Darstellungen fand Jeanine verwirrend und bei weitem nicht so schön wie die Werke von Rembrandt. Aber Jacques mochte ihn, und das reichte Jeanine, um ihn zu akzeptieren. Oft staunte sie, wie er sich diese Vielzahl an Details merken, sie verstehen konnte. »Es interessiert mich eben!« Lachend nahm er sie in die Arme und drückte sie an sich. »Irgendwann fahren wir zusammen nach Paris und besuchen den Louvre. Danach gehen wir nach Griechenland und besichtigen die alten Tempel. Und wenn wir müde werden, fahren wir ans Meer und ruhen uns dort aus.«

»Warst du schon mal am Meer?«

»O ja, es ist wunderschön!« Jacques nahm sie bei der Hand, und sie rannten über den warmen Strand ins Wasser, während Jacques erzählte. Jeanine fühlte, wie die Wellen gegen ihre Beine schlugen, wie der Sand sich unter ihren Füßen bewegte, schmeckte das Salz auf den Lippen. Sie spürte die Sonne auf der Haut, die hier so grell schien, dass sie die Augen zusammenkneifen musste. Dazu sang er *La Mer*. Das Lied, das von den silberfarbenen Spiegelungen des Meeres erzählte.

Obwohl Jacques längst nicht mehr da war, hatte sie hin und wieder diesen Salzgeschmack auf den Lippen. Doch nun stammte er von ihren Tränen. An solchen Tagen sang Jeanine selber. Nicht so schön und viel leiser. Aber der Text war der gleiche. An diesen Tagen wünschte sie sich, für immer in den schäumenden Wogen verschwinden zu können.

*

Seit Alice mit der Zeitschriftenredaktion den Fahrplan für ihre Beiträge festgelegt hatte, kam sie kaum hinterher. Sie kürzte Texte, schrieb neue, versorgte ihre Katzen, spielte und schmuste mit ihnen im Hotelgarten. Zazou und Colette schienen sich dort wohl zu fühlen, und Alice gewöhnte sich an diese täglichen Ausflüge. Eines Tages würden die beiden von dieser Landpartie genug haben, nach Hause kommen und Trouvé akzeptieren, sagte sie sich, wenn das schlechte Gewissen sie quälte.

Obwohl die weitläufige Anlage sie magisch anlockte, widerstand sie der Verführung, sich dort genauer umzusehen. Wohl wissend, dass dieses Paradies nie ihr Zuhause werden konnte und es undenkbar wäre, etwas Adäquates zu finden.

Der heutige Tag hatte früh begonnen. Sie war nach Avignon gefahren, um in der Markthalle Interviews mit Händlern zu führen und die dort herrschende Atmosphäre für ihre Leser einzufangen. Gemächlich hatte sie die breiten Gänge durchstreift. Das Angebot an regionalen Produkten war überwältigend und mit jedem Stand, den sie unter die Lupe genommen hatte, war ihr Appetit größer geworden.

Nach interessanten Gesprächen mit einem Melonenbauer, einem Fischhändler und dem Inhaber eines Käsestandes hatte sie für Georges eingekauft und war mit vollen Taschen zu ihrem Auto zurückgekehrt.

Gegen zehn verließ sie die Autobahn in Bollène. Die Sonne brannte vom Himmel, und es war stickig im Wagen. Alice kurbelte gerade ein Fenster herunter, als sie ihn hinter der Zahlstation stehen sah: einen schlaksigen jungen Mann mit großem Rucksack, ein Pappschild mit der Aufschrift *Direction Beaulieu* in der Hand.

Langsam fuhr sie auf ihn zu. Dem Aussehen nach zu urteilen, tippte sie auf Niederländer: groß, mit blonden kurzen Haaren und einem freundlichen Gesicht. Sie war schon fast an ihm vorbei, als sie spontan auf die Bremse trat. Warum sollte sie ihn nicht mitnehmen? Schließlich war auch sie früher per Anhalter unterwegs gewesen.

»Danke, dass Sie halten«, sagte der Mann höflich. Sein Akzent bewies, dass sie recht gehabt hatte, aber er sprach gut Französisch. »Ich möchte nach Beaulieu. Wo fahren Sie hin?«

Hocherfreut, dass Alice ihn direkt ans Ziel bringen konnte, legte er seinen Rucksack in den Kofferraum. Dann fuhren sie an der trostlosen Ausfallstraße weiter. Sie hatten das Ortsende fast erreicht, als der Tramper sein Schweigen brach. »Diese Farben«, rief er. »Einmalig!« Begeistert zeigte er auf eine verblichene Werbemalerei auf der Stirnseite eines baufälligen Gebäudes.

»Malen Sie selber auch?«

Er schüttelte den Kopf. »Nein. Aber ich liebe diese Uraltwerbungen zu Produkten, die es oft gar nicht mehr gibt.«

Er erzählte, dass er diese Art von Reklame jahrelang auf Fotos gebannt und einige als Plakate hatte drucken lassen.

Das Eis war gebrochen, und sie gingen bald zum Du über. Willem erzählte von den vielen Urlauben, die er schon in Beaulieu verbracht hatte, und wie sehr er sich auf die kommende Zeit freute.

Alice hörte ihm gern zu. Seine offene Art war ihr sympathisch, und als der Mont Ventoux sich am Horizont abzeichnete, fuhr sie auf einen kleinen Parkplatz. »Hier halten mein Mann und ich immer, wenn wir länger weg waren. Es ist jedes Mal etwas Besonderes, ihn wieder im Blick zu haben.«

»Dieser Berg wird nie langweilig«, sagte Willem. »Schon gar nicht, wenn man aus dem flachen Holland kommt.« Er sah sie von der Seite an. »Aber weißt du, dass ich nervös bin? Ich freue mich riesig auf Beaulieu. Gleichzeitig habe ich Angst, dass vieles sich so gewandelt hat, dass es den Ort, wie ich ihn lieben gelernt habe, nicht mehr gibt. Zehn Jahre sind eine lange Zeit.«

Willem erzählte, wie groß der Übergang stets war, wenn er aus dem hektischen Amsterdam hierherkam, wie sehr er die Märkte liebte, das ausführliche Tafeln im Schatten, das Boule-Spiel und die schöne Badestelle in der Ouvèze, etwas außerhalb von Beaulieu. Ob es die wohl noch gab?

»Ich glaube, ich weiß, welche du meinst. Wollen wir gleich vorbeifahren?«

Mal floss die Ouvèze gemächlich dahin, mal glich sie einem Sturzbach, der sich mit Wucht einen Weg durch schmale Felsspalten bahnte. Dort spülte der Fluss tiefere

Wannen aus, die sich jedes Jahr woanders befanden, je nachdem, wie die Strömung im Frühjahr verlaufen war.

Zuerst galt es einen steilen, felsigen Hang hinunterzuklettern. Ein Trampelpfad zeigte den sichersten Weg an. Hatte man den Abstieg geschafft, gelangte man über flache, aus dem Wasser ragende Findlinge zu einem Kiesstreifen unter einem imposant überhängenden Felsen.

Willem sprang mit großen Schritten vorwärts. Er erinnerte Alice an einen jungen Hund, den man endlich von der Leine gelassen hatte. Am Ziel angekommen, zog er sich bis auf die Boxershorts aus, dann stieg er ins Wasser. Die Kälte war ein Schock, und er schrie lachend auf, als er bis zum Kopf eintauchte. Die hohen Felsen am Ufer trugen seine Stimme wie ein Echo weiter.

Alice sah ihm vom Ufer aus zu. Sie hielt die Füße in den schnell strömenden Fluss und beobachtete die Luftbläschen, die sich auf ihrer Haut bildeten.

Schnaufend kam Willem aus dem Wasser und legte sich neben sie zum Trocknen in die Sonne. »Hier habe ich zum ersten Mal in meinem Leben ein Mädchen geküsst«, sagte er nach einer Weile.

»War sie schön?« Alice betrachtete den attraktiven Mann und konnte sich vorstellen, dass auch heute viele Frauen einem Kuss von ihm nicht abgeneigt wären.

»Wunderschön. Leider erfuhr ich am nächsten Tag, dass die Familie abreiste, und ich konnte ihr gerade noch nachwinken.« Er seufzte tief. »Die restlichen Ferientage habe ich gelitten wie ein Hund und schwermütige Chansons von Léo Ferré gehört.«

»Du klingst, als würde die Geschichte sich gerade wiederholen.«

Willem setzte sich auf. »In gewisser Weise ja. Meine

Freundin hat sich vor einiger Zeit von mir getrennt. Daher dachte ich, ein Tapetenwechsel könnte mich auf andere Gedanken bringen. Im Alltag ist man stets in den selbstauferlegten Zwängen gefangen.«

»Glaubst du, du kannst sie hier hinter dir lassen?« Alice wunderte sich, wie vertraut diese Zufallsbekanntschaft sich anfühlte. Sie kannten sich noch keine zwei Stunden und sprachen doch über so persönliche Themen.

»Ich befürchte, sie haben sich in meinem Gepäck eingenistet und strecken bald die Köpfe wieder hoch.«

»Vielleicht kannst du sie überrumpeln, indem du sie aussetzt?«

»Lieber würde ich sie eigenhändig umbringen«, brummte Willem. »Aber das klingt einfacher, als es ist.«

Alice schaute auf die Uhr. »Ich will nicht hetzen, aber die Kühlboxen im Auto schaffen es bald nicht mehr, die Lebensmittel frisch zu halten. Weißt du denn schon, wo du unterkommst?«

Während er sich anzog, nannte er die Pension *Nathalie*.

»Die ist gleich bei meinem Freund Georges um die Ecke«, sagte Alice. »Wenn du magst, kannst du dein Gepäck dort schon mal hinbringen und anschließend mit uns zu Mittag essen.«

»Ich habe einen sehr netten Niederländer kennengelernt.« Alice stellte die Einkäufe auf dem großen Tisch in Georges' Küche ab.

»Gibt es die?«

»Du kannst dir gleich selber ein Urteil bilden. Ich habe ihn nämlich zum Mittagessen eingeladen.«

»Und ich habe vorhin im Supermarkt Jeanine getroffen. Sie hat dort Batterien gekauft. Für ihre Musik, damit sie mal wieder tanzen kann.« Georges wickelte den *Tomme de Chèvre* aus und legte ihn auf das Käsebrett. »Ich habe ihr gesagt, dass sie die nicht bräuchte, weil Steckdosen im Haus sind. Sie hat aber entschieden den Kopf geschüttelt und gemeint, das würde gar nichts bedeuten. Manchmal spinnt sie wirklich.«

»Wir behalten sie im Auge.« Alice schnitt das Baguette in Stücke und legte sie in den Brotkorb. »Wie war sie sonst?«

»Eigentlich ganz normal. Wahrscheinlich sehe nur ich Gespenster. Ich habe mal wieder miserabel geschlafen. Ständig geisterte dieser Kritiker durch meine Träume. Hoffentlich taucht der Kerl bald auf und das Warten hat ein Ende.«

Es klopfte an der Küchentür. Alice ließ Willem hinein und stellte ihm Georges vor. »Stell dir vor, er war schon als Kind oft in Beaulieu.«

»Das kann ja nicht lange zurückliegen …«, brummte Georges.

»Hat es mit dem Zimmer geklappt?« Alice bot Willem einen Platz an dem gedeckten Tisch an.

»Sie hatten noch eine kleine Kammer frei. Allerdings ist die Pension schon ziemlich gewöhnungsbedürftig. Ich bin jetzt ganz heiß.«

»Ein heißer Holländer. Das hat mir gerade noch gefehlt …« Georges bedachte Willem mit einem finsteren Blick. »Hat man die Unterkunft in ein Bordell umfunktioniert?«

Willem lachte. »Ich meine, *mir* ist ganz heiß. Mein Zimmerchen liegt direkt unter dem Dach. Dort ist es wie im Backofen.«

»Zurzeit kühlt es nachts ganz gut ab.« Alice reichte ihm den Brotkorb und schob das Käsebrett in seine Richtung. »Möchte jemand Tomaten?«

»Vorsicht, das sind welche mit Geschmack«, warnte Georges Willem, als er sich eine nahm und in Scheiben schnitt. »Nicht solche Wasserteile, wie man sie bei euch isst.«

»Georges, würde es dir etwas ausmachen, ein wenig freundlicher zu sein? Mag ja sein, dass du unter Druck stehst, aber dafür kann Willem nichts. Okay? Und er ist auch nicht verantwortlich für die Qualität der Tomaten, die sein Land exportiert.«

Willem grinste. »Sag das nicht. Ich bin Gärtner.«

»Ha! Da haben wir es schon!« Georges beugte sich zu ihm vor. »Und jetzt haben sie dich hierhergeschickt, um auszuspionieren, wie man richtiges Gemüse anbaut. Stimmt's?«

»Verdammt. Wer hätte gedacht, dass ich so schnell entlarvt werden würde.« Willem verzog das Gesicht zu einer Grimasse.

»Wie schön! Dann sind wir ja Kollegen!« Alice hob ihr Wasserglas. »Hast du Lust, heute Abend zu mir zum Essen zu kommen? Auf dem Balkon geht immer ein angenehmes Lüftchen.« Sie zwinkerte Georges zu. »Vielleicht kann Willem mir mehr über Tomatenspionage verraten.« Sie erzählte Willem von den *Genussberichten*.

»Das klingt interessant. Die Einladung nehme ich gern an.«

»Ihr könnt auch hier essen«, knurrte Georges.

»Ein anderes Mal«, sagte Alice. »Ich muss mich heute wirklich mal um meine Findelkatze kümmern. Sonst zerlegt sie mir bald die Wohnung.«

Nach Stunden, in denen Alice ihrer Arbeit nachging und Willem den versäumten Schlaf nachholte, trafen sie sich am Abend bei Alice wieder. Trouvé war begeistert von diesem großen Besucher und kletterte ihm immer wieder bis zur Schulter hinauf. Die Liebe war gegenseitig, und Willem spielte mit ihr, bis sie völlig erschöpft einschlief.

»Was hat es eigentlich mit dieser Aktion auf sich?« Willem zeigte ihr ein Handyfoto von einem Schild am Wegrand. *Oui au parc national des Baronnies Provençales* stand dort in großen, handgemalten Lettern zu lesen.

»Hier soll ein regionaler Naturpark eingerichtet werden.« Alice holte einen Folder aus dem Wohnzimmer. »Damit bezweckt man eine Aufwertung der natürlichen und von Menschen geschaffenen Lebensräume und die Konzeptionierung einer nachhaltigen Entwicklung. Eine gute Sache, die aber auch viele Gegner auf den Plan ruft.« Sie reichte Willem das Faltblatt.

»Interessant«, sagte er, nachdem er es ausgiebig studiert hatte, »ich setze mich mal mit den Organisatoren in Verbindung.«

Alice stellte Brot, Schinken und Oliven auf den Tisch und schenkte Rosé ein. »Hast du vor, länger hierzubleiben?«

»Im Augenblick zieht es mich nicht nach Holland. Wäre schick, wenn ich hier einen Job als Gärtner finden würde. Aber erzähl mal: Was sind das für Reportagen, an denen du arbeitest?«

»Hier hast du eine Auswahl.« Alice gab ihm ein paar ausgedruckte Seiten und erzählte, welche Wendung ihr Leben gerade nahm.

»Das ist ja spannend«, fand Willem. »Vielleicht mache ich auch mal etwas ganz anderes. Doch zuallererst möchte ich mal ein paar Tage gar nichts tun. Eine Wanderung machen, im Café sitzen und Löcher in die Luft gucken. Dann werde ich schon sehen, wie es weitergeht.«

Schweigend beobachteten sie, wie der Abend hereinbrach. Ein paar Wolken, zerrissen wie Watte, schwebten vorbei. Schwalben und Mauersegler flogen kreischend über die Dächer. Während sie sich zu ihren Schlafplätzen unter den Dachziegeln zurückzogen, strahlte die untergehende Sonne die letzten Schornsteine an. Die Silhouetten der Katzen auf den Dächern hoben sich schwarz vor dem Abendhimmel ab.

»Heute bin ich richtig glücklich«, sagte Willem verträumt. »Zum ersten Mal seit langer Zeit.«

10

Auch in den Tagen danach schien Willem in seinem Element zu sein. Wann immer Alice ihn sah, winkte er fröhlich, und sie wechselten ein paar Worte. Als Alice an diesem Morgen auf dem Weg ins Hotel war, entdeckte sie ihn in einem der Straßencafés an der Kreuzung. Willem begrüßte sie begeistert und lud sie ein, mit ihm einen Kaffee zu trinken. Doch kaum saß sie an seinem Tisch, klingelte sein Handy. Alice betrachtete das Treiben um sie herum.

Die Touristen hatten ihr Alltagskorsett abgestreift und es gegen Freizeitkleidung eingetauscht. In kurzen Kleidern und Hosen flanierten sie umher – am liebsten in Weiß, damit die neugewonnene Bräune zur Geltung kam. Der gute Geschmack blieb dabei allerdings oft auf der Strecke. Alice sah sich die Passanten an und fragte sich, wann diese fusseligen Bärte wieder in Mode gekommen waren. Und wie man auf die Idee kommen konnte, schwarze Socken in beigen Halbschuhen zu tragen. Doch Willem hatte sein Gespräch endlich beendet und bewahrte sie vor weiteren Überlegungen.

»Es gibt eine Menge nette Leute bei diesem Aktionsbündnis zur Einrichtung dieses Nationalparks. Sie treffen sich regelmäßig und haben mich gleich eingeladen, dazuzukommen.« Wieder klingelte sein Telefon. Wieder nahm er das Gespräch entgegen. Anschließend trank er einen Schluck von seinem kalt gewordenen Kaffee. »Auch in Beaulieu gibt es einige Aktive. Kennst du zufällig einen Pierre Moreau?«

Als Alice nicht antwortete, sah er von seinem Display auf. »Ist was?«

»Dieses Gedaddel nervt. Entweder trinken wir einen Kaffee zusammen oder du telefonierst. Entscheide dich bitte.«

»Sorry.« Willem legte das Gerät auf den Tisch und trank die Tasse aus. »Das war schon immer Thema bei meiner Freundin. Ich meine, bei meiner Ex-Freundin. Sie hasste es, dass ich ständig online war.« Ein tiefer Seufzer. »Mir ist es aber wichtig, die Welt zu einer besseren zu machen. Das kommt allen zugute, oder?«

»Ich erinnere nur daran, dass du diese selbstauferlegten Zwänge hinter dir lassen wolltest.«

Willem grinste. »Du hast recht. Und sollte ich das vergessen, wiederhole es bitte noch mal.« Er zeigte auf ihre Tasche. »Was hast du denn vor?«

»Ich bin auf dem Weg zum Hotel, um meine Katzen zu füttern.«

»Ah, die Ausreißer, ich erinnere mich. Hast du was dagegen, wenn ich mitkomme? Alte Gärten interessieren mich brennend.«

Sie waren schon im Gehen, als Georges auf sie zukam. Er sah missmutig drein und warf Willem einen skeptischen Blick zu.

»Kommst du mit zum Katzenfüttern?« Alice strich ihm über die Schulter. »Das lenkt dich sicher ab.«

»Ich weiß nicht ... Andererseits taucht Jeanine vielleicht auf. Es würde mich schon interessieren, wie sich ihr Verhalten im Hotel ändert.«

So setzten sie ihren Weg zu dritt fort, Willem in ihrer Mitte.

»Stimmt es eigentlich, dass das Brot in Holland noch

schlimmer ist als in England?«, fragte Georges ihn nach einer Weile. »Ich meine, ihr habt ja schon dieses schreckliche Gemüse. Da wundert man sich fast, dass noch so viele von euch am Leben sind.«

Alice wollte was sagen, doch Willem schüttelte den Kopf. »Das ist wirklich ein Rätsel«, sagte er ernst. »Andererseits erfüllen diejenigen, die an dem Fraß zugrunde gehen, eine wichtige Aufgabe: Sie werden in die Deiche eingebuddelt und helfen so, unser Land vor der Nordsee zu schützen.« Er lächelte. »Und die ganz Schlauen ... die setzen sich nach Frankreich ab.« Er zeigte Georges eine Seite auf seinem Smartphone. »Was hältst du denn von diesem Regionalpark?«

Willems Schlagfertigkeit verschlug Georges die Sprache, und Alice amüsierte sich königlich über sein Gestammel. Bis sie das Hotel erreicht hatten, waren jedoch die Misstöne ausgeräumt, und die beiden unterhielten sich angeregt.

Colette und Zazou freuten sich über den Besuch und folgten Alice auf die Terrasse, wo sie gefüttert wurden. Georges sah sich im Haus um, während Willem durch den Garten schlenderte. Er machte Alice gerade auf eine besonders schöne Staude aufmerksam, als sie jemand singen hörten.

»Oh, das ist *La Mer*!« Willem summte die Melodie leise mit.

»Siehst du diese kleine Frau mit den kurzen, grauen Haaren?«

»Die gerade durch den Zaun klettert?«

»Das ist im Augenblick unser Sorgenkind, auch wenn sie schon achtundsiebzig ist«, sagte Alice. »Früher hat sie hier als Zimmermädchen gearbeitet, und neuerdings ist sie hier oft wieder zugange.« Sie ging Jeanine entgegen und begrüßte sie.

Als Jeanine nun auch Georges entdeckte, stutzte sie. »Ist was passiert?«

»Meine Katzen sind hierher geflüchtet. Weil sie die kleine Katze, die du gefunden hast, nicht leiden können«, sagte Alice.

Jeanine schüttelt irritiert den Kopf. Kleine Katzen waren ihr kein Begriff. »Und du kochst jetzt hier?«, fragte sie Georges.

»Nein. Ich bin nur zu Besuch.«

Jetzt kam auch Willem dazu und gab Jeanine die Hand. »Ich habe gehört, dass Sie sich hier gut auskennen«, sagte er. »Ich heiße Willem und liebe Gärten. Könnten Sie mir vielleicht eine kleine Führung geben?«

»Es wäre mir ein Vergnügen«, sagte Jeanine. »Beginnen wir doch gleich dahinten. Dieser Nussbaum wurde noch von Madame Bonnets Vater gepflanzt. Jedes Jahr zu ihrem Geburtstag machte der Koch einen herrlichen Nusskuchen.« Sie hakte sich bei Willem ein und ging mit ihm den Weg entlang. »Und dort rechts …«

Alice und Georges sahen den beiden nach. »Was hat der Typ nur an sich, dass alle Frauen ihm zu Füßen liegen?«, fragte Georges. »Kann man ihm überhaupt trauen?«

»Jetzt übertreib mal nicht«, sagte Alice. »Jeanine kann diese Aufmerksamkeit gut brauchen.«

Doch kurz darauf kam Willem zurück. »Sie ist verschwunden«, sagte er unsicher. »Plötzlich blieb sie stehen, sagte, Jacques würde auf sie warten, und weg war sie. Wer ist das denn?«

»Eines der Rätsel, die wir noch nicht gelöst haben«, sagte Alice. »Gab es einen Anlass?«

»Ich habe die Melodie von *La Mer* gesummt. Zuerst hat sie mitgesungen, doch dann ist sie auf und davon.«

Schweigend betrachteten sie das Hotel. Plötzlich schwangen im zweiten Stock ein paar Fensterläden auf. Dann hörten sie ein Kratzen, als würde eine Nadel über die Rillen einer alten Platte geführt. Ein Streichorchester setzte ein, und kurz darauf erklang unter lautem Knistern die Stimme Charles Trénets:

La mer – Qu'on voit danser le long des golfes clairs …

»Das muss ja eine uralte Aufnahme sein«, flüsterte Willem ehrfürchtig.

Georges nickte. »Jetzt verstehe ich, warum Jeanine Batterien gekauft hat. In diesem Haus wurde der Strom längst abgestellt.«

Sie setzten sich auf die Terrasse und lauschten weiteren Chansons des populären Sängers. Bis sich eine halbe Stunde später die Fensterläden wieder schlossen und Jeanine sich zu ihnen setzte. Glücklich sah sie aus, fand Alice. Mit ihren strahlenden Augen fast wie frisch verliebt.

»Ah, der junge Gärtner ist noch da.« Jeanine zwinkerte Willem zu. »Wo sind Sie denn untergekommen? Bei Alice?«

»Nein, ich habe ein Zimmer in der Pension *Nathalie*.«

»Du lieber Himmel!« Jeanine verzog das Gesicht. »Eine geldgierige Schnepfe, die Zimmer in der Größe von Hühnerkäfigen vermietet.« Sie kicherte. »Wissen Sie, wie wir sie früher genannt haben? *Omelette*. Weil sie in der Küche nie was anderes zustande gebracht hat.«

Willem grinste. »Das scheint auch heute noch der Fall zu sein. Sie hat mir schon mehrmals angeboten, eins zu machen.«

»Ich hoffe, Sie haben abgelehnt. Ich möchte gar nicht wissen, was sie dafür verlangt hätte.« Jeanines Blick verlor sich in der Ferne. Bis sie plötzlich hellwach in die Runde sah. »Wisst ihr was? Manchmal ist die Lösung ganz einfach!«

Drei Paar Augen sahen sie überrascht an.

»Sie könnten bei *mir* einziehen!« Fröhlich stieß sie Willem in die Seite. »Sie sind Gärtner, und ich brauche einen. Sie brauchen ein Zimmer, und bei mir ist eins frei. Wäre das kein fabelhafter Tausch?«

»Aber du kennst ihn doch gar nicht«, rief Georges.

»Dann lerne ich ihn eben kennen. Als ich dich damals aufnahm, wusste ich auch nicht viel von dir. Willem kann dein altes Zimmer haben.«

»Jeanine! Damals war ich fünf!«

»O ja, ich erinnere mich genau. Ein anstrengendes Alter. An manchen Tagen warst du ein richtiger Satansbraten. Aber deine Mutter brauchte meine Hilfe, also haben wir uns zusammengerauft. Und sind bis heute Freunde geblieben!« Sie sah Willem an. »Was meinen Sie dazu? Und wie alt sind Sie überhaupt?«

»Neunundzwanzig, und die Idee ist super!«

»Na bitte.« Jeanine sah Georges herausfordernd an. »Wesentlich älter als du damals. Und er kennt die Lieder von Charles Trénet. Das ist ein gutes Zeichen.«

»Mir gefällt die Idee auch«, sagte Alice.

»Ich übernehme keine Verantwortung«, brummte Georges.

»Das verlangt auch keiner, *cheri*.« Jeanine stand auf. »Komm, wir holen gleich mal Ihre Sachen aus der Pension.«

Sie machten sich auf dem Heimweg. Doch Georges' Laune war endgültig im Keller, als sie das Restaurant erreichten.

»Das gibt es doch nicht!« Aufgebracht ging er zwischen

den Tischen auf der Terrasse umher, die ein Unbekannter neu arrangiert hatte. »Wenn ich denjenigen erwische ... «

Alice erzählte Willem von den mysteriösen Veränderungen im Lokal.

»Machen wir es doch wie in einem alten Krimi«, sagte Willem. »Wir legen uns auf die Lauer und ertappen den Täter auf frischer Tat.«

»So einfach?«

»Was spricht dagegen?«

*

Jeanine fühlte sich wohl an der Seite dieses großen Mannes, der neben ihr herging. Seine freundlichen Augen und sein fröhliches Lachen stimmten sie glücklich.

»Dieses Siezen sollten wir einstellen«, sagte sie. »Schließlich wohnen wir jetzt unter einem Dach.«

»Gern.« Willem legte ihr einen langen Arm um die Schulter. »Ich freue mich wirklich riesig über diese Lösung.«

»Ich hoffe, es gefällt dir bei mir.« Vor der Holztür zu ihrem Garten blieb sie stehen. Als er nicht antwortete, folgte Jeanine seinem Blick und entdeckte Josephine, die mit ihrer Postkarre auf sie zukam.

»*Bonjour!*« Sie küsste Jeanine auf beide Wangen. »Heute ist nichts für dich dabei, aber wie ich sehe, hast du ja Besuch. Viel Spaß!«

Während sie sich mit großen Schritten entfernte, starrte Willem ihr nach. Jeanine zog ihn am Ärmel. »Hier spielt die Musik, *chéri!*« Sie drückte die Klinke und schob ihn sanft in den Garten. »Und zu deiner Information: Josephine ist vergeben.«

»Josephine ... « Verträumt wiederholte Willem den

Namen. »Das klingt wunderschön.« Der Garten brachte ihn auf andere Gedanken. Er stellte seinen Rucksack ab und schritt zwischen den Gemüsebeeten umher, ging immer wieder in die Hocke, um sich etwas genauer anzusehen, und blieb schließlich vor der üppig blühenden Kletterrose stehen. Vorsichtig nahm er eine der lachsrosafarbenen Blumen in die Hand und sog ihren Duft auf. »Rosanna«, sagte er. »Ein schöner Kontrast zu den Natursteinen.«

»Aber du siehst, es gibt viel zu tun.«

»Ich werde mich gleich mal um das Unkraut kümmern und den Boden lockern. Das ist die halbe Miete und für mich wie Meditation. Dabei kann ich gut abschalten.«

»Früher war das bei mir auch so«, seufzte Jeanine. »Aber jetzt jault mein Rücken schon, wenn ich nur daran denke. Lass dir mit dem Altwerden bloß noch Zeit!« Sie stieg die Stufen zur Tür hinauf. »Komm! Ich zeige dir dein Zimmer.«

Während Willem seine Habseligkeiten auspackte, ging Jeanine in die Küche und nahm ein paar Eier aus dem Kühlschrank. Kurz darauf kam ihr Gast die Treppe herunter und blieb in der Tür stehen. »Vielen Dank, dass du mich aufnimmst«, sagte Willem. »Du hast ein wunderschönes Haus!«

»Klein, aber mein«, sagte Jeanine. »Ich mache uns ein Omelett mit dem, was im Kühlschrank ist. Als Erinnerung an Nathalie. Mit dem kleinen Unterschied, dass es dich hier nichts kostet.«

Willem lachte. »Soll ich dir helfen?«

Jeanine schüttelte den Kopf. »Es ist gleich fertig.« Sie legte eine Zwiebel, Schinken und Käse auf ein Brett und würfelte alles. »Kannst du kochen?«

»Ich rette mich ganz gut«, sagte Willem. »Meine Mutter hat mir vieles gezeigt, und ich habe oft gekellnert. Dabei habe ich einiges aufgeschnappt.«

»Bei mir war es die Großmutter. Meine Mutter stand den ganzen Tag im Laden und hatte keine Zeit, sich mit mir oder meiner Schwester abzugeben. Aber *Mémère* hat mir viel gezeigt. Auch wie man aus Resten etwas Köstliches zusammenmischen kann.« Sie gab alles mit Salzbutter in eine gusseiserne Pfanne und rührte den Inhalt um.

»Später habe ich im Hotel gegessen. Dort gab es einen guten Koch, der bei den Gästen sehr beliebt war. Und jetzt esse ich regelmäßig bei Georges. Zu jedem Geburtstag schenkt er mir ein Jahresabonnement für sein Restaurant. Das ist sehr praktisch.« Sie wendete den Inhalt ein letztes Mal, bevor sie die Eier hinzugoss. »Und warum bist du aus Holland abgehauen?«

»Das kann man so nicht sagen. Ich hatte die Nase voll von meinem Alltag. Dazu kam die Sache mit meiner Freundin.«

»Welche Sache?«

»Ach, was weiß ich. Wir haben uns nur noch gestritten. Und eines Tages hat sie mir nach langen Diskussionen erklärt, dass sie einen anderen liebt. Da bin ich …«

»Abgehauen. Sag ich ja.« Sie stellte die schwere Pfanne auf einen Untersetzer. »Aber schön, dass du da bist.«

*

Es beruhigte Alice, dass Jeanine nun jemanden an ihrer Seite hatte. Willem hatte genau die unkomplizierte Art, die ihrer alten Freundin entgegenkam, und sie war sich sicher, dass die beiden gut harmonieren würden. Wenn Georges' Restaurant jetzt noch eine gute Bewertung bekam, war alles wieder im Lot.

Dagegen fand Trouvé ihr Leben langweilig. Ihr stand der Sinn eindeutig nach *action*. Mit einem Satz sprang sie auf Alice' Schreibtisch und versuchte, den Cursor zu fangen. Auch Colette liebte den Platz neben Alice' Laptop. Doch im Gegensatz zu diesem quirligen Biest mimte sie eher die Lektorin, indem sie die Texte einem kritischen Blick unterzog. Bevor sie es sich gähnend auf einem Stapel Papieren gemütlich machte und einschlief.

Um Trouvé vom Tisch zu locken, riss Alice ein Blatt Papier in Streifen, rollte kleine Bällchen und warf die der Katze hin. Das Klingeln ihres Telefons unterbrach das Spiel.

»Stets auf den Beinen, niemals malad', hab ich wieder etwas parat!«

»Monsieur Dumont, wie geht es Ihnen?« Alice ließ sich auf die Couch sinken. Der Mann war ihr durchaus sympathisch, aber heute war es schlicht zu heiß, sich mit einem dichtenden Makler zu unterhalten.

Dumont hingegen schien hocherfreut, ihre Stimme zu hören. »Hervorragend, Madame, ganz hervorragend. Und Sie glauben nicht, was für ein herrliches Objekt ich für Sie gefunden habe. Ein altes Anwesen mit Geschichte und Herz.«

Bei dem Wort *Geschichte* sah Alice im Geiste eine Bruchbude mit schief hängenden Türen vor sich. Wofür das Wort *Herz* stand, malte sie sich lieber nicht aus.

»Es ist geradezu perfekt: gut erhaltene Bausubstanz, Busverbindungen bis nach Avignon und ...« Dumont holte tief Luft.

Aus allen Fenstern ist die Sicht – ganz wunderbar, ja,
ein Gedicht!
Ein Panorama bunt und weit – ein Blick in die Unend-
lichkeit.

Während Dumont wieder zu Prosa wechselte und immer mehr Lobgesänge zum Besten gab, bespaßte Alice weiter Trouvé. Sie warf Papierbällchen und sah zu, wie die kleine Katze ihnen hinterherjagte und sie mit großer Wonne zerfetzte.

Warum war dieser Mensch nur Makler geworden? Alice stellte sich ihn in jungen Jahren vor: ein netter, etwas verklemmter Mann, der sich sicher nie getraut hatte, die Frau seines Herzens anzusprechen, und stattdessen seine Gefühle in Gedichten verewigte. Dabei war er durchaus gutaussehend und hatte Witz. Wenn er sich etwas flotter kleiden würde, hätte er bei Frauen gewiss Erfolg. Wenn diese denn seine schräge Art zu schätzen wüssten. Auch ein Jurastudium, das für den Maklerberuf in Frankreich unabdingbar war, konnte Alice nur schlecht mit ihm in Verbindung bringen. Ob er Rechtsbelehrungen ebenfalls in Reimform packte?

Monsieur Dumont beendete seinen Vortrag. »Nun? Was sagen Sie dazu? «

Alice, die nur mit halbem Ohr zugehört hatte, überlegte, wie sie es ihm sagen sollte. Sie entschied sich für gleiche Waffen:

»Ich kann es wirklich kaum erwarten,
doch was, Monsieur, ist mit dem Garten?«

Die Frage brachte Monsieur Dumont hörbar aus dem Konzept. Alice nutzte die Stille in der Leitung, um nachzulegen.

»Ein Garten gar mit Morgensonne,

nichts versetzt mich mehr in Wonne!«

»Einen … einen Garten gibt es leider nicht«, stotterte Dumont. »Ich … ich melde mich wieder.«

»Da haben wir schon den Salat, den Garten hat er nicht parat«, sagte Alice zu Trouvé, die in Ermangelung realer Opfer einem Geist hinterherjagte und in wilden Kurven durch den Raum flitzte. »Und ohne kaufen wir kein Haus, schließlich möchtest du mal raus.«

Sehnsüchtig dachte sie an die parkähnliche Anlage hinter dem Hotel. Und daran, wie glücklich Jeanine ausgesehen hatte. Schade, dass es so groß war. Ungeachtet dieser Bedenken setzte sie sich an den Computer und versuchte herauszufinden, wem das Gebäude gehörte. Doch wie sie es auch anstellte, das Internet gab keinen Namen preis.

Trotz der drückenden Hitze blieb Alice am Schreibtisch sitzen und erledigte ihr Tagespensum. Sie speicherte gerade die gekürzten Texte, als ein Donnerschlag die Stille zerriss. Schnell trennte sie ihren PC vom Netz und eilte mit der erschrockenen Trouvé im Arm hinaus.

Eine dunkle Gewitterwand in einheitlichem Grau schob langsam auf den Ort zu und sog alles Licht in sich auf. Mittendrin schwebte eine winzige weiße Wolke wie eine Friedensfahne. Als wolle sie andeuten, dass es nicht so schlimm sei, wie es aussehe. Doch Sekunden später hatte sie es sich anders überlegt und war verschwunden.

Auf den großen Blechtisch trommelten erste Tropfen, die sich rasch zu einer Wasserlache vereinten. Alice liebte den Geruch von Regen auf staubigen Straßen. Bald strömte das Wasser über die halbrunden Dachziegel, sammelte sich in deren Tiefen und floss dort, wo keine Rinnen angebracht waren, wie dicke Schnüre von den Dächern.

Der Wind erledigte den Rest. Er peitschte die Tropfen

gegen die Fensterläden, Pflanzen und Bäume bogen sich unter seiner Kraft, abgerissene Blätter landeten in den zahlreichen Pfützen. Die Vögel verstummten, alles schwieg.

So plötzlich, wie es angefangen hatte, hörte es wieder auf. Der himmlische Wasserhahn wurde zugedreht, und wie auf Kommando verzogen sich die Wolken. Langsam, in allen Grauschattierungen, die sie aufbieten konnten, die Ränder zerfleddert wie gerissenes Papier. Der Donner zog ihnen nach einigen letzten Schlägen hinterher.

Die Schwalben waren die Ersten, die ihre Begeisterung kundtaten. Die kühle Luft war ein Geschenk für alle. Fenster öffneten sich, Menschen traten auf die Straße. Die Hitze war vorerst vorbei.

11

Das Friedhofstor von Beaulieu war ein Phänomen. Seit Jeanine denken konnte, gaben die Scharniere beim Öffnen und Schließen ein langgezogenes Quietschen von sich. Ganz egal, wie viel Öl man zum Schmieren der Gelenke verwendete, spätestens nach einem Tag war das gruselige Geräusch wieder da. Anscheinend sah das Tor es als seine besondere Aufgabe an, den Besuchern einen Schauer über den Rücken zu jagen.

Daher baute Jeanine das Geräusch in ihrem Traum ein. Sie unterhielt sich gerade angeregt mit ihrer alten Lehrerin, die gleich am Eingang des Friedhofs lag. Als dann aber ein dumpfer Schlag folgte, saß sie senkrecht im Bett. Das war kein Traum, jemand war in ihrem Haus!

Leise stieg sie aus dem Bett und lauschte an der Schlafzimmertür. Ein Mann ging mit schweren Schritten die Treppe hinunter und ließ die Holzstufen ächzen. Jeanines Gedanken überschlugen sich. Was sollte sie tun? Das Telefon stand unten im Flur, und sie konnte unmöglich durch das Fenster flüchten. Einen Sprung aus dem ersten Stock würde sie nicht überleben.

Plötzlich erinnerte sie sich daran, wie Jacques und sie damals einen Einbrecher zur Strecke gebracht hatten. Mitten in der Nacht hatten sie Schritte auf dem Dachboden gehört. Sie waren hinaufgeschlichen, und Jacques hatte den Mann mit dem Golfschläger eines Gastes zur Strecke gebracht.

So leise wie möglich öffnete Jeanine ihre Schlafzimmertür. Der Eindringling schien sich nun in der Küche aufzuhalten, denn sie hörte, wie einer der Stühle über die Fliesen geschoben wurde. Jeanine überlegte, was sie als Waffe verwenden konnte. Da Golfschläger in ihrem Haus Mangelware waren, entschied sie sich für das Nudelholz. Das aber lag in der Küche, wo der Dieb sich aufhielt …

Sie stand schon oben an der Treppe, als sie das Öffnen der Haustür vernahm. Jetzt schnell in die Küche und hinaus! Auch wenn sie ihn nicht mehr zur Strecke bringen konnte, wollte sie wenigstens wissen, wie er aussah.

Die Teigrolle in der Linken, spitzte Jeanine hinaus. Nicht zu fassen! Jetzt machte der Kerl sich auch noch an ihrem Schuppen zu schaffen! Na warte … Auf Zehenspitzen ging sie die Steinstufen hinunter und schlich sich, so leise es ging, an ihn heran. Noch drei, noch zwei Schritte und …

In diesem Augenblick drehte der Dieb sich zu ihr um und sah sie mit großen Augen an. »Du lieber Himmel, Jeanine! Du hast mich aber erschreckt!«

Verunsichert wich sie zurück. »Verlassen Sie sofort meinen Garten!« Drohend streckte sie das Nudelholz in die Luft. »Sonst rufe ich die Polizei!«

»Ich bin es doch, Willem. Dein neuer Untermieter. Erkennst du mich denn nicht?«

Untermieter? Willem? Verwirrt schüttelte sie den Kopf. »Du kannst mir viel erzählen. Ich kenne keinen Willem.«

Vorsichtig kam der große Mann auf sie zu. »Es tut mir leid, dass ich dich geweckt habe, aber ich hatte plötzlich eine gute Idee.« Er zeigte auf ihre Gemüsebeete. »Ich könnte hier Hochbeete bauen. Etwa in dieser Höhe.« Er hielt die Hand an der Hüfte. »Dann kannst du deinen Garten ohne Rückenschmerzen bestellen.« Er zeigte auf den Schuppen. »Aus diesem Grund habe ich nachgeschaut, was an Werkzeug da ist, verstehst du?«

Jeanine verstand gar nichts. Der Eindringling schien nett zu sein, aber sie konnte sich beim besten Willen nicht daran erinnern, ihn ins Haus geholt zu haben.

»Wir haben uns gestern im Hotelgarten kennengelernt und Musik gehört, weißt du noch?« Leise summte Willem die Melodie von *La Mer*. »Georges und Alice waren auch dabei.« Er setzte sich auf die Gartenbank. »Dann hast du mich eingeladen, eine Weile bei dir zu wohnen. Dafür helfe ich dir im Garten. Ich glaube, die Idee mit den Hochbeeten ist wirklich gut. Ich mache dir mal eine Skizze, damit du dir vorstellen kannst, wie das aussehen könnte. Okay?«

Es war die von ihm angestimmte Melodie, die eine Tür in ihrem Kopf öffnete. Langsam und nicht sehr weit. Aber an bestimmte Dinge konnte sie sich nun erinnern. Sie hatte zu der Musik mit Jacques getanzt. Und ja, auch Alice und Georges waren im Garten gewesen. Aber warum eigentlich? Und wieso stand sie im Nachthemd im Garten?

»Ich ziehe mich mal an und hole beim Bäcker frisches Baguette.«

Gerade als Jeanine den Laden betrat, rief jemand ihren Namen. Es war Alice, wie sie sofort erkannte. Vielleicht war es doch nicht so schlimm mit ihrem Gedächtnis?

»Na, wie war die erste Nacht mit deinem Untermieter? Benimmt Willem sich gut?«

Erleichtert, dass der Mann sie nicht angelogen hatte, nickte sie. Wenn Alice sich an ihn erinnerte, war alles in Ordnung. Es war nur wieder ein kleiner Aussetzer gewesen. Das konnte schon mal passieren, wenn man jäh aus dem Schlaf gerissen wurde.

»Er will mir etwas im Garten bauen.« Sie bemühte sich, ihrer Stimme einen unbeschwerten Ton zu geben. »Ich bin sehr gespannt.«

»Und was will er bauen?«

»Das wollte er mir noch erklären.« Jeanine war an der Reihe und froh, dass sie Alice die Antwort schuldig bleiben konnte. Sie kaufte ein Brot und vier Croissants. Wer so groß war wie dieser Willem, musste viel essen. Dann nickte sie Alice zu und machte sich rasch auf den Heimweg. Fragen waren wie Glatteis. Man wusste nie, wann es einem die Beine wegziehen würde.

Willem. Willem. Willem. Den Namen wiederholend, bog sie in die Gasse, die zu ihrem Haus führte. Sie musste sich bald mit Jacques treffen. Nur bei ihm war sie in Sicherheit. Wie spät war es überhaupt? Ihr Blick fiel auf das Baguette in ihrer Hand, auf die Tüte mit den Croissants.

Ach ja. Frühstück. Gleich danach würde sie zu ihm gehen.

Zum Glück erwartete er sie bereits und hatte sogar ihre Platte schon aufgelegt. Vorsichtig setzte Jeanine die Nadel auf die Rillen. Während das leise Klimpern der Klaviertasten ertönte, ging sie auf ihn zu. Jacques sah sofort, was los war.

»Ist die Scheibe wieder beschlagen, *ma chère*?« Behutsam schloss er sie in seine Arme. »Hab keine Angst, ich bin bei dir.« Jacques bewegte sich sanft zur Melodie. »Komm, zusammen tanzen wir die Hirngespinste weg.«

Jeanine sah in seine blauen Augen, spürte die Wärme seines Körpers und den Druck seiner grazilen Hände auf ihrem Rücken. Die Melodie nahm sie gefangen, die Welt drehte sich nur um sie beide, immer im Kreis.

Als die Musik verklungen war, blieben sie umarmt stehen. Plötzlich sog Jacques genießerisch die Luft ein. »Riechst du das? Der Koch macht heute ein Bœuf en Daube.«

Jeanine schnupperte. Ja, jetzt konnte auch sie den Geruch wahrnehmen. Das Wasser lief ihr im Mund zusammen. »Sehen wir uns beim Essen?«

Doch Jacques antwortete nicht mehr. Er war gegangen, und das Zimmer sah aus wie immer: die gestreifte Tapete, das dunkelgrüne Sofa vor dem Fenster, das schmale Bett mit der geblümten Tagesdecke, der Wandschrank mit Jacques' versteckter Bürgschaft und das Bild vom blauen Meer.

Jeanine wendete die Platte und tanzte weiter. Erneut drehte sich der Raum, aber das Glücksgefühl wollte sich nicht wieder einstellen. Doch es war gut, wie es war. Er konnte eben nicht immer bei ihr sein.

*

Das Hotel hatte Alice in seinen Bann gezogen. Immer wieder ging sie gedanklich durch die Räume und nahm sich vor, später die Gästezimmer näher anzusehen. Doch vorher wollte sie den versprochenen Artikel über Georges und sein Restaurant schreiben.

Betrachtet man Georges Fabre von hinten, glaubt man auf Grund seines breiten Rückens und der kräftigen Schultern es mit einem Handwerker zu tun zu haben. Dieser Eindruck verfliegt, wenn man ihm in die dunklen Augen sieht, die eine tiefe Melancholie ausstrahlen und von Lach-

fältchen umgeben sind. Zusammen mit der warmen Stim-
me, dem Dreitagebart und ...

Alice hielt inne. Sollte sie seine feingliedrigen Hände erwähnen und die Tatsache, dass er sich häufig in die Finger schnitt? Seine Angewohnheit, bei der Arbeit Piaf-Melodien zu summen? Hatte er diese Vorliebe von Jeanine übernommen? Während sie weiterschrieb, beschloss sie, ihn bald danach zu fragen.

All dies passt eher zu einem Intellektuellen. Dabei ist er beides: ein virtuoser Handwerker am Herd und ein Mann, der lange studiert hat und nicht nur Kochbücher liest.

Würde es ihm gefallen, wenn sie Auskunft über seinen ehemaligen Beruf gab? Und sollte sie ihn nicht lieber als Philosophen bezeichnen? Noch während sie darüber nachdachte, ertappte sie sich dabei, dass sie erneut *Le Tilleul* in der Suchmaschine eingegeben hatte. Sie kombinierte es mit Begriffen wie Hotel, zu verkaufen und Beaulieu. Während ihr eine Flut von Baumbildern präsentiert wurde, malte sie sich aus, wie das Hotel nach einer umfassenden Renovierung aussehen könnte. Was man allein schon alles mit dem Garten machen konnte!

Gegen Mittag gab sie auf. Das Schreiben über Georges' Kochtalent hatte sie hungrig gemacht, und sie öffnete den Kühlschrank. Dort warteten eine verschrumpelte Paprika und eine halbe Flasche Rosé. Nichts, was man als ausgewogene Mahlzeit bezeichnen konnte.

Auch Trouvé mimte die Hungrige. Sie setzte sich demonstrativ vor ihren halb vollen Napf und maunzte kläglich. »Da ist noch eine Menge drin«, sagte Alice streng. Sie kannte diese Taktik von Colette und Zazou nur zu gut. Wehret den Anfängen ... Da aber auch das Katzenfutter zur Neige ging, blieb ihr nichts anderes übrig, als einkaufen zu gehen.

Nachdem sie die Hälfte des Rückwegs mit schwerer Tasche zurückgelegt hatte, machte sie vor einem Immobilienbüro eine Pause und studierte die Aushänge.

Im Lauf der Zeit hatten Léon und sie ein Gespür dafür entwickelt, wie man das Maklerlatein übersetzen sollte. *Sonnenseite* bedeutete in der Regel, dass Haus und Garten ohne Schutz nach Süden ausgerichtet waren und man ab Mai mit dem Gießen der Pflanzen kaum nachkam. Und die Fensterläden konnte man im Sommer nur nachts kurz öffnen, da es sonst in den Zimmern kaum auszuhalten war.

Bei Begriffen wie *kuschelig* und *anheimelnd* war ebenfalls Vorsicht geboten. Die Räume, die auf den Farbbildern gezeigt werden, waren mit raffinierten Weitwinkelobjektiven aufgenommen worden und in Wirklichkeit winzig.

Das Versprechen, dass oft ein *angenehmer Wind* wehte, war als Synonym dafür zu werten, dass der Mistral dort freies Spiel hatte und der vorherige Besitzer das Anwesen mit großer Wahrscheinlichkeit entnervt aufgegeben hatte. Oder, um es mit Monsieur Dumont zu sagen: *Der Wind macht einen ganz malad', da hilft auch kein Homöopath.*

Nach einem Mittagessen mit Trouvé machte Alice sich auf den Weg. Bis auf ein paar Vögel regte sich nichts im Hotelgarten. Nach den Katzen rufend, ging sie durch das hohe Gras zur Terrasse. Als hätten sie schon auf sie gewartet, kamen Zazou und Colette angeflitzt und strichen ihr maunzend um die Beine.

Während sie vom feinen Hotelgeschirr fraßen, betrat Alice das Gebäude. Sie fühlte sich fast wie ein Einbrecher und entschuldigte sich leise bei Madame Bonnet, als sie an deren Portrait vorbeiging.

Durch ein kleines, hohes Fenster fiel ein Lichtstrahl auf die Treppenstufen, und sie bemerkte Fußspuren in der Staubschicht. Alice folgte der Fährte. Am Ende des Flurs im zweiten Stock gelangte sie zu einer angelehnten Zwischentür. Dahinter befand sich ein weiterer, dunkler Korridor, von dem vier Türen abgingen. Drei ließen sich öffnen und gaben Einblick in kleine, spartanisch eingerichtete Räume. Alice nahm an, dass es sich um Personalzimmer handelte. Das vierte Zimmer war verschlossen.

Enttäuscht, nichts Neues über Jeanines Vergangenheit in Erfahrung gebracht zu haben, kehrte sie in den Gästeflur zurück und versuchte ihr Glück bei den anderen Türen. Hier hatte sie freien Zugang. Bei Zimmer Nr. 8 öffnete sie einen der Läden. Die Einrichtung war typisch für ein Siebziger-Jahre-Hotel: eine gemusterte Tapete, mit der auch die Tür des Wandschranks beklebt war, ein Bett mit dazu passender Tagesdecke sowie zwei Nachtschränkchen mit Leselampe.

Alice schob die Stühle, die neben einem ovalen Tisch am Fenster standen, zur Seite und blendete die Möbel aus. Der Raum war nicht besonders groß, aber vielleicht konnte man Wände herausbrechen und mehrere Zimmer zusammenlegen. Je länger sie darüber nachdachte, umso verlockender fand sie die Idee, hier einzuziehen. Es musste viel renoviert werden, keine Frage. Aber dieses Haus hatte großes Potenzial.

Als sie sich auf die Terrasse setzte, gesellten sich die Katzen zu ihr. Zazou auf dem Schoß, Colette auf einem Stuhl daneben.

»Ihr seid jederzeit herzlich eingeladen, nach Hause zurückzukommen«, sagte Alice, während sie den Kater kraulte, bis er laut schnurrte. »Aber die Kleine werdet ihr akzeptieren müssen. Schließlich habe ich euch damals auch als Findlinge aufgenommen.«

Sie betrachtete den Garten und verwandelte ihn gedanklich in ein gepflegtes Anwesen. Der Weg um den frisch gemähten Rasen war geebnet, das Gestrüpp entfernt, und die wuchernden Stauden und Bäume waren zurückgeschnitten.

Plötzlich sah Alice eine lange Tafel vor sich. Auf weißen Tischdecken war alles für ein mehrgängiges Menü gedeckt. Sie hörte Stimmen von Menschen, die sich angeregt unterhielten, lachten, die Gläser hoben und anstießen.

In ihrer Familie hatte es so etwas nie gegeben. Seit Alice denken konnte, waren ihre Verwandten miteinander zerstritten und verfeindet gewesen. Die Fronten wechselten, die Grundstimmung jedoch nie. Schon als kleines Mädchen hatte sie davon geträumt, mit allen an einem langen Tisch zu sitzen, anstatt Geschrei alten Geschichten und Anekdoten zu lauschen und bis in die Morgenstunden zu feiern.

Oft hatte sie den Eindruck gehabt, dass die Konflikte umso schlimmer wurden, je mehr sie diese Harmonie herbeisehnte und zu vermitteln versuchte. Die Gräben hatten sich nie geschlossen, viele Verwandte waren gestorben, ohne sich vorher zu versöhnen.

Nur zu ihrer weitgereisten Tante Chloé hatte sie ein gutes Verhältnis gehabt. Die leidenschaftliche Gärtnerin brachte ihr viel bei und weckte Alice' Begeisterung für Kräuter und Gewürze. Sie war diejenige, die immer darauf gedrängt hatte, dass Alice auf ihr Bauchgefühl hörte. Und das sprach gerade sehr deutlich zu ihr.

In Begleitung der Katzen umrundete sie die bunt blühende Grasfläche und folgte dem Weg, der tiefer in den kleinen Park führte. Bisher hatte sie sich solche Erkundungen untersagt, denn sie kannte sich: Wenn sie ihr Herz einmal verloren hatte, konnte sie sich nur schwer von etwas loseisen. Doch seit ihre Sehnsucht das Kommando übernommen hatte, war sie machtlos.

Gemeinsam schlichen sie durch das Unterholz, stiegen über abgebrochene Äste und landeten an einem ovalen, zugewachsenen Becken, das früher ein Teich gewesen sein musste. Der ehemals dunkelgraue Granitrand hatte sich im Lauf der Jahre in ein Mosaik mit hellgrauen und schwefelgelben Flechten verwandelt. Am hinteren Ende wachten zwei verwitterte Steinengel, auf einem Felsen in der Mitte balancierte ein Fisch, aus dessen zugespitztem Maul früher sicher ein Wasserstrahl entsprungen war.

Weiter rechts entdeckte Alice eine Lichtung. Etwas an der Form kam ihr bekannt vor. Als sie die Vierteilung der überwucherten Beete erkannte, ahnte sie, was vor ihr lag. Mit beiden Händen riss sie Quecken und Zaunwinden aus dem Boden. Der Geruch von Rosmarin, Minze, Salbei und Bohnenkraut bestätigte, dass sie mit ihrer Vermutung richtiglag: ein Kräutergarten, der nach alter Klostertradition in Kreuzform angelegt worden war.

Die vier Beete, die früher sicher von Buchshecken eingerahmt waren, symbolisierten die vier Himmelsrichtungen, die vier Jahreszeiten und die Elemente Feuer, Erde, Wasser und Luft. In ihrer Mitte befand sich ein alter Brunnen.

Mit dem Handy fotografierte sie ihre Entdeckung von allen Seiten. Auf der Terrasse entwarf sie spontan einen neuen Blogbeitrag. Mit jedem Wort setzte sich das Bild, wie dieser Garten, dieses Haus einmal aussehen könnten, weiter zusammen. Mit jeder Zeile wurde ihre Sehnsucht, diesen Ort zu neuem Leben zu erwecken, größer.

*

Georges hatte ein ganz anderes Verlangen: Am liebsten würde er die Gruppe Niederländer, die im Restaurant aufgetaucht war, hochkant hinauswerfen. Ohne zu fragen, hatten sie zwei Tische zusammengeschoben und unterhielten sich nun mit lauten Stimmen über die Vorspeisen, die Marie aufgetragen hatte.

Die Lachspastete schmeckte nicht, in der Terrine war zu viel Knoblauch, und wiederholt wurde nach einer Quiche Lorraine verlangt, die sie in Frankreich *immer* aßen. Ganz abgesehen davon war das Restaurant, das sie in ihrer Heimat besuchten, um Klassen besser als dieser Laden. All diese Ansichten wurden lautstark in einer Mischung aus Niederländisch, schlechtem Französisch und Englisch vorgebracht, die Georges zur Weißglut brachte. Nicht auszudenken, wenn dieser Kritiker jetzt auftauchte ...

Stattdessen kam ein weiterer Holländer hinzu: Willem setzte sich an die Theke und orderte ein eiskaltes Bier.

»Und? Wie läuft's in eurer WG?« Georges stellte ihm ein Belgisches Klosterbier hin.

»Heute Morgen hat Jeanine mich fast mit dem Nudelholz niedergestreckt.«

»Wie bitte?«

»Sie konnte sich nicht daran erinnern, dass ich bei ihr eingezogen bin, und glaubte, ich sei ein Einbrecher.« Er nahm einen tiefen Schluck. »Ich möchte euch nicht beunruhigen, aber ich habe das Gefühl, dass sie am Anfang einer Demenzerkrankung steht. Ich bin kein Experte, aber ich habe jahrelang bei der Pflege meines Großvaters geholfen. Ich stand ihm sehr nahe, und es war mir wichtig, viel Zeit mit ihm zu verbringen. So habe ich diesen Prozess hautnah miterlebt. Das würde auch erklären, warum Jeanine so gern in diesem Hotel ist. Erlebnisse aus der Vergangenheit können irgendwann besser aufgerufen werden als Dinge, die soeben passiert sind. Ich behalte sie mal im Auge.«

»Da wäre ich dir sehr dankbar.« Georges zeigte auf das verschwitzte T-Shirt, das Willem trug. »Buddelst du den ganzen Garten um?«

»Ich habe vor, Hochbeete für sie zu bauen. Die können wir im Herbst aufstellen, wenn das Gemüse abgeerntet ist.« Er schob Georges eine Skizze hin. »Dann kann sie ihren Garten weiterhin bestellen und schont ihren Rücken.«

Georges wollte gerade etwas entgegnen, als Marie mit Gewitterblick an sie herantrat. »Wenn die sich noch einmal beschweren, bringe ich den Haufen um!« Sie knallte ein Schälchen mit Zwiebelmus auf die Theke. »Nur zu deiner Information: Auch das hier schmeckt in Holland *wesentlich* besser!«

Willem drehte sich langsam auf seinem Hocker um. »Dann wird es wohl Zeit, ein paar Worte mit ihnen zu wechseln. Ein Blutbad bringt zwar Publicity, aber gute Werbung sieht anders aus.« Er ging zu seinen Landsleuten hinaus und fragte sie etwas auf Niederländisch. Die Gruppe johlte und pfiff, doch nach einem weiteren Satz von Willem wurde es ganz ruhig. Teller wurden zusammengestellt, die Tische an ihren ursprünglichen Platz gerückt, und die Gäste zogen ihren Geldbeutel hervor.

»Marie! Die wollen zahlen.« Willem setzte sich wieder und nahm einen tiefen Schluck aus seinem Glas.

»Wie hast du das hinbekommen?«, fragte Georges staunend. »Hast du etwa auch schon mit schwererziehbaren Jugendlichen gearbeitet?«

Willem lachte. »Nein, ich habe nur gesagt, dass man glauben könnte, sie seien eine Horde Deutsche. So wie sie sich aufführten. Du musst wissen, dass das in meinem Land ein weitverbreitetes Vorurteil ist und für viele Niederländer eine große Beleidigung. Und siehe da, es hat funktioniert.«

»Vielen Dank!« Georges gab ihm die Skizze zurück. »Diese Beete scheinen mir eine gute Lösung zu sein. Was sagt Jeanine dazu?«

»Als sie gegen Mittag zurückkam, war sie wieder ganz klar, hat gewusst, wer ich bin, und fand die Idee prima. Ach ja, noch was: Kannst du mir verraten, was ein Bœuf en Daube ist und wie man das macht? Jeanine würde das gern mal wieder essen.«

»Das ist ein provenzalischer Schmortopf. Ich müsste noch ein paar Portionen in der Tiefkühltruhe haben. Kommt doch morgen zusammen zum Essen.« Georges zeigte auf die Toilettentür, wo eine Reihe kleiner Spiegel angebracht war. »Wenn dieser Spinner mir bis dahin nicht das ganze Lokal leergeräumt hat. Heute hat er wieder zugeschlagen.«

»Hast du einen Hinweis, *wann* diese Änderungen vorgenommen werden?«

»Immer vormittags«, sagte Georges.

»Dann komme ich morgen gegen acht vorbei, und wir überführen diesen Troll.« Willem schnitt eine Grimasse. »Es sei denn, Jeanine schlägt mich k. o.«

12

Hatte er Willems Vorschlag gestern noch begrüßt, hielt Georges ihn nun für eine Schnapsidee. Auf die Lauer legen ... Er war doch keine zehn mehr! Als Kind hatte er das gern gemacht. Am liebsten zusammen mit Léon, der perfekte Schauermärchen erzählen konnte, wenn sie irgendwo im hohen Gras eine verfallene Hütte observierten. Durch seine geflüsterten Schilderungen verwandelte sich eine zugewachsene Bretterbude in das Hauptquartier von Zombies, die sich mit Hilfe unterirdischer Gänge schnell und unsichtbar bewegen konnten. Da hatte es nur des Knackens eines Astes oder einer Bewegung im Gebüsch bedurft, um sie hochschrecken und davonrennen zu lassen.

Doch diese Zeiten waren vorbei. Wenn dieser Willem Räuber und Gendarm spielen wollte, musste er sich einen anderen suchen. Georges nahm zwei Portionen Bœuf en Daube aus dem Eis und legte sie in einen Topf. Abgesehen davon war es fraglich, ob er überhaupt auftauchen würde.

Ein Klopfen widerlegte diese Zweifel. Willem kam gut gelaunt in die Küche und erläuterte Georges seinen Plan. »Ich glaube, es wäre geschickt, die Veränderung von gestern rückgängig zu machen«, sagte er. »Das waren diese kleinen Spiegel an der Tür zu den Toiletten, oder?«

Georges nickte.

»Perfekt.« Willem signalisierte Georges, ihm ins Restaurant zu folgen. »Wir nehmen diese Teile ab und legen sie gut sichtbar auf den Tresen. Für diesen Troll muss sich das anfühlen, als würdest du seine Arbeit zunichtemachen, und mit etwas Glück wird er sie wieder anbringen. Wir ertappen ihn auf frischer Tat. Einverstanden?«

»Und wenn er heute gar nicht auftaucht?«

»Dann haben wir Pech gehabt.«

Sie legten die Spiegelfliesen auf die Theke und verschanzten sich direkt dahinter. »Mit Jeanine alles gut?«, fragte Georges.

»Viel besser als gestern«, sagte Willem. »Sie hat ihre Blackouts, aber weiß jetzt, dass ich bei ihr wohne. Die Idee mit der Gartengestaltung gefällt ihr gut.«

»Ist es kompliziert, solche Beete zu bauen?«

Willem machte eine wegwerfende Handbewegung. »Ich muss alles nur mal ausmessen. Das Holz kann ich mir zuschneiden lassen und hierher ...« Er verstummte, denn es waren Schritte zu hören, die vor dem Lokal zum Stillstand kamen.

Einen Moment später hörten sie, wie die Klinke langsam heruntergedrückt wurde. Sie warfen einander einen vielsagenden Blick zu und machten sich so klein wie möglich.

Leise öffnete und schloss sich die Tür, Schritte bewegten sich zögernd vorwärts. Vor dem Tresen blieb der Eindringling stehen. Das Kratzen auf der Thekenoberfläche ließ darauf schließen, dass er die Spiegelteile hin und her schob, als könne der Unruhestifter sich nicht entscheiden, was er mit ihnen tun sollte. Er trommelte ungeduldig auf dem Schanktisch und seufzte mehrmals.

Auch Georges konnte seine Ungeduld nun kaum noch zähmen. Er machte Willem ein Zeichen nach oben. Dann zählte er mit den Fingern lautlos bis drei. Wie Teufelchen aus der Schachtel kamen sie hinter dem Tresen zum Vorschein. »Was kann ich für Sie tun?«, fragte Georges.

Ihr Gegenüber, ein Mann Ende sechzig, griff sich ans Herz. Wie ein Karpfen auf dem Trocknen öffnete und schloss er lautlos den Mund.

»Wollten Sie wieder etwas umstellen?«, fragte Willem. »Oder vielleicht ein paar neue Spiegel anbringen?«

»Ich ... « Ihr Gegenüber schüttelte verwirrt den Kopf. »Ich ... Reservieren ... « Doch bevor Georges auf diesen Wunsch eingehen konnte, taumelte der Mann aus dem Restaurant.

Ein einziger Blick reichte, und sie begannen zu lachen. »Den siehst du nicht so schnell wieder«, kicherte Willem. »Der arme Kerl!«

»Ja, dem ist der Appetit vorerst vergangen. Hoffentlich vergraulen wir nicht noch weitere Gäste.« Sie gingen wieder zu ihrer Ausgangsposition zurück. Die Zeit zog sich wie Kaugummi, nichts passierte. Doch gerade als Georges leise vorschlug, die Sache abzublasen, öffnete sich die Tür erneut.

Zwei Schritte, dann Stille. Wieder ein paar Schritte, wieder blieb die Person stehen. Georges musste sich zusammenreißen, nicht über den Tresen zu spitzen. Willems Mimik nach zu urteilen ging es ihm nicht anders, doch er schüttelte den Kopf und legte den Zeigefinger an die Lippen.

Die Spiegelfliesen wurden von der Theke genommen, und im nächsten Moment hörten sie, wie der Eindringling sich an der Toilettentür zu schaffen machte.

Nun konnte Georges sich nicht mehr zurückhalten. In Zeitlupentempo und auf Zehenspitzen schlich er aus dem Versteck, Willem folgte ihm. Im hinteren Teil des Raumes war es dunkel, doch Georges kannte sein Reich in- und auswendig. Geschickt umging er Tische und Stühle, bis er den Störenfried, den er nur schemenhaft ausmachen konnte, fast erreicht hatte.

»Stehen bleiben! Und Hände hoch!«

Im nächsten Augenblick fielen die kleinen Spiegel klirrend zu Boden, eine Vase ging zu Bruch, und der Unbekannte schrie laut, als Georges ihn von hinten packte. »Hilfe! Georges! Hilf mir!«

Als Georges die Frauenstimme hörte, wusste er sofort, wen er im Schwitzkasten hatte. Verdutzt ließ er sie los und schaltete das Licht ein. »Josephine! Was machst *du* denn hier?«

»Ich wollte dir doch nur helfen.« Die Briefträgerin humpelte zum nächstbesten Stuhl und ließ sich darauf niedersinken.

Willem beobachtete die Szene mit großen Augen. Bis er aus seiner Trance erwachte und auf Josephine zueilte. »Hast du dir wehgetan?«

»Die große Vase ist mir auf die Zehen gefallen.«

Vorsichtig zog Willem ihr den Schuh aus und sah sich die Blessuren an. »Die mittleren Zehen hat es erwischt. Die müssen gekühlt werden, danach tape ich sie. Heute solltest du den Fuß unbedingt schonen.« Er drehte sich zu Georges um. »Könntest du ein paar … Himmel, wie nennt man das auf Französisch? Eis*blöckchen* bringen? Und wenn du hast, auch Leukoplast.«

Irritiert ging Georges in die Küche. Was konnte dieser Typ eigentlich nicht? Er brachte wildgewordene Touristenhorden zur Räson, baute Hochbeete, hatte Jeanines und am Ende auch Alice' Herz erobert, und jetzt verarztete er gebrochene Zehen.

Er nahm eine Rolle Klebeband aus dem Verbandskasten, gab ein paar Eiswürfel in ein Handtuch und kehrte an den Unfallort zurück.

»Du hast einen sehr süßen Dialekt«, sagte Josephine gerade. Es schien, auch manch anderes an diesem Knaben war durchaus nach ihrem Geschmack.

Georges drückte Willem das Gewünschte in die Hand und setzte sich zu ihnen. Josephine schrie erschrocken auf, als Willem ihr das Handtuch auf den Fuß legte.

»Warum hast du das alles gemacht?« Georges hatte immer noch keine Ahnung, was sich hinter ihren Aktionen verbarg. »Gefallen dir die Räume so nicht?«

»Damit hat es nichts zu tun.« Josephine schnäuzte sich umständlich. »Ich habe vor kurzem die Feng-Shui-Prüfung bestanden und wollte deinem Restaurant zu besseren Schwingungen verhelfen.« Sie zeigte auf die Tür, an der wieder erste Spiegel klebten. »Ich habe gelernt, dass es sinnvoll ist, eine solche Tür energetisch zu versiegeln, indem man Energie-Reflektoren anbringt. Die sorgen dafür, dass das *Chi* nicht ungenutzt abfließen kann. Verstehst du?«

Georges verstand nur Bahnhof und fragte lieber erst gar nicht nach, welche Auswirkungen sie sich von den anderen Aktionen versprochen hatte. Willem hingegen hing an Josephines Lippen. »Darüber würde ich gern mehr erfahren.«

Eine halbe Stunde später sah Georges den beiden kopfschüttelnd nach. Willem hatte Josephine auf ihren Zustellwagen gesetzt und schob sie so zum Postamt. Es tat ihm wirklich leid, dass sie sich verletzt hatte. Aber Beaulieu war vor ihren Aktionen sicher, solange sie nicht laufen konnte.

*

Seit Alice den Kräutergarten entdeckt hatte, war ihr unumstößlich klar, dass dieses Anwesen sie nicht wieder loslassen würde. Sie sah sich die Fotos, die sie tags zuvor gemacht hatte, auf dem Bildschirm genauer an. Was man aus diesem Kleinod alles machen könnte! Ob der Brunnen noch funktionsfähig war?

Die Bilder eigneten sich hervorragend für ihre Facebook-Seite, die sie in letzter Zeit sträflich vernachlässigt hatte. Unter dem Titel *Wenn Katzen verschwinden und man sie im Paradies wiederfindet* hatte sie ihren Textentwurf vom Vortag weitergeführt und sich an einem ersten Grundriss des Gartens versucht. Auch das wäre eine interessante Ergänzung für den Beitrag. Doch bald musste sie feststellen, dass es für sie noch etliche weiße Flecken auf dieser Landkarte gab. Ein willkommener Anlass, sich dort nicht nur zum Katzenfüttern aufzuhalten.

Sie verschob die Veröffentlichung des Beitrags und nahm den Zettel in die Hand, den Emile ihr am Abend zuvor vorbeigebracht hatte. *Henri Roux* hatte er in eckigen Buchstaben darauf notiert. Dazu eine Adresse und Telefonnummer.

In Gedanken versunken, war sie Emile ins Fahrrad gelaufen. Es war nur seiner Reaktionsfähigkeit zu verdanken, dass keiner von ihnen zu Schaden gekommen war. Aber der Schreck hatte auch sein Gutes gehabt: Ihr war klargeworden, wen sie längst nach dem Besitzer des Hotels hätte fragen können. Und siehe da. Bereits wenige Stunden später hatte er bei ihr geklingelt.

Doch was nun? Anrufen? Nein, es wäre geschickter, den Mann persönlich aufzusuchen. Im direkten Gespräch hatte man bessere Möglichkeiten, etwas auszuloten. Das Haus zu kaufen würde ihren finanziellen Rahmen sicher sprengen, aber vielleicht konnte man über einen Mietvertrag verhandeln? Seit Willem den Verdacht geäußert hatte, dass Jeanine am Anfang einer Demenz stand, gewann die Idee, dass dieses Anwesen eine Lösung für viele Probleme darstellen konnte, immer mehr an Kontur.

Trouvé riss sie aus ihren Überlegungen. Sie wollte spielen und warf mehrere Stifte zu Boden und schnickte einen mit viel Geschick unter die Couch. Dann setzte sie sich maulend zu Alice.

»Ich nehme dich heute Nachmittag mit in den Garten«, versprach Alice. »Aber vorher besuche ich diesen Monsieur Roux. Drück mir die Tatzen, dass er zu Hause ist.«

Henri Roux lebte in einem kleinen Dorf hoch über Beaulieu. Der schmale Weg dorthin führte sie durch ein tiefes Tal. Kurz bevor er in einem Wald verschwand, hielt Alice an und genoss das Panorama.

Am Hang gegenüber entdeckte sie kleine, serpentinenförmige Pfade, die im Lauf der Jahre von vielen Füßen und Hufen gebildet worden waren. Alice fragte sich, wo sie wohl hinführen mochten, und nahm sich vor, das bei Gelegenheit in Erfahrung zu bringen.

Sie parkte das Auto am Ortsschild und stieg aus. Bis auf das Gezwitscher weniger Vögel herrschte völlige Stille. Emiles Zettel in der Hand, ging sie die schmale, mit Schlaglöchern übersäte Straße entlang. Viele Gebäude machten einen verlassenen Eindruck. Ihre Fensterläden waren fest verrammelt, und auf den zugewucherten Steinstufen standen Töpfe mit vertrockneten Blumen. Da Alice nirgendwo ein Straßenschild entdecken konnte, lief sie weiter, bis sie zu einer kleinen Kirche mit hochaufragendem Glockengiebel kam. Neugierig trat sie ein.

Der Innenraum war gewölbt, die schlichten Wände waren unverputzt. Vor dem einfachen Altar stand eine Madonnenfigur, die durch ein kleines Rundfenster von der Sonne beschienen wurde. Alice überlegte, wie sie in dieser Einöde das Haus von Henri Roux finden konnte, als sie Schritte hörte.

Eine alte Frau trat ein und bekreuzigte sich. Sie nickte Alice kurz zu, bevor sie sich in die vorderste Reihe setzte und die Hände faltete.

Alice schlüpfte hinaus und beschloss, zu warten. Sie hatte Glück. Die alte Dame wusste nicht nur, wo Henri Roux wohnte, sondern auch, dass er zu Hause war.

Auch dieses Haus hatte schon bessere Tage gesehen. Die Farbe an den Fensterläden blätterte ab, das Fliegengitter am Fenster neben der Tür wies Risse und Löcher auf, die notdürftig mit Klebeband geflickt worden waren. Vor der Natursteinwand wuchsen Stockrosen, die erste gelbe Blüten zeigten, daneben stand ein Stuhl.

Nachdem Alice mehrmals geklopft hatte, öffnete sich die Tür. Das müde Gesicht eines älteren Mannes kam zum Vorschein. »Was kann ich für Sie tun?«

Sein volles, graues Haar war an der Stirn bereits zurückgewichen, und um die dunklen Augen hatten sich viele Fältchen gebildet. Sein Hemd war ungebügelt, die braune, ausgebeulte Hose wurde von einem breiten Gürtel gehalten. Seine ganze Gestalt strahlte Kummer aus, und Alice überlegte, wie sie ihr Anliegen am besten vorbringen konnte.

»Mein Name ist Alice Laurent. Ich komme wegen des Hotels in Beaulieu. Ich habe gehört, dass Sie der Eigentümer sind, und wollte mich erkundigen, ob das Anwesen zu verkaufen oder zu vermieten ist.«

Nun öffnete die Tür sich ein wenig weiter, und Henri

Roux ließ sie herein. Alice folgte ihm durch einen schmalen Flur. Es roch nach aufgewärmtem Essen. Im Wohnzimmer war länger nicht aufgeräumt worden. Auf den Stühlen stapelten sich Zeitungen, auf dem Couchtisch standen leere Teller mit Besteck. Der Fernseher zeigte lautlos Bilder einer Westernschießerei.

Roux räumte einen Stoß Papiere zur Seite und bat sie, sich zu setzen. Er erinnerte Alice an ihren ehemaligen Geschichtslehrer, den sie sehr gemocht hatte. Auch er hatte diese erschöpfte Miene gehabt, wenn keiner der Schüler ihm zuhörte.

»Sie haben also Interesse an dem Hotel?«

»Was heißt Interesse.« Eines der ersten Dinge, die Léon und sie bei der Haussuche gelernt hatten, war die Tatsache, sich anfangs besser bedeckt zu halten. Sonst stieg der Preis der Immobilie, bevor erste Zahlen genannt worden waren. »Es ist ziemlich heruntergekommen, und man müsste eine Menge investieren, wenn man das von außen so beurteilen kann. Aber ja, es ist ein schönes Haus.«

Während Roux seine Hände betrachtete, sah Alice sich unauffällig um. Alles sah trist und verwahrlost aus, und sie fragte sich, warum dieser Mann nicht selber nach Beaulieu zog. Das Hotel war in einem besseren Zustand als dieses Haus.

»Oder haben Sie selber vor, das Hotel wiederzueröffnen?«, hakte sie nach, als er weiterhin schwieg.

»Es ist sehr kompliziert«, sagte Monsieur Roux leise. »Ich müsste das zuerst mit meiner Frau Louise besprechen.« Er nahm die Visitenkarte, die sie ihm reichte. »Sobald ich dazu Gelegenheit hatte, melde ich mich bei Ihnen.«

»Er machte einen netten Eindruck, aber ich werde aus der Sache nicht schlau, verstehst du?«, sagte Alice zu Trouvé. Als könnte die Katze spüren, dass etwas Aufregendes passieren würde, wich sie Alice nicht von der Seite. »Alles weist darauf hin, dass er dringend Geld braucht, aber er hat sich nicht mal gefreut, dass jemand Interesse an dem Hotel zeigt. Dass er erst mit seiner Frau reden will, ist verständlich, und es beruhigt mich, dass er da oben nicht allein haust. Aber irgendwie war die Begegnung ... seltsam.«

Trouvé interessierte sich kein bisschen für diese Überlegungen. Sie beschnupperte den Katzenkorb, den Alice auf den Boden gestellt hatte, kletterte mehrmals rein und raus und setzte sich schließlich maunzend obendrauf.

»Wir gehen ja gleich. Ich muss nur noch ein paar Sachen zusammenpacken. Was hältst du davon, wenn wir den alten Campingkocher mitnehmen? Dazu einen Kanister mit Wasser für Tee und Kaffee, dann wird das Arbeiten dort noch angenehmer.« Als die Klappbox vollgepackt war, setzte sie Trouvé in den Korb und schloss die Gittertür. »Schnall dich an, Madame. Ein neues Abenteuer beginnt!«

Colette und Zazou waren nicht angetan von der Tatsache, dass Alice den kleinen Störenfried dabeihatte. Skeptisch umrundeten sie den Transportkorb. Doch dann ließen sie ihn links liegen und folgten Alice. Als die beiden in Ruhe gefressen hatten, legte Alice Laptop und Unterlagen auf einen der Tische und entließ die aufgeregte Trouvé in die Freiheit.

Ihre ersten Schritte auf dem ihr unbekannten Terrain waren zögerlich. Die Nase schnuppernd in die Höhe gereckt, erkundete sie zuerst das unmittelbare Umfeld, bis sie begeistert auf die beiden älteren Katzen zustürzte. Endlich waren ihre Kumpels wieder da! Diese nahmen jedoch sofort Reißaus. Trouvé unternahm einen halbherzigen Versuch, ihnen zu folgen, zog es dann aber vor, in Alice' Nähe zu bleiben.

Als sie müde von ihren ersten Erkundungen im hohen Gras eingeschlafen war, nahm Alice die angefangene Skizze des Gartens und machte sich daran, sie zu vervollständigen. Colette und Zazou leisteten ihr auf dem Rundgang Gesellschaft.

Diesmal bog sie am Teich links ab und landete auf verschlungenen Wegen bei einem sechseckigen Gartenpavillon. Die ehemals grau gestrichenen hölzernen Seitenwände hatten große, weiß eingefasste Sprossenfenster. Manche von ihnen waren aus blauem und ockerfarbenem Buntglas. Alice stieg die bemoosten Stufen hinauf und befreite die Tür von Efeu und den blauvioletten Prunkwinden.

Da sie verschlossen war, wischte sie mit einem Taschentuch so lange über eine Scheibe, bis sie hindurchsehen konnte. In dem kleinen Raum befanden sich ein runder Tisch, ein abgewetztes Sofa, daneben standen zwei Korbstühle, deren Sitzflächen fehlten. An der Rückwand hing ein leerer, ovaler Bilderrahmen. Hinter dem Gartenhaus entdeckte sie einen halbverfallenen Schuppen voller Blumentöpfe und altem Gartengerät. Ein Baum war durch das Dach gewachsen. Ihre Katzen schienen sich gern dort aufzuhalten, denn in einem alten Heuhaufen fand Alice zwei Schlafkuhlen.

Während Colette und Zazou im Gestrüpp Fangen spielten, fotografierte Alice in einem Tempo, als befände sie sich in einem Traum, der jeden Moment zu Ende sein konnte. Sie sah sich schreibend an diesem Tisch sitzen, stellte sich vor, wie es wäre, hier zu leben. Doch würde dieser Wunsch jemals in Erfüllung gehen?

Nachdem sie ihren neuesten Fund auf dem Gartenplan eingezeichnet hatte, kehrten sie zum Haus zurück. Trouvé erwartete sie schon und freute sich über diese neue Chance, mit den beiden Großen zu spielen. Wieder machten sich die beiden aus dem Staub. Diesmal brachten sie sich in der großen Kastanie in Sicherheit.

Trouvé fand diese neue Spielvariante großartig, und bevor Alice wusste, was geschah, kletterte auch sie am Stamm hinauf. Doch während Colette und Zazou den Baum wieder verlassen hatten, saß die kleine Katze nun jammernd auf einem hohen Ast. Es half kein Locken oder gutes Zureden – Alice hatte ein Problem. Und sie brauchte eine Leiter.

Im Schuppen hinter dem Pavillon wurde sie fündig. Das Modell war betagt, aber stabil. Alice stellte es an den Stamm und stieg mit zittrigen Beinen hinauf, während sie beruhigend auf Trouvé einredete.

Als sie den fraglichen Ast endlich erreicht hatte, dachte das kleine Biest nicht daran, sich auf Alice zuzubewegen. Ängstlich sah es hinunter und maunzte herzerweichend. Fest entschlossen, die Katze aus dieser misslichen Lage zu befreien, nahm Alice all ihren Mut zusammen und setzte sich zu ihr auf den Ast. Jetzt kam die Kleine mit wackligen Schritten auf sie zu.

»Gut machst du das«, sagte Alice leise. »Komm, gleich hast du es geschafft.« Doch Trouvé überlegte es sich anders. Sie krabbelte über Alice hinweg, und bevor diese bis drei zählen konnte, hatte das Kätzchen die oberste

Sprosse erreicht, sprang mit einigen gewagten Hopsern hinunter und landete kopfüber im Gras.

Dabei brachte sie die Leiter ins Schwanken, die in Zeitlupentempo zu Boden kippte.

*

Georges rieb sich müde das Gesicht. »Wir kommen schon klar, Marie. Werde erst mal wieder gesund. Genau.« Er legte das Telefon zur Seite und schloss die Augen. Ganz ruhig bleiben, keine Panik. Was nicht ganz einfach war, wenn man plötzlich ohne Bedienung dastand.

Er wählte Alice' Nummer, doch es meldete sich nur die Mailbox. Merkwürdig. Er hatte heute bereits zweimal versucht, sie wegen einer anderen Sache zu erreichen, aber nie erwischt. Wieder hinterließ er eine Nachricht. »Hier ist Georges. Marie ist krank, und die Aushilfe kann heute Abend nicht kommen. Könntest du bitte einspringen? Melde dich bitte bald bei mir!« Er sah auf die Uhr. Gleich zwei. Vielleicht war sie bei Jeanine und hatte ihr Handy zu Hause liegenlassen?

Jeanine war mit Willem im Garten zugange. So wie sie strahlten, ging es ihnen richtig gut. Doch auch sie wussten nicht, wo Alice sich aufhielt.

»Sie könnte natürlich im Hotel sein«, sagte Georges. »Hast du sie heute dort gesehen, Jeanine?«

»Im Hotel?« Jeanine sah ihn an, als hätte er den Verstand verloren. »Mein Lieber, ich arbeite seit Jahren nicht mehr im Hotel!«

Georges holte tief Luft. »Aber du bist doch manchmal dort zu Besuch. Willem hast du da auch kennengelernt. Weißt du nicht mehr?«

Jeanine schüttelte energisch den Kopf. »Nein, Willem habe ich im Auto mitgenommen, als er an der Straße stand. Hatte ich dir das nicht erzählt?«

»Das muss ich wohl vergessen haben.« Georges versuchte, sich zusammenzureißen und nicht laut loszuschreien.

»Manchmal bringst du alles durcheinander«, sagte Jeanine. »Aber das war schon so, als du noch ein kleiner Junge warst.«

»Falls Alice hier auftaucht, richtet ihr bitte aus, dass sie sich gleich bei mir melden soll. Marie ist krank, und ich brauche heute Abend dringend Hilfe.«

»Ich könnte auch einspringen«, sagte Willem. »In meiner Schulzeit habe ich oft gekellnert.«

»Gibt es eigentlich *irgend*etwas, was du noch nicht gemacht hast?« Dieser Typ machte Georges noch wahnsinnig.

»Also, Kinder habe ich noch keine bekommen«, sagte Willem lachend.

Wider Willen musste Georges grinsen. »Immerhin! Aber wenn du mir helfen könntest, wäre ich dir sehr dankbar. Ihr kommt ohnehin zum Essen, oder? Dann können wir das ad hoc entscheiden.«

Georges beschloss, in den Geschäften vorbeizuschauen, in denen Alice regelmäßig einkaufte. Vielleicht hatte er ja Glück und traf sie dort. Doch weder im Buchladen noch im kleinen Supermarkt hatte man sie gesehen. Als er weiterging, entdeckte er sie. Alice studierte die Auslagen im Schaufenster der Bäckerei. Erleichtert überquerte er die Straße, schlich sich von hinten an und fasste sie an beiden Schultern. »Hab ich dich!«

Alice schrie wie am Spieß. Als sie sich zu ihm umdrehte, verstand Georges auch, warum. Die Ähnlichkeit der

Rückenansicht war frappierend gewesen, doch das war auch schon alles.

»Sind Sie wahnsinnig geworden?!« Die Fremde funkelte ihn hasserfüllt an. »Hauen Sie ab! Sonst zeige ich Sie an!«

Georges stammelte einige Entschuldigungen, dann brachte er sich hinter einem Zeitungskiosk in Sicherheit und starrte auf die Schlagzeilen eines Boulevardblattes. *Massenkarambolage auf der Autobahn* meldete eine Schlagzeile. Ein anderer Artikel begann mit der Überschrift *Sturz von der Treppe. Frau bricht sich Genick.*

Plötzlich hatte Georges schreckliche Visionen vor Augen. Alice hatte ihr Handy immer dabei. Aber was, wenn sie gar nicht in der Lage war, seine Anrufe entgegenzunehmen? Er sah eine schwerverletzte Alice in einem verlassenen Straßengraben um Hilfe rufen, eine Alice, die im Haus von der Treppe gestürzt war und bewegungsunfähig am Ende der Treppe lag. Vielleicht war sie längst im Krankenhaus?

Zutiefst beunruhigt machte Georges sich auf den Weg zu Alice' Wohnung und klingelte Sturm. Nichts. Ein Blick durch den Briefkastenschlitz brachte keine neue Erkenntnis. Aber immerhin auch keine Leiche. Alles, was er entdecken konnte, waren ein paar eingeworfene Briefe auf der Matte vor der Treppe. Ansonsten war nichts zu sehen oder zu hören.

Beim Weggehen fiel sein Blick auf einen handgeschriebenen Zettel, der an der Tür des Notarbüros nebenan klebte. *Heute geschlossen.* Georges wunderte sich. Eine solche formlose Nachricht passte überhaupt nicht zu dem sonst so korrekten Bardou. War *er* am Ende mit Alice unterwegs? Oder war er Alice spontan ins Hotel gefolgt?

Sie hatte nach dem Abendessen mit Bardou von der Einladung berichtet, und das gefiel ihm gar nicht. Schließlich war der Kerl als Casanova bekannt und machte keinen Unterschied, ob die Frau seiner Begierde vergeben war oder nicht. Er beschloss, der Sache sofort auf den Grund zu gehen, und eilte zum Hotel.

Als er Alice' Unterlagen auf dem Terrassentisch entdeckte und sah, dass die Tür zum Hotel weit offen stand, wuchsen seine Sorgen. Er betrat das Erdgeschoss und lauschte angestrengt. Nur das Brummen eines vorbeifahrenden Lasters war zu hören. Er beschloss, für alle Fälle in den Zimmern oben nachzusehen, und war schon an der Rezeption, als plötzlich etwas auf seiner Schulter landete. Erschrocken schrie er auf.

Als das Etwas ihm ins Ohr schnurrte, beruhigte sich sein Herzschlag. Er nahm die Katze, die sich in seinen Händen wand, herunter und sah sie eindringlich an. »Jetzt zeig mal, was du kannst, du Glückskatze«, flüsterte er. »Alice ist verschwunden, und ich habe große Angst, dass ihr etwas zugestoßen ist. Kann ich auf dich zählen? «

Trouvé schnurrte noch etwas lauter und schien den Ernst der Lage verstanden zu haben, denn sie blieb ruhig in Georges' Arm liegen, während er die Treppe hinaufging.

Sie sahen in allen Zimmern nach, doch weder von Alice noch von diesem Bardou eine Spur. »Vielleicht ist sie ja im zweiten Stock«, sagte Georges zu Trouvé, als er jemanden rufen hörte. Kam das von oben? Mit großen Schritten rannte er die Stufen hinauf und blieb dort regungslos stehen. Nein, er hatte es sich eingebildet. Sowohl der lange Flur als auch die Zimmer waren menschenleer.

Plötzlich hatte er die Schlagzeile *Frau bricht sich Ge-*

nick wieder vor Augen. War sie vielleicht aus einem der Fenster gestürzt? Nein. Dann hätte er sie ja auf der Terrasse liegen sehen. Ruhig, Georges. Mach dich nicht verrückt! Wie ein Mantra wiederholte er diese Worte, doch sie verfehlten ihre Wirkung.

Er riss eines der Fenster zum Garten auf und holte tief Luft. »Hat sie dir etwas von einem Interview erzählt, das sie führen wollte?«, fragte er Trouvé, die ihre Nase an seinem Hals rieb. »Oder sehe ich nur Gespenster?«

Er ließ seine Augen durch den Garten schweifen. In einem der Bäume blitzte etwas Rotes zwischen den Blättern hervor. War das etwa ... »Alice?! Bist du das?«

Als sie antwortete, wurde ihm unendlich leicht ums Herz. Er rannte die Treppe hinunter, kurz davor, laut loszusingen, und kam außer Atem bei der Kastanie an.

»Was machst du denn da oben? Wird das eine neue Blog-Reihe mit dem Titel *Öfter mal die Perspektive wechseln?* «

»Eher ein Aufsatz zum Thema *Wie kleine Katzen einen verrückt machen können.* Dieses Biest, das du herumträgst, ist schuld an allem.« Sie zeigte auf den Boden. »Aber vielleicht hörst du mal auf, so breit zu grinsen, und stellst die Leiter wieder auf? Allmählich tut mir der Hintern weh!«

*

Die Gäste tröpfelten nach und nach ein. Entspannte und gutgelaunte Menschen, und Alice hatte den Laden gut im Griff. Willem, der mit Jeanine und Josephine auftauchte war, konnte sogar in Ruhe noch etwas essen, bevor er den Platz hinter der Theke einnahm.

Jeanine war im siebten Himmel. Das Bœuf en Daube

war genau nach ihrem Geschmack. »Löffel für Löffel ein Gedicht«, sagte sie zu Josephine, die ihr anhand von Skizzen die Grundlagen der Feng-Shui-Lehre zu erläutern versuchte.

»Du musst dir vorstellen, dass der energetische Eindruck eines jeden Menschen von der Beschaffenheit des Kraftfeldes des Universums bestimmt wird«, erklärte sie Jeanine gerade, als sich eine Gestalt mit äußerst aggressiver Energie vor ihrem Tisch aufbaute.

»Hier bist du also!« Patrick stützte sich mit einer Hand auf den Tisch, mit der anderen zerknüllte er die Blätter, auf denen Josephine ihre Erklärungen illustriert hatte. »Hatte ich dich nicht gebeten, mit diesem Schwachsinn aufzuhören? Außerdem sind wir heute Abend bei meiner Tante eingeladen. Erinnerst du dich?«

»Oje, das hatte ich völlig vergessen.« Hektisch packte Josephine ihre Sachen zusammen.

»Eine vergessene Tante ist kein Grund, so rundzuschreien!« Willem baute sich in voller Größe vor Patrick auf. »Wenn du dich nicht bedragen kannst, ist es besser, du haust ab.«

»Das heißt *herumschreien*. Und *benehmen*. Bevor du dich mit mir anlegst, lern erst mal Französisch«, fauchte Patrick zurück. »Sie ist nämlich *meine* Freundin. Kapiert?«

»Führ dich mal nicht so auf!« Auch Jeanine war aufgestanden. Sie bohrte ihren Zeigefinger in Patricks Brust. »Du bist hier nicht zu Hause. Verstanden?« Sie zeigte auf die Straße. »Und jetzt ab mit euch!«

Kurz darauf war wieder Ruhe eingekehrt. Die Gäste aßen mit großem Genuss, und die Querelen waren vergessen. Nur Willem stand mit besorgtem Gesicht hinter dem Tresen.

»Hat sie noch was gesagt?«, fragte Alice, als sie ein Tablett mit Getränken von ihm entgegennahm.

»Nur, dass sie diese Verabredung vergessen hatte und sich wieder bei mir melden will«, brummte er. »Was sie an dem Typen findet, ist mir allerdings rätselhaft.«

»Das weiß ich auch nicht«, sagte Alice. »Aber ich würde es ruhig angehen lassen. Sie sind schon lange zusammen.«

Georges stand mit ernster Miene vor der Küchentür und betrachtete die Gäste.

»Ich glaube, du hattest neulich Recht. Restaurantkritiker können auch weiblich sein.« Unauffällig zeigte er auf eine gepflegt gekleidete Dame, die neben dem Teller einen Block liegen hatte und sich beim Studieren der Speisekarte immer wieder Notizen machte. »Anspruchsvoll, kennerhaft, kritisch.«

Alice und Georges beobachteten, wie Jeanine, die am Nebentisch der Frau saß, sich zu ihr hinüberbeugte und von Georges' Bœuf en Daube zu schwärmen begann. »So etwas Zartes haben Sie noch nie gegessen!«

Die Frau sah Jeanine an, als wäre sie eine lästige Fliege, lächelte schmallippig und vertiefte sich ohne ein Wort wieder in die Karte. Georges raufte sich die Haare. »Wir müssen Jeanine woanders hinsetzen. Sie darf uns die Nummer nicht vermasseln!«

In diesem Moment wurde Alice von einem älteren Herrn angesprochen. »Madame, dürfte ich Ihnen eine Frage zu diesen *Genussberichten* stellen?«

Er saß allein an einem Tisch und war Alice gleich aufgefallen, weil er so einen melancholischen Eindruck machte. »Später komme ich gern zu Ihnen«, sagte Alice. »Sobald ich etwas Zeit habe …« Dann fiel ihr die Lösung ein. »Ich könnte Ihnen aber auch eine Expertin an den Tisch setzen, die aktiv daran mitgearbeitet hat. Wäre Ihnen das recht?«

Mit einem Mal strahlte der Mann. »Das wäre großartig!«

Es war nicht schwer, Jeanine zu diesem Plan zu überreden. »Das ist vielleicht eine arrogante Ziege«, flüsterte sie Alice ins Ohr. »Der Mann sieht viel sympathischer aus.« Sie schüttelte ihrem neuen Tischgenossen die Hand, und die beiden waren bald im Gespräch vertieft.

»Wir müssen diese Frau unbedingt bei Laune halten!« Georges drückte Alice einen hübsch hergerichteten Teller mit einer Vorspeisenauswahl in die Hand. »Bring ihr das mal als Gruß aus der Küche und lies ihr bitte jeden Wunsch von den Augen ab.«

Beschwingten Schrittes ging Alice hinaus. »Eine kleine Aufmerksamkeit von unserem Küchenchef«, sagte sie, während sie der Dame die Auswahl präsentierte. »Ich wünsche Ihnen guten Appetit!«

»Das sieht ja wunderbar aus!« Die Kritikerin legte die Karte zur Seite, nickte Alice zu und nahm das Besteck in die Hand.

Die umsitzenden Gäste sahen interessiert zu und waren offenbar der gleichen Meinung, denn bevor Alice wusste, wie ihr geschah, hatten drei weitere Tische den gemischten Vorspeisenteller geordert. Georges rollte die Augen.

Die Dame aß die Vorspeisen mit großem Genuss. Kaum hatte sie den letzten Bissen heruntergeschluckt, machte sie bereits wieder Notizen. Als sie den Stift niedergelegt hatte, trat Alice an ihren Tisch. »Ich hoffe, Sie waren zufrieden?«

Diesmal lächelte die Dame und nickte. »Es war köstlich.« Sie schlug die Karte auf. »Als Hauptgericht hätte ich nun gern den lauwarmen Gemüsesalat mit Seeteufel. Und dazu ein Glas … « Sie blätterte weiter, bis sie zu den offenen Weinen kam. »Chardonette blanc, bitte. «

»Gern. « Alice sammelte weiteres Geschirr ein und ging in die Küche. Wann immer sie an Jeanines Tisch vorbeiging, hörte sie fröhliche Satzfetzen und beobachtete mehrmals, wie der Mann sich Lachtränen aus den Augen wischte. Perfekt. Wenn sie diese Frau nun auch noch zufriedenstellen konnten, war Georges' Welt bald wieder in Ordnung.

Georges linste häufig durch die Küchentür und beobachtete die Kritikerin mit Argusaugen. Kaum kam Alice mit dem Geschirr des Hauptgangs zurück, reichte er ihr ein Brettchen mit einer kleinen Käseauswahl.

»Sag ihr, dass sie frisch vom Erzeuger kommen, und frage sie nach ihrer Meinung. «

Wieder konnte er bei der Dame punkten. »Vor allem der Tomme de Chèvre hat sie begeistert«, teilte Alice ihm kurz darauf mit. »Und sie lässt fragen, ob du ihr die Adresse des Herstellers geben kannst. «

Als die Kritikerin beim Dessert angekommen war, ging Georges, ganz entgegen seinen sonstigen Gepflogenheiten, an den Tischen entlang und fragte auch die Dame, ob alles in ihrem Sinne war. Dabei überreichte er ihr eine Visitenkarte des Käseproduzenten.

Die Dame bedankte sich. »Diese Kombination ist ganz außergewöhnlich. « Sie zeigte auf ihren leeren Teller. »Ob Sie mir wohl sagen würden, wie Sie die Aprikosen für diesen Nachtisch zubereiten? «

»Ich brate sie in etwas Olivenöl und Honig an«, verriet Georges. »Dadurch werden sie karamellisiert, sind aber nicht so süß, als wenn ich Zucker verwenden würde. So harmonieren sie gut mit den gerösteten Pinienkernen, mit der Crème fraîche und den Lavendelblüten.« Während er das sagte, versuchte er einen Blick auf ihre Notizen zu erhaschen, doch ihre Schrift war so winzig, dass er nichts entziffern konnte.

»Ich werde Ihr Lokal sehr gern weiterempfehlen«, sagte sie. »Ich habe in letzter Zeit selten so gut gespeist!« Sie unterstrich diese Aussage, indem sie ein fürstliches Trinkgeld hinterließ.

Glücklich, dass sie die Prüfung mit Bravour bestanden hatten, räumte Alice gerade das Geschirr an einem der Tische zusammen, als Alain wie aus dem Nichts neben ihr auftauchte. »Bist du nicht auch der Meinung, dass es höchste Zeit ist, mal wieder die Seiten zu wechseln?« Er wollte sie in den Arm nehmen, doch Alice wich ihm geschickt aus. »Wie meinst du das?«

»Indem *du* dich bei einem Essen mit mir bedienen lässt. Frauen wie du sollten auf Händen getragen und nicht als billige Servicekraft herumgescheucht werden.«

»Ich glaube nicht, dass du die Situation richtig beurteilen kannst«, sagte Alice freundlich. »Heute Abend helfe ich einem Freund.«

Alain wollte etwas erwidern, doch Alice hörte, wie sie gerufen wurde. »Tut mir leid, ich muss rein. Lass uns bald einen Kaffee trinken, ja? Dann reden wir in Ruhe.« Ohne sich weiter um ihn zu kümmern, hastete sie zurück.

Nachdem alle Gäste gegangen waren, sanken sie müde, aber zufrieden auf die Stühle und tranken ein Glas Wein. Nur Willem war stiller als sonst. Der Zwischenfall mit Patrick schien ihn enorm zu ärgern.

Georges, Jeanine und Alice waren guter Dinge. Georges ließ sich mehrmals von Alice erzählen, mit welchen Worten die Restaurantkritikerin sich zum Schluss verabschiedet hatte. »Wunderbar. Da steht einer guten Beurteilung wohl nichts mehr im Weg!« Er hob das Glas, und sie stießen an. »Auf blinkende Sterne!«

Willem stand auf. »Ich kehre schon mal den Boden.« Er stellte die Stühle hoch und holte den Besen aus der Küche. Er war fast fertig, als er etwas aufhob, das unter dem Tisch lag, an dem Jeanine mit dem älteren Herrn gespeist hatte. Es war eine Visitenkarte, die er ihnen auf den Tisch legte.

Gilles Perrin. Gastrokritiker und Online-Journalist stand in geschwungenen Lettern auf dem hochwertigen Karton.

Georges brauchte ein wenig, bis die Bedeutung dieses Funds zu ihm durchdrang. »O mein Gott. Dann … war diese Frau ein ganz normaler Gast?«

»Sieht so aus.« Willem hatte sein Smartphone bereits gezückt und googelte den Namen. »Der Mann, der sich mit Jeanine einen lustigen Abend gemacht hat, unterhält eine vielbesuchte Homepage und hat bereits einige Kochbücher geschrieben.« Er zeigte Georges, was er gefunden hatte. »Und seine Beurteilungen haben es in sich …«

Langsam scrollte Georges sich durch die neuesten Restaurantkritiken. Je mehr er las, umso blasser wurde er. »Das *Laurier* hat nur drei Sterne von ihm bekommen. Da kann ich mir in etwa ausmalen, wie er meine Küche einschätzt.«

»Ich glaube, es hat ihm alles gut geschmeckt«, meldete Jeanine sich zu Wort. »Er fand die *Genussberichte* sehr originell, und wir hatten eine Menge Spaß miteinander.« Sie stand auf. »An deiner Stelle würde ich mir keine Sorgen machen.«

Als Willem und Jeanine gegangen waren, schenkte Alice

Georges einen alten Marc de Provence ein. »Ich verstehe, dass du dir Sorgen machst, aber er hat sich ausdrücklich für den schönen Abend bedankt«, sagte sie.

»Ein Abend, den er notgedrungen mit einer schrägen, demenzkranken Frau verbracht hat, die ihm in einer Tour das Ohr vollgequatscht hat ...«

»So schlimm war es nicht. Jeanine war vollkommen klar, und sie hatten richtig Spaß.«

»Nein, Alice. Die Sache ist gelaufen. Ende. Aus. Vorbei.«

13

Wie an jedem Mittwoch machte Alice sich gegen zehn auf den Weg, um Jeanine abzuholen. Sie liebten es, gemeinsam über den Wochenmarkt zu schlendern und zum Abschluss auf einer Terrasse einen Kaffee zu trinken. Als sie das Haus betrat, hörte sie fröhliche Stimmen. Es roch nach Kaffee, Kuchen und Aprikosenmarmelade. Leise ging sie durch den Flur und blieb in der Küchentür stehen. Willem und Josephine saßen sich am Küchentisch gegenüber. Willem war offensichtlich im siebten Himmel. Er hing an Josephines Lippen, während Jeanine am Herd hantierte.

»Und irgendwann war die Marmelade dann überall in der Gegend bekannt. Manche Leute meinen, auf meinem Grab werde mal ein Aprikosenbaum wachsen. Aber das ist Blödsinn. Wenn, hätte längst einer auf dem Grab meiner Großmutter und Mutter stehen müssen. Doch dort wächst nur Efeu …« Jeanine öffnete die Ofentür und nahm ein Blech mit frischen Sacristains heraus.

Die gedrehten Blätterteigstangen, die mit Mandeln, Vanille und Puderzucker gefüllt und bestreut waren, ließen Alice das Wasser im Mund zusammenlaufen. Zudem war sie erleichtert, Jeanine heute so klar und vergnügt zu erleben. Vielleicht sahen sie alle doch nur Gespenster?

Nun hatte ihre Freundin sie entdeckt und winkte sie herbei. »Alice! Setz dich. Gleich bekommst du auch ein Stück. Das Gebäck muss nur noch etwas abkühlen.« Sie legte Willem eine Hand auf die Schulter. »Kennt ihr euch eigentlich schon? Das ist Willem. Ich habe ihn vor einiger Zeit im Auto mitgenommen und nun wohnt er bei mir.« Sie ging zu Josephine weiter. »Unsere Briefträgerin kennst du ja, oder? Allerdings hat sie heute die Post vergessen. Tja, wer hätte gedacht, dass ich in meinem Alter noch mal in einer Wohngemeinschaft wohnen würde. Möchtest du einen Kaffee?«

Alice spielte das Spiel mit und schüttelte Willem die Hand. Doch sie spürte, wie ihr Magen sich schmerzhaft zusammenzog, während Jeanine fröhlich weitererzählte. Es waren keine Gespenster. Jeanines Demenz war so real wie der Tisch, an den sie sich setzte.

»Wie ist es dir denn gestern noch ergangen?«, fragte sie Josephine.

»Das war übel«, sagte Josephine. »Es war völlig unmöglich, ein vernünftiges Wort mit Patrick zu reden. Als er mir heute Morgen die nächste Szene machen wollte, bin ich zum Arzt, habe mich krankschreiben lassen und bin hierher geflüchtet.«

»Ja, die Liebe ist ein schwieriges Pflaster. Aber man sollte stets seinem Herzen folgen.« Jeanine zwinkerte den beiden zu. »Ich weiß aus Erfahrung, wie schnell das vorbei sein kann. Da sollte man keine Zeit verschwenden. Stimmt es, Alice?«

»O ja.« Sie schenkte sich Kaffee ein. »Hast *du* denn schon was gefrühstückt, Jeanine? Nicht, dass du mir auf dem Markt verhungerst.«

Jeanine hielt in der Bewegung inne. Sie sah Alice an, als hätte diese ihr eine Fangfrage gestellt, von der sie nicht wusste, wie sie sie beantworten sollte.

»Wir haben schon gegen sieben was gegessen, stimmt's Jeanine?« Willem stand auf und legte ihr einen Arm um die Schultern. »Ich war beim Bäcker, während du hier diese Köstlichkeiten gezaubert hast.« Er gab Alice ein Zeichen.

»Kommst du kurz mit? Ich möchte dir gern was im Garten zeigen.«

Bei den Zucchinipflanzen blieb er stehen. »Sorry, aber ich wollte dir das nicht in ihrem Beisein erklären. Ich lag mit meiner Einschätzung leider richtig. Jeanine rutscht langsam, aber sicher in die Demenz ab. Daher kann sie sich an Sachen, die gerade passiert sind, oft nicht erinnern. Es wäre wichtig, dass du versuchst, sie nicht nach Ereignissen zu fragen, die gerade passiert sind. Sie weiß nicht, ob sie schon gefrühstückt hat. Auch nicht mehr, was. Du kannst sie fragen, ob das, was sie gerade isst, gut schmeckt. Das kann sie sofort überprüfen. Alles andere verunsichert sie nur und verstärkt die Verwirrung.«

»Georges hat mir erzählt, dass du deinen Großvater betreut hast?«

»Ja, da habe ich vieles mühsam lernen müssen. Ich bin froh, dass ich euch etwas unter die Arme greifen kann.«

»Nicht nur du.« Alice drückte Willem. »Wir müssten dich in Gold aufwiegen. Obwohl uns das bei deiner Größe ganz schön teuer zu stehen kommen würde!« Als ihr der Geruch von Jeanines Rosmarinstaude in die Nase drang, kam ihr eine Idee. »Wie wäre es, wenn wir uns alle zusammen einen schönen Tag im Hotelgarten machen? Das könnte Jeanine guttun und dir würde ich gern den alten Kräutergarten zeigen, den ich dort entdeckt habe. Georges packen wir auch ein. Wie ich ihn kenne, hat er heute Nacht kein Auge zugemacht!«

*

Georges wusste vor Sorge tatsächlich weder ein noch aus. Der gestrige Abend lief wie ein Film immer wieder vor seinem inneren Auge ab, und bei jeder Vorführung fielen ihm Dinge auf, die der Kritiker negativ bewerten könnte.

Hatte der Mann die Spinat-Schweinefleisch-Pastete bestellt oder die Gemüseplatte mit Sardellen und Oliven? Georges versuchte die Pastete. Schmeckte der Cognac zu sehr vor? Hatte er zu wenig Salbei verwendet? Er schob die Form wieder in den Kühlschrank und überlegte, wie er die Speisekarte ändern könnte. Wenn der Typ bestimmte Gerichte madigmachen würde, brauchte er sie gar nicht mehr zu servieren. Erneut rief er die Homepage von Gilles Perrin auf und las die Kritiken, die er bereits auswendig kannte.

Dort war die Rede von *labbriger* Fougasse, dem Auberginengericht eines Kollegen wurde eine *Gummikonsistenz* bescheinigt, und Perrin beschwerte sich gern über zu kalte Vorspeisen.

Georges musste zugeben, dass der Mann alles haargenau begründete und im Fall, dass ihm etwas geschmeckt hatte, auch mit Lob nicht sparte. Aber hatte Perrin sich gestern überhaupt auf das Essen konzentrieren können? Jeanine und er hatten sich köstlich amüsiert, daran gab es keinen Zweifel. Aber was bedeutete das letztendlich für ihn? Diese Frage hatte ihn stundenlang wach gehalten.

Irgendwann muss er eingeschlafen sein, denn der Albtraum, der ihn seit Jahren plagte, hatte die Regie übernommen, und gegen Morgen war er schweißgebadet aufgewacht.

Er wollte den Ordner mit den *Genussberichten* gerade aufschlagen, als Alice hereinkam. »Könnte es sein, dass du vor lauter Panik mit dem Gedanken spielst, die Speisekarte zu ändern?«

»Könnte sehr gut sein.« Georges fragte sich nicht zum

ersten Mal, ob sie Gedanken lesen konnte. »Wenn ich nur herumsitze und warte, verliere ich den Verstand.«

»Genau. Deshalb bin ich hier. Wir machen ein Picknick im Hotelgarten, und zwar mit dir. Hast du noch ein paar leckere Reste? Brot und Sacristains haben wir bereits.«

»Ich gebe euch gern was mit, aber ich bleibe hier.« Georges öffnete den Kühlschrank. »Ich vermiese euch nur die Stimmung.«

»Wetten, dass dir das nicht gelingt?« Alice klopfte ihm auf den Hintern. »Hopp!«

Auf dem Grundstück war es bereits sehr warm, doch im Schatten der großen Bäume konnte man es gut aushalten. Josephine und Georges stellten die mitgebrachten Speisen und Getränke ins Haus, während Alice die Katzen fütterte und Trouvé in die Freiheit entließ.

»Jetzt zeige ich euch mal meine neuesten Entdeckungen.« Alice schlang ihren Arm um Georges' Taille und zog ihn mit. »Du wirst begeistert sein. Und sollte dieser Kritiker dich nicht so beurteilen, wie du es verdient hast, sperren wir ihn dort ein und speisen tagelang direkt vor seiner Nase. Bis er winselt und dir so viele Sterne verleiht wie nur möglich.«

Sie bahnten sich einen Weg durch den Dschungel, bis sie vor dem Pavillon standen. »Hier winselten vor Jahren schon mal Leute«, kicherte Jeanine. »Eines späten Abends kam ein Gast zu Madame Bonnet und erzählte aufgeregt, er hätte hier jemand um Hilfe schreien hören. Daraufhin hat Madame ihr Luftgewehr geholt und ist zusammen mit Jacques und mir in den Park geschlichen, um nach dem Rechten zu schauen.« Wieder lachte sie. »Zuerst war alles still. Doch dann hörten wir tatsächlich Schreie, die aus dem Pavillon zu kommen schienen. Madame Bonnet riss die Tür auf, und ich leuchtete mit der Taschenlampe hinein. Zuerst sahen wir einen großen, weißen Hintern, dann zwei nackte Menschen, die glaubten, sie seien dort ungestört. Seitdem haben wir nur vom *Lustschlösschen* gesprochen.«

»Gibt es zu der Tür noch einen Schlüssel?«, fragte Alice.

»Wenn niemand ihn weggenommen hat ... « Jeanines Hand wanderte über die linke Seite der moosbewachsenen Stufen und zog einen losen Stein heraus. Im nächsten Moment hielt sie Alice einen kleinen Plastikbeutel hin. »*Voilà!*«

Nachdem sie sich den Kräutergarten angeschaut hatten, blieben Alice und Willem dort, während Jeanine und Josephine ins Hotel zurückgingen. Georges legte sich in den Schatten der alten Kastanie und machte die Augen zu.

Es dauerte nicht lange, bis Colette und Zazou durch das hohe Gras zu ihm kamen. Schnurrend legten sie sich neben ihn und waren schon fast eingeschlafen, als Trouvé sich näherte. Sofort begann Colette zu fauchen, doch Georges schaffte es, sie streichelnd zu beruhigen. Wie eine Trennmauer lag er zwischen den Parteien, die sich über seinen Bauch hinweg skeptisch musterten.

»Wie wäre es, wenn ihr euch einfach mal vertragt«, sagte er leise. »Es gibt schon genug Ärger auf der Welt, und Alice wäre das eine große Hilfe.« Mit der linken Hand kraulte er Zazou und Colette, mit der rechten fuhr er Trouvé übers Fell. »Außerdem bin ich schrecklich müde und schlage vor, dass wir jetzt alle mal ein Nickerchen machen. Einverstanden?«

Noch letzte misstrauische Blicke, dann gaben beide Seiten Ruhe. Ob es an dem Frieden lag, den die Katzen nun ausstrahlten – die großen an seinem Rücken, Trouvé vor seinem Bauch zu einer Kugel gerollt –, im nächsten Augenblick war Georges eingeschlafen.

Er wurde erst wach, als Alice sich neben ihn setzte. »Ich wusste gar nicht, dass du ein Katzenflüsterer bist«, sagte sie leise und zeigte ihm das Foto, das sie von der schlafenden Gruppe gemacht hatte. »Geht es dir besser?«

»Die schwarzen Gedanken haben erste hellgraue Streifen bekommen.«

Alice zeigte Georges die restlichen Bilder, die sie gemacht hatte. »Dieser Kräutergarten ist ein Juwel. Willem glaubt, dass sich die Pumpe ohne Weiteres reparieren lässt.«

»Es wundert mich, dass er das nicht längst erledigt hat«, brummte Georges.

»Ob du es glaubst oder nicht, aber sogar Willem braucht für so eine Arbeit Werkzeug.« Alice ließ sich neben ihn auf den Rücken fallen und räkelte sich wohlig. »Ich kann dir gar nicht sagen, wie gut sich hier alles anfühlt. Fast so, als seien wir eine Familie.«

Georges stützte sich auf einem Arm ab. »*Familie* ist ein sehr gefährliches Terrain«, sagte er, während er eine von Alice' Haarsträhnen um den Finger wickelte. »Man muss stets auf der Hut sein, nicht in die eine oder andere Falle zu tappen und verletzt zu werden.«

»Spricht hier der Psychologe?«

»Eher ein gebranntes Kind. Und aus diesem Grund bin ich aus der Nummer raus.«

»Magst du mir mehr darüber erzählen?«

»Heute nicht.« Er lauschte. »Hörst du das? Jeanine hat das alte Grammophon wieder angeworfen.«

»Wenn ich mir auch wünsche, dass sie unsterblich ist ... nach ihrem Tod wird sie im Himmel bestimmt Konzerte mit Trénet und Piaf organisieren.« Leise summte Alice das Piaf-Lied mit. »Und bis dahin hoffe ich, dass sie uns noch viele Stunden mit dieser wunderschönen Musik unterlegt.«

*

Auch wenn es anfangs gewöhnungsbedürftig gewesen war, fand Jeanine es nun schön, mit ihren Freunden im Hotel zu sein. Wie oft hatte sie befürchtet, dass ihr niemand zu Hilfe kommen konnte, wenn ihr hier etwas zustoßen würde. Zudem war es fast ein wenig wie früher, als noch Gäste da waren.

Langsam ging sie den Flur im zweiten Stock entlang, sah in den Zimmern nach dem Rechten, bevor sie die Zwischentür zu den Dienstbotenräumen öffnete. Dort nahm sie den Schlüssel aus seinem Versteck und öffnete Jacques' Zimmer. Sie hatte ihm versprechen müssen, regelmäßig nach seinem Vermächtnis zu sehen, und das tat sie auch. Allerdings sollte niemand das mitbekommen. Das würde nur Fragen heraufbeschwören und Fragen mochte sie immer weniger. Das Risiko, dass sie sie nicht beantworten konnte, wurde von Tag zu Tag größer.

Nachdem Jeanine sich davon überzeugt hatte, dass alles in Ordnung war, trug sie den Plattenspieler hinaus und stellte ihn ans offene Fenster. Dann schloss sie den Raum wieder ab und hinterlegte den Schlüssel an dem Ort, den sie vor vielen Jahren vereinbart hatten.

Während sie die Piaf-Platte aus der abgegriffenen Hülle nahm, betrachtete sie liebevoll Georges und Alice, die unten im Gras lagen. Dann setzte sie die Nadel vorsichtig auf die Rillen. Ein Knistern drang aus dem Lautsprecher, das Orchester und die Trompete stimmten die Melodie an, und Edith begann zu singen.

Non, rien de rien, non, je ne regrette rien …

Während sie die Stufen hinunterging, summte Jeanine leise mit. Auch sie bereute nichts. Jedenfalls nichts von dem, was sie selbst zu verantworten hatte.

Als sie Josephine in der Sitzgruppe entdeckte, fragte sie sich einen Moment lang, wie die Post so schnell herausgefunden hatte, dass sie hier war. Normalerweise brauchten die für jede Änderung ja Wochen! Doch dann sah sie die Skizzen auf dem Tisch und glaubte, sich an etwas erinnern zu können.

»Schau mal, wie großartig die Energieströmungen hier sind!« Josephine schob ihr ein paar Blätter hin. »Ich bin zwar noch eine blutige Anfängerin, aber so manches kann ich schon erkennen.« Jeanine betrachtete die verwirrenden Pfeile und Kreise, die eingezeichnet waren.

»Das wundert mich nicht«, sagte sie. »Die Gäste kamen gern her und waren hier glücklich.« Sie zeigte auf die verlassene Bar. »Dort haben sich viele Paare kennengelernt. Manche kehrten jahrelang immer wieder zurück und stießen hier auf ihre Liebe an.«

»Wie romantisch!«

»Auch Jacques und ich haben uns hier kennengelernt«, sagte Jeanine. »Eines Tages musste er an der Bar einspringen, und ich hatte eine Bestellung für Zimmer 4. Zwei Gläser Kir Royal. Als er sie mir auf ein Tablett stellte, fragte er, ob ich so etwas schon mal getrunken habe. Ich verneinte, und daraufhin lud er mich nach Dienstschluss ein, ein Glas mit ihm zu trinken.«

»Und hast du *ja* gesagt?« Josephine sah sie mit leuchtenden Augen an.

»Natürlich. Allerdings kam an dem Abend etwas dazwischen.« Jeanine zeigte auf den Empfang. »Am nächsten Tag war er an seinen normalen Arbeitsplatz zurückgekehrt, aber die Einladung hatte er nicht vergessen.«

»Sah er gut aus, dein Jacques?«

»Und wie!« Gefolgt von Josephine ging Jeanine zum Empfang. Sie sah ihn hinter dem Tresen stehen. Die hochgewachsene Gestalt in einem tadellos sitzenden Anzug, die leicht gewellten Haare perfekt frisiert. Wegen seiner höflichen, humorvollen Art war er äußerst beliebt.

Diese Stelle ist das A und O des Hauses, hatte Madame Bonnet stets gesagt. Schließlich war der Rezeptionist der erste und der letzte Eindruck, den die Gäste vom Hotel bekamen.

»Hier wurden die Pässe bewahrt.« Jeanine zeigte auf einen kleinen, versteckten Tresor, ganz hinten in der Empfangstheke. »Jacques kannte die Kombination, und wenn nichts los war, studierten wir manchmal die Papiere der Gäste.«

Jeanine dachte an die Ausweise, die sie sich im Lauf der Jahre angeschaut hatten. An die exotischen Stempel, die Grenzübertritte in Ländern belegten, von denen sie noch nie gehört hatte. An die Fotos der Inhaber, die oft eine ganz andere, viel jüngere Person zeigten als die Menschen, die gerade unter diesem Dach zu Gast waren. Wie unterschiedlich Leute gleichen Alters aussehen konnten, wie sehr einige zu- oder abgenommen hatten. Was ihnen in der Zwischenzeit wohl widerfahren war? Durch welche Hände waren diese Dokumente schon gegangen? Über solche Fragen hatte Jeanine sich stundenlang Gedanken machen können.

»Und wo ist er jetzt?«, wollte Josephine wissen.

»Eigentlich wollte er bald wieder hier sein«, sagte Jeanine leise. Aus diesem Grund war der Abschied nicht dramatisch gewesen. Sie hatte ihn lange umarmt, versucht, sich jede Kleinigkeit einzuprägen: die Wärme seines Körpers, den Geruch seines glatt rasierten Kinns, die Art, wie er sich diese widerspenstige Locke aus der Stirn strich. Für einen Augenblick war die Welt stehen geblieben, damit sie diese Einzelheiten in der Zeit seiner Abwesenheit jederzeit abrufen konnte.

Vor dem Tor hatten sie sich ein letztes Mal geküsst, dann war er gegangen. Bevor er aus ihrem Blickfeld verschwand, hatte er sich noch einmal umgedreht und die Hand gehoben. So war er ihr in Erinnerung geblieben: eine große, schlanke Gestalt im Trenchcoat, einen kleinen Koffer in der rechten Hand, den Hut auf dem Kopf. Einen Abzug dieses Augenblicks trug sie in ihrem Herzen.

»Manchmal ist er wieder da«, sagte Jeanine. »Als wäre er nie weggegangen.« Sie drehte sich zu Josephine um. »Wo hast du die Post hingelegt, sagtest du?«

*

Nach diesem schönen Tag fuhr Alice beschwingt nach Hause. Ein paar Briefe in der einen, den Katzenkorb in der anderen Hand, ging sie die Treppe hinauf und entließ Trouvé aus ihrem Gefängnis.

»Hast du bemerkt, wie Willem und Josephine sich anschauen?«, fragte sie die kleine Katze, während sie ihren Wassernapf füllte. »Ich bin gespannt, wie sich das entwickelt. Hoffentlich macht Willem mit diesen Bündnis-Aktionen halblang. Der Gute neigt ein wenig zu Aktionismus, oder?«

Trouvé hatte Besseres zu tun, als ihr zuzuhören. Sie hatte unter einem Stuhl eines der Papierbällchen wiederge-

funden und zeigte ihm alle Ecken der Wohnküche. Alice
sah lachend zu. Seit heute war sie guten Mutes, dass ihre
Katzen Trouvé bald akzeptieren und nach Hause zurückkehren würden.

Glücklich dachte sie an das üppige Picknick zurück, das
sie im Schatten der Bäume veranstaltet hatten. Ganz ehrlich, wenn der Kritiker Georges' Speisen nicht zu würdigen
wusste, hatte er seinen Beruf verfehlt. Leider war Georges
gar nicht zuversichtlich. Als er vorzeitig aufgebrochen war,
um die Vorbereitungen für das Abendessen zu treffen, hatte sie den Druck, der auf seinen Schultern lastete, regel-
recht spüren können.

Es war gegen halb neun, als Alice auf den Balkon trat
und auf die Häuser und Gässchen hinuntersah, die schon
im Dunkeln lagen. Die untergehende Sonne setzte das St.-
Michel-Massiv dramatisch in Szene. An manchen Stellen
konnte sie die silbrig aufblitzenden Klettersteige ausmachen und dachte an Willems entsetztes Gesicht, als Josephine ihm dort eine Klettertour vorgeschlagen hatte. Er
hatte ihnen von seiner ausgeprägten Höhenangst erzählt
und gemeint, dass er Talwanderungen bevorzugte.

Alice war dem Universum dankbar dafür, dass sie
all diesen Menschen begegnet war. Vielleicht wurde der
Wunsch mit dem Hotel irgendwann doch noch Wirklichkeit. Und bis sich etwas ergeben würde, hatte sie zum
Glück ein perfektes Dach über dem Kopf.

Beim Hineingehen fiel ihr Blick auf die ungeöffnete Post
auf der Anrichte. Das meiste war Werbung, die sie gleich
zum Altpapier legte. Ein Umschlag trug das Logo einer
Immobilienagentur in Malaucène. War das ebenfalls Reklame oder handelte es sich dabei um ein Angebot für ein
Haus?

Neugierig schlitzte sie das Couvert auf und faltete das Schreiben auseinander. Während sie die Zeilen überflog, begann sich alles zu drehen. Das war doch nicht möglich! Unter der Stehlampe im Wohnzimmer las sie den Brief erneut, doch der Inhalt der Zeilen änderte sich nicht.

Die Wohnung wurde ihr wegen Eigenbedarfs gekündigt.

14

Am nächsten Morgen wurde Alice von Trouvés rauer Zunge geweckt. Sie setzte sich auf und strich sich mit der Hand über die Wangen. Erst jetzt bemerkte sie, dass sie tränennass waren. Schon kamen die Erinnerungen an den Traum zurück. Sie hatte den Tag, an dem sie sich dafür entschieden hatte, mit Léon hierherzuziehen, in seiner ganzen Dramatik noch einmal durchlebt.

Das Thema war aktuell gewesen, seit sie Jeanines Frage, ob sie sich vorstellen könne, in Beaulieu zu leben, spontan bejaht hatte. Zurück in Paris, waren aber Zweifel zu Tage getreten. Wollte sie dieses pulsierende Leben wirklich aufgeben und ihre Tage am Ende der Welt verbringen? Ihre Freunde und diese kulturelle Vielfalt zurücklassen? Noch einmal ganz von vorn anfangen?

Zudem wusste sie nicht, ob sie die Sommerhitze der Provence auf Dauer aushalten konnte. Von Zeit zu Zeit brauchte sie dunkle, kühle Regentage. Da blühte sie auf, bekam neue Energie. Und ja, es gab in Beaulieu liebenswerte Menschen, die ihr sehr ans Herz gewachsen waren. Aber würde ihr dieser Freundeskreis auf Dauer genügen?

Sie spielte alles durch. Führte Buch darüber, wie oft sie tatsächlich das Angebot an Konzerten und Ausstellungen nutzte, und sah nach, wie lange der Zug nach Paris brauchte, falls ihr die Decke auf den Kopf fallen sollte.

Léon hatte sie nie gedrängt, sondern nur gesagt, dass sie ein Haus suchen würden, sollte sie sich zu diesem Schritt entschließen. Es war ihm wichtig, dass sie sich für diese

Entscheidung alle Zeit nahm. Nicht ahnend, dass es dann ganz anders kommen würde.

Während sie diese Ereignisse Revue passieren ließ, wandelte sich ihre Trauer in eine unbändige Wut. Sie würde sich nicht so einfach abservieren lassen! Es war immer die Rede davon gewesen, dass sie so lange in dieser Wohnung bleiben könne wie nötig.

Sie hatte das Handy bereits in der Hand, legte es aber wieder hin. Léon konnte jetzt nichts ausrichten. Diese Sache musste sie selber lösen.

Sie nahm Trouvé auf den Arm und trat in den kleinen Patio hinaus. Irgendwo da draußen gab es dieses lang ersehnte Haus, und sie würde es finden. Doch bis dahin wollte sie hier wohnen. Das würde sie dieser Firma mitteilen. Höchstpersönlich!

*

Georges' Nacht war von zwei Fragen dominiert gewesen: Wann würde der Verriss seines Lokals veröffentlicht werden? Und welche Auswirkung hätte dies auf sein weiteres Leben?

Zwischenzeitlich hatte er sich mit der Behauptung getröstet, dass nur wenige Gäste sich nach diesen Beurteilungen richteten. Bis er beim Surfen im Netz eines anderen belehrt worden war. Auch hatte er entsetzt registriert, wie viele Reaktionen es zu Perrins Besprechungen auf seiner Homepage gab. Dieser Kritiker wurde gelesen, und man nahm ihn ernst.

Mit Schrecken dachte Georges an die Zeilen, die Perrin über das Lokal eines Kollegen geschrieben hatte: *Die Atmosphäre war nett und das Essen an sich in Ordnung.*

Aber die Bedienung machte einen chaotischen und höchst unprofessionellen Eindruck. Auch diese Variante konnte ihm blühen. Nicht auszudenken, welche Vorwürfe Marie sich machen würde, dass sie sich ausgerechnet an diesem Tag krankmelden musste.

Er öffnete das Fenster und streckte das Gesicht der Morgensonne entgegen. Die Wohnung über dem Restaurant war beengt, aber er brauchte nicht viel Platz und liebte den Ausblick auf die arkadengesäumte Straße. Zudem hatte er den Wochenmarkt direkt vor der Tür. Was wünschte man sich als Koch mehr?

Ihm war bewusst, was für ein Glück er bisher stets gehabt hatte. Angefangen mit Jeanine, die in seinen dunkelsten Stunden für ihn da gewesen war. Sie hatte ihm Obdach gewährt und ihm Zeit gelassen, seine Wunden zu lecken. Als klar war, dass er nie mehr nach Lyon zurückkehren wollte, hatte sie ihm dieses Lokal mit Wohnung vermitteln können. Zwei Zimmer mit Küche und Bad. Klein, aber für seine Bedürfnisse perfekt.

Die unteren Räume hatten im Lauf der Zeit viel erlebt. Zuerst war es das Domizil einer alteingesessenen Familie gewesen, die dort jahrzehntelang Schuhe verkauft hatte. Nach dem Tod des letzten Familienmitglieds stand der Laden eine Weile leer. Das Geschäft war eine Institution gewesen, und die Erben zögerten lange, es zu räumen. Schließlich verkauften sie das Haus doch und zogen nach Avignon.

Nach kurzen Episoden mit weiteren Besitzern hatte ein Italiener eine Küche einbauen lassen. Als dieser pleitegegangen war, hatte ein Geschäftsmann die Immobilie übernommen und sie zur Miete angeboten.

Georges erinnerte sich noch gut daran, wie er die Räume zum ersten Mal betreten hatte. Er war wieder zu dem kleinen Jungen von damals auf der Obstkiste am Küchenfenster geworden: Endlich hatte er das Geschenk bekommen, das er sich immer gewünscht hatte.

Tagelang war er einfach umhergegangen, hatte die Atmosphäre auf sich wirken lassen, bis er erste Pläne gezeichnet und mit der Einrichtung begonnen hatte. Er konnte sich noch genau an die Freude erinnern, die ihn beim Suchen nach Einrichtungsgegenständen erfüllt hatte. Zum Glück war ein gutes Geldpolster vorhanden, denn er hatte seine Praxis gewinnbringend verkaufen können.

Er war auf Flohmärkten unterwegs gewesen und hatte Großhändler besucht, damit alles so wurde, wie er es sich stets erträumt hatte. Das Lokal sollte eine eigene Handschrift tragen, zu einem Raum werden, wo man sich gern aufhielt.

Auch in der Küche hatte Georges sich nie an Modeströmungen orientiert. Beim Kochen folgte er seinem Herzen. Aus diesem Grund hatte er das kleine Restaurant auf den Namen *Mit Herz und Seele* getauft.

Doch hatte diese Philosophie auch den Mann erreicht, der hier mit Jeanine einen Abend im fröhlichen Chaos verbracht hatte? Am liebsten hätte er seinen Laptop wieder aufgeklappt und nachgesehen, ob auf der Homepage von Perrin etwas Neues gepostet worden war, aber er riss sich zusammen. Als Psychologe wusste er schließlich, wie zwanghaftes Verhalten aussah …

Er ging hinunter und wollte sich gerade mit Kaffee und Zeitung an den Tisch setzen, als es an der Küchentür klopfte. Es war Alice, die fein angezogen mit einem Schreiben wedelte. Georges pfiff anerkennend. »Du siehst bezaubernd aus. Hast du gute Nachrichten?«

»*Gut* sieht definitiv anders aus.« Sie drückte ihm das Schreiben in die Hand.

Fassungslos las Georges den Brief. »Das können die doch nicht einfach machen? Du hattest eine feste Zusage, oder? Kennst du diesen Makler?«

»Noch nicht. Aber das wird sich ändern. Punkt zehn werde ich bei ihm auf der Matte stehen. Dann darf er mir alles haargenau erklären.«

»Soll ich mitkommen?«

»Das erledige ich allein.«

»Du weißt, dass du jederzeit bei mir einziehen kannst, oder? Wir können deine Möbel bei einem Zulieferer in der Scheune einlagern. Das hat er mir mal angeboten.«

»Georges, ganz ehrlich: Du hast keinen Platz!«

»Für dich immer. Aber jetzt klär das mal. Das kann nur ein Missverständnis sein.«

Mit jedem Kilometer, den Alice nach Malaucène zurücklegte, wurde sie wütender. Während sie waghalsig einen Laster überholte, stellte sie sich vor, wie sie diesem Immobilienfritzen gegenübertrat, ihm das Schreiben auf den Tisch knallte und ihn aufforderte, Stellung zu beziehen. Bestimmt war es so ein Schönling mit gegelten Haaren und überheblichem Grinsen. Da waren ihr schräge Typen wie Monsieur Dumont lieber. Die hatten zwar wenig Erfolg, trugen aber das Herz auf dem richtigen Fleck.

Als sie in Malaucène einen Parkplatz gefunden hatte, sah sie auf die Uhr. Halb zehn. Genervt, wieder viel zu früh vor Ort zu sein, ging sie zur Hauptstraße hinunter.

In der Hoffnung, dass es sich bei dem Makler um einen strebsamen Typen handelte, der schon früh im Büro war, überquerte sie den Zebrastreifen und bog in die schmale Rue Cabanette ein.

Das Immobilienbüro war in einem apricotfarbenen Haus untergebracht, in dessen oberem Stockwerk ein Bautrupp zugange war. Das Schild an der Glastür besagte, dass die Geschäftsräume noch *fermé* waren. Alice warf einen neugierigen Blick hinein. Zwei aufgeräumte Arbeitsplätze, ein rundes Tischchen mit Stühlen für Besucher und ein Rollcontainer. Ansonsten konnte sie nichts entdecken. Auch die große Scheibe, die in der Regel als Fläche für Angebote benutzt wurde, war leer. Alice trat einen Schritt zurück und kontrollierte ihr Outfit. Die helle Leinenhose mit passendem Blazer und das dunkelblaue Seidentop hatten die Autofahrt ohne Knitterfalten überstanden. Sie nahm die Lederspange aus dem Haar und richtete ihre Frisur. Und jetzt?

Als die Bauarbeiter ihre Maschinen anwarfen, ergriff sie die Flucht. Sie ließ sich durch die Gassen treiben, bis sie zur alten Kirche am Rand des Ortes kam. Dort setzte sie sich unter eine Platane und betrachtete den schmucklosen Bau. Die Zeit kroch dahin. Noch zwanzig Minuten.

Alice spürte, wie ihre Wut sich allmählich in Nervosität wandelte. Das war das Letzte, was sie nun brauchen konnte. Sie wollte diesen Makler schwitzen sehen, ihn rundmachen! Sollte sie Léon doch schon anrufen?

In dem Moment klingelte ihr Telefon. Erschrocken nahm sie das Gespräch entgegen.

»Bonjour, Madame Laurent, hier ist ihr *Bonvivant*!«

Alice riss sich zusammen, nicht laut herauszulachen. Sie kannte keinen, auf den die Bezeichnung *Lebemann* weniger zutreffend war als auf diesen Mann.

»Monsieur Dumont! Wie schön, von Ihnen zu hören.«

Sie meinte es ernst. Zum einen verstrich die Zeit schneller, wenn sie mit ihm plauderte, zum anderen hatte er vielleicht ein Angebot. »Gibt es denn Neues auf dem Immobilienmarkt?« Sie schielte auf ihre Uhr. Noch eine Viertelstunde.

»O ja, Madame, es liegt weit draußen, wo Sie die Bäche hören brausen!«

Bevor Alice antwortete, sah sie sich nach allen Seiten um. Es gab Arten der Unterhaltung, die man besser nicht in der Öffentlichkeit führte. »Gebrause klingt höchst interessant, drum bin ich auch so gern am Strand«, antwortete sie leise. »Wo befindet sich dieses Haus denn?«

Dumont sprudelte in seiner gewohnten Art los, doch Alice wusste bereits nach wenigen Sätzen, dass es nichts für sie war. Der Ort war hübsch, lag aber zu weit von Beaulieu entfernt. Monsieur Dumont nahm die Absage bedauernd, aber gefasst auf. »Es ist wirklich ein Jammer, aber im Augenblick gibt der Markt nicht viel her.«

Dieser Satz kam genau zur rechten Zeit: Er schickte ihre Nervosität in die Wüste und fachte ihren Kampfgeist an. »Ich danke Ihnen trotzdem«, sagte Alice. »Wir bleiben in Kontakt!« Mit energischen Schritten ging sie zur Rue Cabanette zurück, bereit für eine Konfrontation mit dem nächsten Immobilienhändler.

Als das Büro in Sicht kam, hatte Alice einen Entschluss gefasst: Da sie mit ihrem chronischen Harmoniebedürfnis bisher nicht weitergekommen war, würde sie sich heute mal ein Beispiel an Marie nehmen. Bevor sie eintrat, holte sie tief Luft und stellte sich vor, dass Georges' Bedienung hinter ihr stand und sie anfeuerte. Dann öffnete sie die Tür mit so viel Schwung, dass das Schild mit der Aufschrift *ouvert* scheppernd gegen die Scheibe schlug.

Die sehnige Mittsechzigerin, die an einem der Schreibtische auf die Tastatur einhackte, unterbrach ihre Tätigkeit und musterte sie über den grünen Rand ihrer Lesebrille, als wäre Alice ein ungezogenes Kind. Ihre pechschwarz gefärbten Haare wirkten wie eine Perücke, der rote Mund wie ein schmales, querliegendes Warnzeichen.

»Ich habe das hier bekommen.« Alice warf das Schreiben auf den Tisch. »Und würde gern erfahren, was das soll!«

Die Sekretärin zog Lippen und Brauen zusammen und reckte den faltigen Hals. »Das steht in Großbuchstaben in der Betreffzeile«, sagte sie. »Ihnen wurde gekündigt.«

Alice schlug mit der flachen Hand so fest auf den Tisch, dass die Schreibkraft zusammenzuckte. »Falls Sie glauben, ich sei nicht in der Lage zu lesen, muss ich Sie enttäuschen. Ich möchte aber mit demjenigen sprechen, der diese Unverschämtheit verfasst hat. Und zwar sofort.«

»Das ist leider nicht möglich. Monsieur Delorme ist heute nicht zugegen, und ich kann Ihnen nicht sagen, wann er wieder hier sein wird.« Sie langte in eine der Schubladen und reichte Alice eine aufwendig gestaltete Visitenkarte. »Sie können es aber gern telefonisch oder per Mail versuchen.«

Damit war ihre Audienz beendet. Die Frau wendete sich wieder ihrem Monitor zu und schrieb weiter. Frustriert wandte Alice sich zum Gehen. Als sie beim Hinausgehen an einem Schirmständer aus Edelstahl vorbeiging, gab sie ihm einen kräftigen Tritt. Während er polternd zu Boden ging, zog sie die Tür fest hinter sich zu und dankte Marie für die Inspiration.

Zurück in Beaulieu, war Alice' Laune auf dem Nullpunkt angelangt. Dutzende Fragen schwirrten ihr durch den Kopf, für die sie keine Antworten hatte: Was sollte sie als Erstes tun? War es sinnvoll, den Radius ihrer Suche zu erweitern, obwohl sie hier nicht wegwollte? Sollte sie zu Georges ziehen, falls sie so schnell nichts Passendes fände?

Sie war in den vergangenen Jahren schon mit ganz anderen Problemen fertig geworden und wusste, es würde sich eine Lösung ergeben. Doch im Augenblick fühlte sie sich nur überfordert.

Zu Hause angekommen, sah sie, dass Alain noch in seinem Büro war. Ob man auch ihm gekündigt hatte? Wenn ja, wusste er vielleicht, wie sie gemeinsam etwas gegen diesen Beschluss unternehmen konnten.

Alain ließ sofort die Arbeit ruhen und begrüßte sie herzlich. »Ist dein Leben mittlerweile etwas stressfreier geworden?«

»Im Gegenteil. Mir ist wegen Eigenbedarfs gekündigt worden. Dir auch?«

»Bisher nicht.« Er sah sie sorgenvoll an. »Und du hast immer noch nichts Neues gefunden, oder?«

Resigniert schüttelte Alice den Kopf.

»Meine liebe Alice, warum nimmst du mein Angebot nicht an? Du hättest dein eigenes Reich, einen herrlichen Garten, und ich komme dir ganz sicher nicht in die Quere.«

Wieder schüttelte sie den Kopf. »Tut mir leid, das ist nichts für mich. Aber ich werde schon noch etwas finden. Und wenn nicht, ziehe ich vorübergehend zu Georges. Er hat es mir schon angeboten.«

Alain riss die Augen auf. »Du willst zu *dem* Kerl ziehen? Eine Frau wie du hat etwas Besseres verdient! Dieser Koch wird dich nur für sein Restaurant ausnutzen. Das ist so sicher wie das Amen in der Kirche.«

Als er ihren Gesichtsausdruck sah, milderte er seine Aussage etwas ab. Doch Alice hatte genug gehört und spürte, wie sich die imaginäre Marie wieder in ihr regte. »Georges mag in deinen Augen zwar *nur* ein Koch sein, aber er ist einer meiner allerbesten Freunde. Und wenn ich hin und wieder Lust habe, ihm zu helfen, ist das *meine* Entscheidung. Eines solltest du dir merken: Wer meine Freunde beleidigt, beleidigt auch mich!«

Den restlichen Tag verbrachte Alice allein. Nach den Begegnungen mit der Maklersekretärin und mit Alain wollte sie ihre Ruhe haben. Nur zum Katzenfüttern verließ sie das Haus. Sie wäre gern länger bei Colette und Zazou geblieben, aber nach einer kurzen Spiel- und Schmuserunde kehrte sie in die Wohnung zurück. Ihre Angst, sich emotional zu sehr an dieses Hotel zu binden, war groß. Schließlich hatte sie keine Ahnung, ob ihr Herzenswunsch jemals Realität werden konnte. Seit ihrem Besuch bei Henri Roux waren drei Tage verstrichen, ohne dass er sich gemeldet hatte. Eine weitere Enttäuschung würde sie nicht verkraften. Sie legte sich mit Trouvé und einem Buch auf die Couch und versuchte, auf andere Gedanken zu kommen.

Doch Georges ließ nicht locker. Als er nach vier Nachrichten, in denen er seine Sorge um sie ausdrückte, keine Antwort bekommen hatte, schickte er gegen sechs Uhr eine weitere mit dem Text *Es gibt Spinat-Caillettes mit Salat.* Alice gab sich geschlagen. Diese provenzalischen Frikadellen gehörten zu ihren Lieblingsspeisen, und nun verspürte sie auch Hunger.

Erleichtert stellte sie fest, dass Alain sein Büro bereits verlassen hatte. Bei dem Gedanken, in dieses schöne, aber sterile Haus zu ziehen, stellten sich förmlich ihre Nackenhaare auf. Alain hatte durchaus gute Seiten, war ihr in der Vergangenheit mehrmals hilfreich entgegengekommen, aber heute war er zu weit gegangen. Was bildete der Kerl sich ein? Und was machte ihn so wütend auf Georges?

Jeanines entsetztes Gesicht fiel ihr wieder ein, als diese erfahren hatte, dass Alain sie zum Essen ausführen wollte. War in der Vergangenheit etwas vorgefallen, das sie ihr verschwiegen?

Von weitem sah Alice, dass das Restaurant sich trotz früher Stunde bereits füllte. Marie hatte alle Hände voll zu tun, während Georges hinter der Theke die Getränke vorbereitete.

»Läuft bei dir, mhm?«

»Noch«, brummte Georges. »Ich muss die Zeit nutzen, bis diese verdammte Kritik online ist. Und du? Hast du was ausrichten können?«

Alice berichtete in kurzen Sätzen von ihrem Besuch im Maklerbüro. »Vielleicht sollte ich öfter wie Marie durchs Leben gehen. Der Lärm dieses scheppernden Schirmständers war Balsam für meine Seele.«

Kaum hatte sie die Bedienung erwähnt, stand Marie auch schon neben ihr. »Der *Chirurg* ist mal wieder da!« Mit angewidertem Gesicht zeigte sie ihnen einen Teller, an dessen Rand sich lauter kleine Häufchen befanden: grüne Pfefferkörner, rote Paprikaschnipsel, gebratene Champignons und zwei Sardellen. Alles fein säuberlich voneinander getrennt.

»Dabei habe ich ihn auch heute wieder gefragt, ob es etwas gibt, das er lieber nicht in seinem Salat hätte. Aber nein, der gnädige Herr bestellt alles und seziert dann bestimmte Zutaten mit einer Präzision heraus, als handele es sich um bösartige Tumore. Ich bin gespannt, was er mit dem Hauptgang anstellt.«

Sie hatten nie in Erfahrung bringen können, warum

der Mann sich so verhielt. Georges war es egal, wie er sein Essen zerlegte, doch für Marie stellte dieser Gast eine einzige Provokation dar. Sie fauchte bereits, wenn sie ihn sah. Nahm sie seine Reservierung am Telefon entgegen, teilte sie ihm in der Regel mit, dass sie ausgebucht waren. Um ihm nach einigem Betteln einen Platz am Katzentisch zu reservieren. Dort saß er auch heute.

»Vielleicht war er in einem früheren Leben eine Katze und kann nicht anders«, mutmaßte Alice. »Wenn Colette eine Maus gefangen hat, trennt sie die Gallenblase auch gekonnt heraus und lässt sie liegen.«

Marie grinste böse. »Heb sie bitte mal auf. Dann bekommt der Mann sie bei nächster Gelegenheit als Extra zum Salat!«

Nach dem Abendessen beschloss Alice, ein paar Schritte durch den Ort zu gehen. Es war ein schöner Sommerabend, und gegrübelt hatte sie heute genug. Sie war noch nicht weit gekommen, als Willem ihr aus einem der Straßencafés zuwinkte. Er saß mit einigen Altersgenossen zusammen und kam gleich auf sie zu. »Wollen wir zusammen ein Bier trinken? Wir sind gleich fertig mit unserer Besprechung.«

»Gern!« Sie setzte sich an einen freien Tisch und betrachtete das Treiben um sich herum.

Gegenüber deckte ein Kellner die Tische neu ein, Touristen blieben vor den ausgehängten Speisekarten stehen und überlegten, welches Menü sie wählen sollten. Eine Gruppe betont lässiger Jugendlicher mit fein herausgeputzten Freundinnen setzte sich neben sie. Kaum standen die Getränke vor ihnen, starrten alle gebannt auf die Displays ihrer Smartphones und Alice fragte sich, warum sie sich überhaupt verabredet hatten.

Auf der anderen Seite stöhnten Wanderer mit schmerzverzerrtem Gesicht vor Muskelkater auf, als hätten sie sich verhoben. Die Frage, warum sie sich das alles antaten, stand ihnen auf die Stirn geschrieben.

Kurz darauf reichte Willem ihr ein frischgezapftes Bier. »Jeanine besucht eine Freundin, daher habe ich seit heute Mittag frei.«

»Eine echte oder eine auf dem Friedhof?«, wollte Alice wissen.

Willem lachte. »Die Frau, die sie abgeholt hat, wirkte sehr lebendig.« Er zeigte Alice einen vollgeschriebenen Block. »So habe ich mal Zeit gehabt, mich in Ruhe mit den Leuten vom Bündnis zu treffen. Es macht richtig Spaß, an diesem Projekt mitzuarbeiten.«

»Und was macht das Projekt *Josephine*?« Beim Picknick im Hotelgarten war niemandem entgangen, wie verliebt sie sich angeschaut hatten.

»Das geht eher schleppend voran«, gab Willem zu. »Sie ist sehr in ihre Arbeit und ihre Familie eingebunden. Und dann gibt es ja noch diesen Patrick.«

»Vielleicht musst du dir auch mal für sie Zeit nehmen?« Alice erinnerte ihn an die Probleme mit seinem Aktionismus. »Wolltet ihr nicht mal wandern gehen? Oder was spricht gegen einen faulen Sommerabend an der Badestelle? Lasst euch einfach mal treiben und schaut, was dabei herauskommt.«

Willem sah skeptisch drein. »Leerlauf bekommt mir nicht gut. Ich brauche ein Ziel, das ich ansteuern kann.«

»Aber wenn du etwas runterkommen willst, hilft nur üben. Man muss nicht tagtäglich die Welt retten. Frauen wollen gern mal die ganze Aufmerksamkeit. Und Josephine hat es verdient, oder?«

»Auf jeden Fall. Ich werde mich bemühen. Und wie läuft es bei dir?«

Alice erzählte ihm, was vorgefallen war, und bat ihn wegen einer Unterkunft, Augen und Ohren offen zu halten.

»Ich schicke den Leuten von der Arbeitsgruppe später eine Whatsapp«, versprach er. »Macht es dir Angst, dass du unter Umständen bald auf der Straße stehst?«

Diese Frage hatte auch Alice sich bereits gestellt. »Es ist kein schönes Gefühl«, sagte sie. »Aber meine Freunde haben mich schon einmal davor gerettet, den Verstand zu verlieren. Ich bin mir sicher, dass ihr Netz mich auch dieses Mal auffangen und tragen würde. So schlimm wie damals kann es nicht wieder werden.« Sie nahm einen tiefen Schluck aus ihrem Glas. »Wenn alle Stricke reißen, werde ich wohl erst zu Georges ziehen.«

»Das könnte ihm durchaus gefallen.« Willem zwinkerte ihr zu. »Oder?«

15

Das Leben ging weiter. Georges versuchte mit Macht, sich von dem Damoklesschwert über seinem Kopf abzulenken. Er testete neue Rezepte aus Alice' Sammlung und hatte es sich angewöhnt, in den frühen Morgenstunden an der Ouvèze joggen zu gehen. Ein Akt der Verzweiflung, aber um diese Zeit legte sich die Furcht, ein weiteres Mal gescheitert zu sein, wie ein schwerer Mantel fest um seine Schultern.

Bei Tagesanbruch hatte er die dünkelhaften Blicke seiner Familie besonders deutlich vor Augen und hörte ihre abschätzigen Bemerkungen. Allen voran der Satz, der ihn bereits ein Leben lang begleitete: *Das finden wir aber sehr, sehr schade.*

Doch egal, wie er sein Tempo steigerte, er konnte die Worte nicht abschütteln und fühlte sich wie der hilflose Junge von damals.

Willem tat sein Bestes, allen gerecht zu werden. Er arbeitete bei Jeanine im Garten und übte sich in Geduld mit Josephine. Sobald sie zusammen waren, knisterte die Luft, doch mit seiner lösungsorientierten Art konnte er nicht so richtig bei ihr punkten. Wann immer er sich nicht genug beachtet fühlte, wandte er sich dem Aktionsbündnis zu, wo man sein Auftreten und sein Engagement sehr schätzte.

Alice durchkämmte die Gegend auf der Suche nach einem Haus und versuchte, den Makler aus Malaucène zu erreichen. Doch ihre Mails blieben unbeantwortet, und er rief nie zurück.

Georges' Angebot war gut gemeint, aber was sollte sie mit den Katzen machen? Die kleine Trouvé konnte sie unmöglich mit in die Wohnung nehmen. Sie würde sofort ausbüxen und das Restaurant auf den Kopf stellen. Colette und Zazou hatte sie im alten Gartenschuppen einen Korb und einen ihrer Lieblingskartons hingestellt. Doch auf Dauer war das auch keine Lösung, und sie vermisste die beiden schmerzlich. Aber Monsieur Dumont hatte recht: Der Markt gab wenig her. Egal, wie sehr sie sich die Häuser schönzuträumen versuchte, es war nichts für sie dabei.

Im Gegensatz dazu waren ihre neuesten Artikel über das Hotel und den verwunschenen Kräutergarten ein großer Erfolg. Die Leserresonanz war enorm, und sie überlegte seit Tagen, welche Beiträge folgen könnten.

Die Lösung war ihr beim Frühstück eingefallen: Sie wollte darüber berichten, wie Jeanine dank der Aprikosenmarmelade ihrer Mutter im Hotel *Le Tileul* gelandet war. Schließlich hatte sie es ihrer alten Freundin zu verdanken, dass sie diesen schönen Platz überhaupt kennengelernt hatte.

Es war noch früh am Morgen, Alice dachte über einen guten Einstieg in ihren Artikel nach. Sollte sie die Geschichte gleich im Hotel beginnen lassen oder den Fokus zuerst auf die junge Jeanine richten, die andere Träume hatte, als im Geschäft der Eltern mitzuarbeiten?

Nach einigen Entwürfen beschloss sie, die Kolumne mit Jeanines *Besuchen* bei den Eltern zu beginnen, ansonsten chronologisch vorzugehen, als es klingelte. Im nächsten Moment kam Willem die Stufen heraufgerannt. »Jeanine ist verschwunden. Ist sie bei dir?«

»Nein. Wann hast du sie zum letzten Mal gesehen?«

»Gestern Abend haben wir noch eine ganze Weile im Garten gesessen. Sie hat ein Glas Wein getrunken und mir erzählt, was sie früher alles mit ihrer Freundin unternommen hat. Sie war guter Dinge und hat mich gebeten, sie früh zu wecken. Sie wollte etwas im Garten machen, bevor es zu heiß dafür wäre. Ich bin danach ebenfalls ins Bett gegangen.« Trouvé auf dem Arm, ging Willem auf und ab. »Als ich heute an ihrer Tür klopfte, hat sie nicht geantwortet. Im Zimmer habe ich nur ein leeres Bett vorgefunden.«

»Hat sie noch irgendwas anderes gesagt?«

»Sie hat nur gemeint, dass sie Jacques bald wiedersehen wird.«

»Dann ist sie bestimmt im Hotel. Aber auf dem Weg dorthin sollten wir die Augen offen halten.«

Auf den Straßen war nicht viel los. Lieferwagen luden ihre Frachten ab, eine müde Frau kehrte die Terrasse vor einem Hotel. Der Zeitungsladen und das Haushaltswarengeschäft waren mit Rollgitter verrammelt, als würden sie das Gold der Nation horten. Vor dem kleinen Supermarkt in der Nähe des Hotels warteten hohe, mit Folie umwickelte Gitterwagen voller Lebensmittel darauf, in die Regale einsortiert zu werden. Die Ladefläche eines LKW wurde laut tutend angehoben, der Fahrer nickte ihnen zum Gruß zu. Von Jeanine keine Spur.

Im Hotelgarten zwitscherten die Vögel und das morgendliche Licht verzauberte Alice. So früh war sie noch nie hier gewesen, und kurz dachte sie daran, wie schön es sein musste, nach dem Aufstehen mit einer Tasse Kaffee in der Hand barfuß über den Rasen zu gehen.

Ihre Katzen schienen irritiert, dass sie so früh auftauchte. Doch das hinderte sie nicht daran, jammernd den Hungertod zu mimen. Schnell gab Alice ihnen etwas zu fressen, dann machte sie sich mit Willem auf die Suche.

Nachdem sie die Zimmer im ersten Stock kontrolliert hatten, zeigte Alice nach oben. »Wir sollten im zweiten Stock nachsehen«, sagte sie leise. »Ich glaube, ich weiß, wo sie sein könnte.«

Die vierte Tür im Dienstbotentrakt ließ sich heute öffnen. Voller Zärtlichkeit betrachtete Alice Jeanine, die selig lächelnd unter einer geblümten Tagesdecke auf dem schmalen Bett lag. Ob sie jetzt wohl bei ihrem Jacques war? Leise schlichen sie sich wieder hinaus.

»Wir dürfen sie auf keinen Fall wecken und fragen, was sie hier macht«, sagte Willem. »Das würde sie völlig aus der Bahn werfen.« Er sah auf die Uhr. »Der Supermarkt macht bald auf. Am besten wird es sein, hier ein Frühstück zuzubereiten, und sie *so* zu wecken. So mache ich das bei ihr zu Hause manchmal auch. Ist der kleine Gaskocher noch hier?«

*

Jeanine blieb mit geschlossenen Augen liegen. Sie versuchte, den Traum festzuhalten, sich an die Bilder zu erinnern, die dieses glückliche und friedvolle Gefühl in ihr ausgelöst hatten. Sie hatten getanzt. Ja, jetzt war die Melodie wieder da und auch die Worte

Quand il me prend dans ses bras / Qu'il me parle tout bas / Je vois la vie en rose.

Sie spürte, wie Jacques' Arme sie hielten, hörte seine schöne tiefe Stimme

Il me dit des mots d'amour / Des mots de tous les jours.

Jeanine dachte an die Worte der Liebe, die er ihr zärtlich ins Ohr geflüstert hatte, an seine Küsse. Sie hatten nur Augen füreinander gehabt, und erneut spürte sie dieses Verlangen nach ihm, das von Strophe zu Strophe größer geworden war, bis sie beide …

Unten fiel etwas mit lautem Krachen zu Boden. Jeanine setzte sich mit einem Ruck auf. Hatte sie verschlafen? Kam sie zu spät zum Dienst? Wieder dieser Lärm. Hektisch sah sie sich im Zimmer um. Warum war sie angezogen? Und wo war ihre Uniform?

Sie rieb sich die Augen, versuchte, sich zu erinnern, was dem Tanz vorausgegangen war. Jacques – Jacques hatte sie gerufen. Als wären sie durch unsichtbare Fäden miteinander verbunden, hatte er sie zu sich gezogen, war sie ihrem Verlangen gefolgt, getrieben von dieser unendlichen Sehnsucht.

Wieder hörte sie den Lärm unten im Haus. Was waren das für Stimmen? Sie glaubte sie zu kennen, aber sie gehörten nicht hierher …

Während sie ihr Kleid glattstrich, kamen weitere Bilder zurück. Sie sah die dunklen Straßen von Beaulieu, den Hund, der ihr eine Weile gefolgt war, und die Katzen, die sie im Garten begrüßt hatten. Im Haus war alles dunkel gewesen, aber Jacques hatte in seinem Zimmer bereits auf sie gewartet.

Jeanine stand auf und riss das Fenster auf. Die frische Morgenluft zog durch die Lamellen der Läden, ließ die staubigen Vorhänge flattern und berührte sanft ihre Haut. Ein Windhauch vertrieb den muffigen Geruch des Zimmers und ihre konfusen Gedanken. Sie würde jetzt nach unten gehen und nachsehen, was da los war. Bestimmt war alles in bester Ordnung.

*

Für Georges hatten sich alle Probleme in Luft aufgelöst: Wie an jedem Morgen hatte er mit bangem Herzen die Homepage von Gilles Perrin aufgerufen und war heute fündig geworden. Mehr noch, die Kritik, die Perrin über seinen Besuch bei ihm geschrieben hatte, ließ ihn geradezu schweben. Immer wieder las er die Zeilen, immer wieder überzeugte er sich davon, dass er nicht träumte:

... Hier setzt man mit viel Menschenkenntnis schon mal Gäste zusammen. Das mag unkonventionell klingen, doch es erhöht den Genuss der Gerichte. Denn nicht nur die Speisekarte setzt sich aus Genussberichten *zusammen, man kocht bei Georges Fabre auch nach diesem Motto.*

Entstanden sind diese ›Verführungen der einfachen Art‹ bei Interviews, die die Foodbloggerin und Kräuterexpertin Alice Laurent in dieser Gegend geführt hat. Jeder Genussbericht beginnt mit dem Satz: *»Wenn ich zum letzten Mal ein Essen zubereiten dürfte, wäre es dieses.« Und glauben Sie mir, es ist keine trockene Anleitung zum Kochen. Nein, wir erfahren interessante Details zur Geschichte des Gerichts und über seine Zutaten. Manchmal dürfen wir an Hand von stimmungsvollen Bildern sogar einen Blick in die Küche werfen, in der es zubereitet wurde, und sitzen somit fast bei den Gastgebern am Tisch.*

Georges Fabre hat hier und dort noch etwas verfeinert und die Karte so zusammengestellt, dass das Essen auch für seine Gäste zu einem Erlebnis der besonderen Art wird ...

Während Georges zusah, wie der Drucker den Bericht aufs Papier bannte, dachte er an seine Familie in Lyon. Wie gern würde er jetzt türenschlagend durch das vornehme Stadtpalais gehen und sie beim Frühstück überraschen. Ihnen diesen Bericht auf die makellos gebügelte Tischdecke knallen und beobachten, wie sie empört die Augen aufrissen. Und wenn seine Mutter die berühmt-berüchtigten Worte »*Das finden wir aber sehr, sehr schade*« murmeln würde, ihr entgegenschreien, dass es richtig gewesen war, diesen Weg zu gehen!

Nichts war schade. *Sie* waren höchstens eine *Schande*, weil sie ihn so lange von diesem Berufswunsch ferngehalten, ihm Jahre seines Lebens vergällt hatten. Doch damit war ein für alle Mal Schluss!

Er nahm die Seiten aus dem Ausgabefach des Druckers und las die Zeilen ein weiteres Mal. Vor allem den letzten Satz: *Ich wünsche diesem mutigen und kreativen Paar für die Zukunft das Allerbeste und hoffe, bald wieder bei ihnen zu Gast zu sein.*

Georges schloss die Augen. Ja, sie waren ein gutes Team. Weiß Gott …

Vergnügt stieg er die Stufen hinunter, bereit, die Welt zu umarmen. Schon im nächsten Moment setzte er dieses Vorhaben mit Alice, die vor der Küchentür stand, in die Tat um. Euphorisch drehte er sich mit ihr im Kreis und erzählte ohne Punkt und Komma von der Kritik. Sie beglückwünschte ihn, doch etwas schien sie zu bedrücken. »Was ist los?«

»Es gibt ein Problem, das wir auf der Stelle angehen sollten.«

»Deinen Umzug hierher?«

»Nein, einen anderen Umzug. Wenn möglich, ins Hotel. Jeanine hat heute Nacht dort geschlafen und keinerlei Erinnerungen mehr daran, wie und wann sie dort hingekommen ist. Alles, was wir erfahren konnten, war, dass sie ein Treffen mit Jacques vereinbart hatte. Wer zum Teufel ist dieser Kerl?«

»Ich weiß es nicht. Ich habe sie vor kurzem en passant gefragt, aber da hat sie nur gemeint, wir würden ihn irgendwann schon noch kennenlernen. Es muss jemand aus ihrer Vergangenheit sein. Josephine glaubt, dass er früher im Hotel gearbeitet hat. Oder es ist eine Figur aus den Romanheftchen, die sie gern liest. Ein reicher Baron, von dem sie gern mal träumt?«

»Quatsch«, sagte Alice. »Jeanine ist viel zu handfest für Barone.«

»Jeder hat seine unerforschten Seiten«, sagte Georges. »Ich kann dir Sachen aus meiner Praxis erzählen, du würdest aus dem Staunen nicht mehr rauskommen.«

»Kannst du deine Mutter nicht mal fragen? Die kannte Jeanine doch recht gut, oder?«

»Ausgeschlossen«, sagte Georges. »Meine Familie ist für mich gestorben.«

»Wenn dieser Henri Roux sich wenigstens melden würde. Dann wüssten wir, ob die Sache überhaupt Aussicht auf Erfolg hat. Vielleicht wäre es gut, wenn ich noch mal bei ihm vorbeischaue.«

Georges tippte mit dem Zeigefinger auf den Perrin-Artikel. »Wie wäre es, wenn wir ihn zum Essen einladen? Eine gute Mahlzeit in netter Gesellschaft stimmt Menschen friedlich. Bei der Gelegenheit könnte er auch Jeanine kennenlernen.«

»Aber wann? Du bist ja jeden Abend im Restaurant.«

»Wir könnten mal an einem Abend zumachen, um die Fünf-Sterne-Kritik zu feiern, oder? Wie wäre es mit Montag?«

*

Jetzt hatten sie zwar ein mögliches Datum, aber mit welcher Begründung konnte sie Henri Roux zu diesem Essen locken, ohne die Karten auf den Tisch legen zu müssen? Dazu sollte Alice ihre diplomatischen Fähigkeiten einsetzen. Maries Art, die Dinge anzugehen, war in diesem Fall wenig effektiv.

Einen Ansatz gab es immerhin: Es war offensichtlich, dass Henri Roux Geld brauchte. Sie dachte an die alten Möbel, an das baufällige Haus, an die Tristesse, die alles ausgestrahlt hatte. Doch wie konnte sie das ansprechen, ohne ihn bloßzustellen? Und wie würde seine Frau reagieren? Ihr war klar, dass sie nur eine einzige Chance hatten.

Bevor sie losfuhr, musste sie jedoch noch mit Jeanine ihre Einkäufe auf dem Markt erledigen. Das würde dauern, denn ihre Freundin kannte viele Leute und wechselte überall ein paar Worte. Während sie sich mit einem Händler angeregt über die Vor- und Nachteile einer bestimmten Ziegenkäsesorte unterhielt, entdeckte Alice Willem.

Sie gab Jeanine Bescheid und ging zu ihm. Willem stand hinter einem Klapptisch und sammelte Unterschriften für die Errichtung des Nationalparks. Gebannt beobachtete Alice, wie er jeden, der auch nur ansatzweise interessiert schien, dazu brachte, auf der Liste zu unterschreiben. Und das gleich in mehreren Sprachen.

»Du könntest einem Eskimo Kühlschränke andrehen«, sagte Jeanine, die sich dazugesellt hatte und ebenfalls unterschrieb.

Willem grinste. »Ich habe mal für ein Marktforschungsinstitut gejobbt. Die hätten mich glatt übernommen, weil ich so überzeugend gewirkt habe.«

»Und wie sieht es mit Josephine aus?«, fragte Jeanine.

»Hast du sie auch schon überzeugen können?« Sie wirkte zu Alice' großer Erleichterung seit dem Frühstück wieder völlig klar und strahlte diese Frische aus wie so oft nach einem Rendezvous mit diesem Jacques.

»Heute Nachmittag wollten wir eigentlich wandern gehen, aber jetzt ist diese Aktion dazwischengekommen. Na ja, die Landschaft läuft uns ja nicht davon.«

»Landschaften vielleicht nicht«, sagte Jeanine nachdenklich. »Frauen schon. Denk daran!«

Sie wollten gerade weitergehen, als Patrick sich vor dem kleinen Tisch aufbaute und Willems Unterschriftenliste auf den Boden fegte.

»Diese zeltenden Blondies mischen sich jetzt wohl überall ein?« Wütend funkelte er Willem an. »Was weißt du schon davon, wie es ist, hier zu leben? Dieser Nationalpark ist der letzte Scheiß. Wir haben schon genug Gesetze, die uns das Leben schwermachen. Ihr Umweltstümper habt keine Ahnung von der Realität!«

»Das sehe ich anders«, sagte Willem höflich. »Wir können uns aber gern mal darüber unterhalten, wenn du Zeit hast.«

»Für Leute wie dich habe ich keine Zeit«, schnauzte Patrick. »Ich arbeite den ganzen Tag, verstehst du? Und was ich dir noch sagen wollte: Lass die Finger von meiner Freundin! Kapiert?«

»Ich weiß nicht, was du meinst ...« Willem sammelte seine Listen vom Boden auf und legte sie akkurat aufeinander.

»O doch, das weißt du ganz genau! Wenn ich dich mit ihr erwische, kannst du was erleben!« Patrick blitzte ihn ein letztes Mal an, dann verzog er sich.

»Vielleicht ist es an der Zeit, nicht nur in Sachen Umwelt Stellung zu beziehen«, sagte Jeanine. »Sollte dein Herz tatsächlich für Josephine schlagen, würde ich ihr das deutlich zeigen. Man kann nicht die Welt retten, während man diejenige, die man liebt, ihrem Schicksal überlässt. Aber das ist nur die Meinung einer alten Frau.«

Als Jeanine nach wenigen Metern eine weitere Freundin traf, verabschiedete Alice sich von ihr und schob sich allein weiter durch die Menschenmassen. Sie liebte die Farben und Gerüche der Märkte, aber um diese Jahreszeit war hier alles voller Touristen. An jedem Marktstand drängten sich Trauben von Menschen, während andere sich mit vollen Einkaufstaschen einen Weg zu ihren Autos bahnten.

Einkaufstrolleys hatten Hochkonjunktur. Alice wollte sich nach einem Beinah-Sturz schon laut beschweren, doch sie hielt inne, als sie sah, wer den Wagen des Anstoßes hinter sich herzog: Es war Henri Roux.

Während Roux sich bei einem Metzgerstand anstellte, überlegte sie fieberhaft, wie sie diese Situation nutzen konnte. Er sah noch müder aus als beim letzten Mal. Wieder fragte Alice sich, welche Last er wohl zu tragen hatte.

Nachdem Roux eine Weile in der Schlange gestanden hatte, verließ er den Stand unverrichteter Dinge und kam direkt auf sie zu.

»Bonjour, Monsieur Roux! Erinnern Sie sich noch an mich?«

Lächelnd ergriff er ihre Hand. »Bonjour, Madame Laurent. Wie schön, Sie zu sehen!«

»War das Angebot nicht nach Ihrem Geschmack?« Alice zeigte auf den Verkaufswagen.

»Sie haben ein wunderschön marmoriertes Kalbsfleisch«,

sagte Roux bedauernd. »Aber ein Blanquette de Veau lohnt sich nur, wenn man es für viele zubereitet.«

»Und mit Lorbeerblättern, Nelke, Thymian, Rosmarin lange schmoren lässt. Ein Gedicht!« Alice war kein großer Fan dieses Kalbsfrikassees, aber jetzt hieß es, im Gespräch zu bleiben.

»Ja, genau«, sagte Roux. »Kochen Sie gern?«

»O ja. Und ich schreibe viel darüber. Kräuter, Gewürze und provenzalische Gerichte sind meine Lieblingsthemen.« Sie sah, dass sie seine Neugierde geweckt hatte, und erzählte ihm von den *Genussberichten*. Zu ihrer großen Freude taute Henri Roux immer mehr auf und eröffnete seinerseits, dass er sich sehr für die Geschichte der Provence interessierte.

Alice sah ihre Chance gekommen. »Darüber würde ich gern mehr erfahren. Was halten Sie davon, wenn wir diese Themen bei einem guten Blanquette vertiefen? Mein Freund Georges, ein hervorragender Koch, wollte am kommenden Montag ohnehin eins zubereiten. Ihre Frau ist selbstverständlich mit eingeladen.«

»Louise ist leider verhindert …« Henri Roux rieb sich lange das Kinn, während Alice die Luft anhielt. »Aber … bei mir könnte es klappen.«

Erleichtert atmete sie aus. »Dann plane ich Sie fest ein. Sollten Sie nicht auftauchen, stehe ich bei Ihnen vor der Tür, um Sie abzuholen.«

Henri Roux lachte. »Das traue ich Ihnen ohne Weiteres zu. Doch keine Bange, ich habe den Duft dieses Essens schon in der Nase. Wo soll ich hinkommen?«

Eine gute Frage. Ihr war soeben der Gedanke gekommen, das Ganze im Hotelgarten stattfinden zu lassen, und sie dachte hektisch nach. »Wie wäre es, wenn ich Sie an der

Boule-Bahn abhole? Die kennen Sie, oder?« Sie zeigte Richtung Boulevard. »Dort können Sie auch gut parken. Sagen wir Montag um sieben?«

»Montag um sieben. Ich freue mich sehr.«

Alice sah Henri Roux nach, bis er in der Menschenmasse verschwunden war. Hielt er sich aufrechter oder war das Einbildung? Wie auch immer, sie hatte einen Anfang. Jetzt hieß es, die eingefädelte Aktion geschickt weiterzuweben. Am besten, indem sie zuerst das versprochene Blanquette de Veau kaufte und es zu Georges brachte. Mit der Frage, wo das Mahl stattfinden würde, konnten sie sich noch Zeit lassen. Sie stellte sich bei dem Metzgerstand an und linste an den Rücken der Leute vor ihr vorbei. Der Braten lag noch in der Auslage und wanderte kurz darauf in ihre Tasche.

Auf dem Weg zum Restaurant kam Alain ihr unter den Arkaden entgegen. »Hallo, Alice!« Unsicher, wie er sich verhalten sollte, blieb er stehen. »Gibt es inzwischen gute Nachrichten bei der Haussuche?«

»Leider nein.« Wie immer war Alain wie aus dem Ei gepellt und Alice fragte sich, ob er überhaupt legere Kleidung besaß. Oder hatten diese Anzüge die Funktion eines Korsetts und würde er ohne sie auseinanderfallen?

Wie lebte es sich wohl so gebügelt? Gab es eine Frau, die abends in diesem sterilen Würfel auf ihn wartete, eine, die für ihn kochte? Hatte er eine Geliebte? Eine faltenlose Frau, mit der er sich zwischen glatten Laken leidenschaftslos bewegte? Sie konnte es sich beim besten Willen nicht vorstellen. Eher gelang es ihr, sich einen stürmischen, ungehemmt reimenden Dumont mit der Dame seines Herzens im Bett vor Augen zu holen. Alice grinste bei der Vorstellung – was Alain als Friedensangebot auffasste und die

Gelegenheit ergriff, ihr ein Küsschen auf die Wange zu drücken. »Hättest du Lust, mich am Montag nach Aix zu begleiten? In der Galerie eines Bekannten wird eine Picasso-Ausstellung gezeigt und er würde uns eine Privataudienz gewähren.«

»Am Montag feiern wir die Fünf-Sterne-Bewertung von Georges' Restaurant. Da gibt es eine Menge vorzubereiten.« Sie zeigte auf ihre volle Tasche. »Und wenn ich diesen Braten nicht bald in den Kühlschrank lege, wird er in dieser Hitze von selber gar.«

»Richte ihm meine Glückwünsche aus. Es wird sich bestimmt eine Lösung ergeben. Für die Erfüllung mancher Wünsche braucht man einen langen Atem.«

Alice fragte sich, ob er hellsehen konnte. »Ja, manchmal hat man nur eine Chance und darf sich keinen Fehler erlauben.«

16

Es hatte lange Diskussionen gegeben. Georges war der Meinung, dass das Gespräch mit Roux in einem geordneten Rahmen stattfinden sollte, während Alice der Ansicht war, dass das Essen an dem Ort stattfinden sollte, um den sich alles drehte. Nur im Hotelgarten konnten sie Henri Roux zeigen, wie sehr das Haus ihnen am Herzen lag.

Das Argument, dass es unmöglich wäre, die Speisen ohne Strom warm zu halten, war hinfällig geworden, als Willem ein großes Rechaud aus Edelstahl herangeschafft hatte. Eine Leihgabe von einem Mitstreiter aus seiner Umwelt-AG. Beim Anblick des Speisewärmers gab Georges sich geschlagen. Nicht, ohne darauf hinzuweisen, dass er aber keine Garantie für das Gelingen des Abends übernehmen würde.

»Das kann niemand.« Alice drückte ihm einen Kuss auf die Wange. »Aber glaube mir: Wenn Monsieur Roux dein Blanquette riecht, wird er ohnehin alles andere vergessen.«

Blieb nur noch der heikle Moment, in dem sie Roux durch den kaputten Sichtschutz seines eigenen Hotels schleusen mussten. Dabei wollte Alice auf ihre Intuition vertrauen.

Ausgestattet mit allem, was sie zum Saubermachen brauchten, fuhren sie in Georges' Kleinbus gegen Mittag zum Hotel.

Es war schwül, und Jeanine betrachtete eingehend den Himmel. Bestimmt würden sich bald erste Gewitterwolken am Horizont zeigen. Sie machte sich aber keine Sorgen, dass das Wetter ihnen einen Strich durch die Rechnung machen könnte. Bis Donner und Blitz losbrachen, konnte es um diese Jahreszeit dauern.

Jeanine fand die Idee, heute Abend auf der Terrasse zu speisen, sehr aufregend. In ihrer Zeit als Zimmermädchen war sie nur selten in diesen Genuss gekommen. Als Willem und Georges mit dem ersten Tisch aus dem Speisesaal kamen, dirigierte sie die beiden zu dem überdachten Abschnitt. Sollten wider Erwarten doch ein paar Tropfen fallen, saßen sie hier geschützt. Dann ging sie in die Küche, um das Geschirr auszusuchen und zu spülen.

Jeanine leerte einen der Wasserkanister in das Spülbecken und ließ die Teller vorsichtig in die lauwarme Seifenlauge gleiten. Mit einem Mal hatte sie das rhythmische Hacken eines schnell schneidenden Messers, das Geklapper der Töpfe im Ohr. Sie sah den Koch, den alle ehrfürchtig *Monsieur Bernard* nannten, mit Scharfblick und hoher Kochmütze umhergehen. Wehe, jemand machte etwas nicht so, wie er es angeordnet hatte. Dann gab es eine Standpauke, die man nicht so schnell wieder vergaß. Bei der Erinnerung daran machte Jeanine sich automatisch kleiner und stellte das Porzellan so leise wie möglich auf die Anrichte. Nur nicht auffallen, war ihre Devise gewesen, wenn sie in der Küche hatte aushelfen müssen.

»Kann ich dir helfen?«

Die Stimme erschreckte sie derart, dass sie fast eines der langstieligen Gläser hätte fallen lassen. »Wo kommst du denn her? Hast du Post für mich?«

»Entschuldige, dass ich dich erschreckt habe.« Josephine strich Jeanine beruhigend über den Rücken. »Ich habe mir einen freien Tag genommen und möchte dir beim Abtrocknen helfen. Warst du in Gedanken?«

Jeanine kniff die Augen zusammen. »Ich erinnerte mich an die Momente, in denen ich hier einspringen musste. Es war kein Vergnügen, vom Küchenchef einen Rüffel zu bekommen. Madame Bonnet, die Hotelbesitzerin, ließ ihm freie Hand. Das Restaurant hatte einen sehr guten Ruf, und sie wusste, dass sie ohne ihn verloren wäre.« Sie reichte Josephine das Weinglas. »Aber es hat ihr nichts genutzt. Später ist er mit einer Serviererin durchgebrannt, und man hat nie wieder was von ihm gehört.«

»Heiße Zeiten«, sagte Josephine, während sie das nächste Glas polierte. Sie wollte noch etwas hinzufügen, als Willem in die Küche kam. »Jeanine, kannst du mir sagen, ob es hier irgendwo Tischdecken … He, wie schön, dass du schon da bist!«

Er wollte Josephine in die Arme schließen, doch sie drehte sich wortlos weg.

»Ein paar Tischdecken müssten in dem großen Geschirrschrank im Speisesaal sein«, sagte Jeanine. »In der Schublade ganz unten.« Als Willem gegangen war, betrachtete sie Josephine eingehend. »Was war denn das? Willem behauptet, er sei total verliebt.«

Josephine holte tief Luft. »Aber wir sind weit davon entfernt, zusammen durchzubrennen. Weißt du, ich kann mir einfach keinen Reim auf ihn machen. Mal ist es sehr schön mit ihm, mal hat er nur diese Umweltgeschichten im Kopf, und ich bin Luft für ihn.« Als sie Jeanines fragenden Blick sah, holte sie weiter aus. »Nimm zum Beispiel letzten Samstag. Wir hatten uns zu einer Wanderung verabredet, aber kurz vorher rief er an und sagte ab. *Er habe ganz vergessen, dass er mit seinen Freunden etwas ausgemacht habe.* Keine Entschuldigung, kein gar nichts. Mich beachtet er nur, wenn es ihm gerade passt.«

»Hattest du eine Wanderung oben auf einem Berg geplant?«

»Eine Talwanderung war es nicht gerade, aber auch nichts Riskantes, falls du das meinst. Ich weiß ja, dass er Höhenangst hat.«

»Männer reagieren zuweilen merkwürdig.« Jeanine hob den Zeigefinger. »Das ist aber keine Entschuldigung dafür, dass er dich versetzt. Das habe ich ihm schon mal deutlich gesagt.« Sie nahm die nächsten Teller in Angriff. »Und was ist mit Patrick?«

»Der flippt dauernd aus. Das ist schon Normalzustand.«

»Warum bleibst du dann bei ihm? Bequemlichkeit? Oder scheust du dich vor den Konsequenzen?«

Ohrenbetäubendes Scheppern verhinderte Josephines Antwort. Aus einem offenen Regal waren mehrere Töpfe zu Boden gefallen, und sie hörten ein jämmerliches Maunzen. Jeanine hob eine große Schüssel aus Aluminium hoch und staunte. »Schau mal, eine kleine Glückskatze! Wo die wohl herkommt?«

Josephine nahm Trouvé hoch und streichelte sie. »Keine Ahnung. Aber sie ist süß, oder?«

»Sehr sogar«, sagte Jeanine. »Doch wir sollten sie in den Garten bringen. Nicht, dass sie auch noch das Porzellan hinunterwirft.«

*

So landete die Katze wieder auf der Terrasse, wo Alice mit Willem die Stühle reinigte. Sofort hopste Trouvé auf sie zu und versuchte, die Lappen zu fangen. Sie war in den letzten Wochen enorm gewachsen, und Alice fragte sich bange, wie lange sie das Findelkind noch in der Wohnung würde halten können. Hoffentlich endete dieser Abend mit einer positiven Perspektive.

Kaum, dass Colette und Zazou die Bühne betraten, verlor Trouvé das Interesse an den Zweibeinern. Gespannt beobachtete Alice die Reaktion der Katzen. Wie bereits beim Picknick blieben sie gelassen. Als Zazou sich sogar auf einen spielerischen Kampf einließ, fiel Alice ein Stein vom Herzen. Vieles würde sich leichter gestalten, wenn diese drei sich endlich vertrugen.

Mehrere Schweißausbrüche später war alles so weit fertig und das Essen stand in der Küche. Zufrieden umrundete Alice die lange Tafel, die genauso aussah, wie sie sich das in ihrer Kindheit gewünscht hatte. Jetzt blieb nur noch zu hoffen, dass auch der Abend wunschgemäß verlief.

In Gedanken ging sie wieder und wieder den Text durch, den sie sich für die Begrüßung bei der Boule-Bahn zurechtgelegt hatte. Sie würde Roux sofort in ein Gespräch über die Geschichte der Gegend verwickeln. Mit etwas Glück würde es ihm gar nicht auffallen, dass sie ihn zum Hotel lotste. Alice hatte sich eingelesen und sich dafür entschieden, ihn über die Geschichte des Klosters Sénanque auszufragen. Erstens interessierte sie das wirklich, zweitens war die Wahrscheinlichkeit, dass Roux darüber Bescheid wusste, recht groß.

Die Zeit verging, die Nervosität stieg. »Wir brauchen ein Ritual zur Einstimmung«, sagte Willem, nachdem er mit Georges überall Lampions aufgehängt hatte. »Wie wäre es, wenn wir einen neuseeländischen Haka-Tanz aufführen?«

»Meinst du diesen Maori-Tanz, wo man sich brüllend auf die Oberschenkel klopft?«, fragte Georges.

»Genau. Das haben wir immer vor einem Rugby-Spiel gemacht.«

»Ohne mich. Entweder es klappt oder wir gehen baden. In dem Fall werden wir noch genügend Zeit haben, zu schreien.«

»Das sehe ich auch so.« Alice zeigte auf die Armbanduhr. »Macht euch lieber mal frisch. Ich gehe jetzt los und hole ihn ab.«

Jeanine hatte das Wetter richtig eingeschätzt: Die Gewitterwolken waren abgezogen, aber die Schwüle war unerträglich. Schon nach wenigen Metern spürte Alice, wie der Schweiß ihr über den Rücken lief.

Ganz Beaulieu schien auf den Beinen zu sein. Auf den Terrassen der Cafés und Restaurants fächelten sich Gäste mit den Speisekarten Luft zu, auf der Hauptstraße staute sich der Verkehr. Der Parkplatz war fast ganz belegt, und um die Boule-Bahn drängten sich die Zuschauer.

Aus dem offenen Fenster eines aufgemotzten Pick-up drang laute Hip-Hop-Musik. Automatisch richtete Alice ihre Schrittgeschwindigkeit nach dem Rhythmus aus, während sie zu dem Wagen hinübersah. Zwei Typen, jeder mit einer Bierdose in der Hand, saßen auf der Motorhaube und sangen laut mit, die Gestik ihrer Hände genau auf den Text abgestimmt. Als Alice in einem von ihnen Patrick erkannte, zog sie den Kopf ein und ging schneller. Josephines cholerischen Freund konnte sie heute nicht gebrauchen.

Auf Umwegen erreichte sie den Bouleplatz und betete, Henri Roux möge pünktlich sein. Die Männer waren völlig in das Spiel vertieft. In konzentrierter, nach vorn gebeugter Haltung versuchten sie, abzuschätzen, wie sie ihre Kugel werfen mussten, um sie möglichst dicht am *Cochonnet* zu platzieren. Die Zuschauer jubelten gerade über einen besonders gelungenen Wurf, als Alice ihren Gast auf der anderen Seite entdeckte. Schnell umrundete sie das Spielfeld.

Im Vergleich zu den letzten Begegnungen sah Roux sehr gepflegt aus, doch um sein Nervenkostüm schien es nicht zum Besten zu stehen. Schon beim Händeschütteln spürte Alice seine Anspannung. Ahnte er, wo sie ihn hinführen wollte, oder bildete sie sich das nur ein? In diesem Moment wünschte Alice sich Willems Gabe herbei, Leute überzeugen zu können. Hier stand sie nun mit dem Eskimo und hoffte, es würde ihr gelingen, ihn zur Kühlschrankabteilung zu begleiten, ohne dass er vorher etwas von ihren Verkaufsabsichten ahnte.

Kaum waren sie losgelaufen, stellte Alice ihm die erste Frage zum Kloster von Sénanque. Zu ihrer großen Erleichterung ging Henri Roux auf das Thema ein und erzählte ihr alles, was sie vom Kreuzgang und dessen Aufbau wissen wollte. Mit jedem Schritt, den sie sich dem Hotel näherten, atmete sie freier. Noch etwa zweihundert Meter, dann hatten sie es geschafft. Doch kurz bevor sie das Grundstück erreicht hatten, bleib Roux wie angenagelt stehen.

»Das ist keine gute Idee.« Ängstlich sah er sich um.

»Wovor fürchten Sie sich?« Auch Alice blickte um sich, doch die Straße war leer. »Das Hotel gehört Ihnen doch, oder?«

»Schon …« Mit einem großen Taschentuch wischte Roux sich den Schweiß von der Stirn. »Es ist aber alles viel komplizierter, als Sie glauben.« Er wollte etwas hinzufügen, als Jeanine plötzlich vor ihnen auftauchte. Sie trug ein dunkles Kleid, eine weiße, gestärkte Servierschürze und strahlte über das ganze Gesicht.

»Wie schön, dass Sie Zeit gefunden haben, uns heute Abend zu besuchen!« Sie schüttelte dem verdutzten Mann die Hand. »Wenn Sie mir folgen würden? Es ist alles bereit.« Und bevor Henri Roux verstand, wie ihm geschah, führte Jeanine ihn fröhlich erzählend durch die Lücke im Bauzaun in den Garten. Verblüfft schloss Alice sich ihnen an.

Kurz vor der Terrasse hielt Henri Roux inne. Seine Augen waren auf die schön gedeckte Tafel gerichtet, die einen perfekten Ruhepol zwischen dem alten Hotel und dem verwilderten Garten bildete. »Wie schön«, sagte er leise. »So haben Louise und ich uns das auch immer vorgestellt.«

»Wir freuen uns, dass Sie heute Abend unser Gast sind!« Georges stellte sich und die anderen Anwesenden vor und bat alle zu Tisch. Die Vorspeisen, mehrere Salate, eine Lachspastete und verschiedene Brotaufstriche aus Oliven, getrockneten Tomaten und Sardellen, standen schon bereit.

»Ich hoffe, Jeanine hat dir keinen Strich durch die Rechnung gemacht«, flüsterte Georges Alice ins Ohr. »Sie gab ihren Plan ganz unverhofft bekannt und war im nächsten Moment auch schon verschwunden.«

»Sie hat den Abend gerettet«, sagte Alice. »Ich weiß nicht, ob ich ihn sonst hätte herbringen können.«

Auch jetzt schien ihre Freundin in bester Form. »Keine Bange, ich stehe nicht bei Ihnen auf der Lohnliste«, sagte sie zu Henri Roux, während sie die Brotkörbe auf den Tisch stellte. »Doch als ich die Schürze im Wäscheschrank fand, hatte ich Lust, mal wieder in meine alte Rolle zu schlüpfen.« Sie setzte sich ihm gegenüber. »Als Madame Bonnet noch das Sagen hatte, war ich lange Jahre hier angestellt und liebe das Haus bis heute. Hat Alice Ihnen das schon erzählt?«

Henri, der mit großem Appetit aß, schüttelte den Kopf. »Nein, das habe ich nicht gewusst. Madame Bonnet war eine weit entfernte Verwandte. Ich hatte nie das Vergnügen, sie persönlich kennenzulernen.«

Jeanine gab alles, um diese Wissenslücken zu füllen. Sie lobte ihre alte Chefin in den höchsten Tönen, berichtete vom Leben im Hotel, von den teils obskuren Gästen und gab allerlei Anekdoten zum Besten. Henri Roux entspannte sich mit jedem Lachen mehr.

Auch das Blanquette de Veau war ein großer Erfolg. Erneut stießen sie auf Georges' Fünf-Sterne-Bewertung an.

»So etwas Köstliches habe ich schon lange nicht mehr gegessen«, stöhnte Henri, nachdem er den letzten Rest Soße mit etwas Baguette von seinem Teller gewischt hatte. »Und was für ein Glück, dass wir uns auf dem Markt begegnet sind!« Er prostete Alice über den Tisch zu.

Doch als Willem sich daranmachte, die Lampions anzuzünden, war Henri Roux' Unbeschwertheit wie weggeblasen. »Machen Sie bitte kein zusätzliches Licht«, sagte er alarmiert. »Die Kerzen reichen. Es wäre wirklich fatal, wenn uns hier jemand sehen würde.«

Willem setzte sich wieder. »Kein Problem. Bei dem aufkommenden Wind ist es auch sicherer.«

Alice, die die Panik in Roux' Augen gesehen hatte, wollte gerade fragen, was ihn so beunruhigte, als die Stimme von Edith Piaf aus einem der Fenster ertönte. *L'hymne à l'amour* schien eine beruhigende Wirkung auf ihren Gast zu haben, denn er hörte genussvoll zu.

Doch als die Piaf die letzten Strophen sang, glaubte Alice in seinen Augen Tränen glitzern zu sehen.

*

Ob es an den alten Geschichten lag, wusste Jeanine nicht, doch im Lauf des Abends war ihre Sehnsucht nach Jacques so stark geworden, dass sie alles dafür gegeben hätte, ihn wenigstens für Sekunden in die Arme schließen zu können. Aber heute brachte selbst die Musik ihn nicht zurück.

... Wenn eines Tages jedoch das Leben dich mir entreißen würde, wenn Du sterben oder weit von mir sein solltest ... Leise sang sie den traurigen Text mit und dachte an den Abschied. Eine Woche später hatte er ihr geschrieben. Sie öffnete den Schrank und kontrollierte unbewusst, ob Jacques' Vermächtnis unversehrt an seiner Stelle lag. Dann strich sie über das oberste Brett, aber ihre Finger griffen ins Leere. Bestürzt stieg sie auf einen Stuhl und leuchtete mit der Taschenlampe in das Fach hinein. Bis auf eine Staubschicht war es leer.

Sie stieg vom Stuhl und setzte sich. »Ganz ruhig, Jeanine«, flüsterte sie. »Keine Panik. Bestimmt hast du den Brief mit nach Hause genommen, um ihn dort zu lesen.« Angestrengt dachte sie nach, bis das Bild der Küchenschublade in ihrem Gedächtnis auftauchte. Ja, dort hatte sie das Schreiben hinterlegt.

Erleichtert verschloss sie die Tür. Während sie die Stufen hinunterstieg und sich vorstellte, wie es wäre, wenn Jacques unten überraschend auf sie warten würde, spürte sie einen Luftzug. Rasch ging sie zur Lobby und stellte fest, dass die Eingangstür des Hotels weit offen stand. Der Wind wirbelte das trockene Laub von den Eingangsstufen herein. War ihr Wunsch in Erfüllung gegangen und ihr Liebster, angelockt von der Musik und der Gesellschaft, endlich wiedergekommen?

»Jacques? Jacques! Bist du da?« Suchend ging sie umher. Als sie in die Lobby zurückkehrte, war die Haustür wieder fest verschlossen. Hatte sie sich alles nur eingebildet? Oder war er zu den anderen hinausgegangen?

Jeanine rannte auf die Terrasse hinaus. »Ist er hier?«

Die Gespräche verstummten.

»Ist Jacques hier?« Verstand denn keiner, was geschehen war? »Die Eingangstür stand gerade weit offen. Doch dann wurde sie wie von Geisterhand wieder geschlossen. Daher dachte ich, dass …«

Alice beugte sich zu Henri Roux. »Verstehen Sie jetzt, was ich meine? Aus diesem Grund wäre es ideal …«

Doch Roux hatte kein Ohr mehr für sie. Er ging mit großen Schritten auf Jeanine zu und fasste sie fest an beiden Schultern. »Sind Sie sicher? War jemand im Haus und hat uns beobachtet?!«

Im nächsten Moment kam alles zusammen. Alice' Katzen veranstalteten eine Treibjagd, die sie quer über den gedeckten Tisch führte. Wen sie verfolgten, war unklar, aber sie hinterließen eine Schneise der Verwüstung. Kerzen fielen um, Geschirr und Gläser gingen zu Bruch, während heftige Windböen das Durcheinander komplettierten. Jeder versuchte zu retten, was zu retten war, als das Gewitter losbrach. Außer Atem versammelten sie sich in der Küche, wo Willem ein paar Kerzen anzündete.

»Alle da?« Er ließ seinen Blick schweifen. »Ich zähle drei Katzen und fünf Zweibeiner.«

Während es draußen wie aus Kübeln goss, suchten sie mit Kerzen und Taschenlampen im ganzen Hotel. Doch Henri Roux war verschwunden …

17

Jeanine öffnete die Schublade des Küchenbüffets und betrachtete das Durcheinander, das sich darin befand. Verzweifelt versuchte sie, sich ins Gedächtnis zu rufen, was sie vermisste, doch es wollte ihr nicht einfallen. Sie schloss die Lade wieder und starrte zum Fenster hinaus. Dicke Tropfen rannen von den Blättern in die Pfützen, die sich am Boden gebildet hatten. Die Regentonne war randvoll.

In ihrem Kopf hatte sich dichter Nebel gebildet, der nur vereinzelte Fragmente passieren ließ. Sie konnte sich an das Gewitter und den Sturm erinnern, aber nicht an die Ursache für die tiefe Enttäuschung, die auf ihr lastete.

Erneut zog sie an dem Messinggriff und fuhr mit der Hand durch den Inhalt des Schubfachs. Ersatzknöpfe von Kleidern, die sie längst nicht mehr trug, Nähgarnröllchen und ein abgebrochener Bleistift lagen in trauter Nachbarschaft mit einer Jakobsmuschel und einer Packung Spielkarten. Eine grüne Murmel teilte sich die hintere Ecke mit einer Sicherheitsnadel und einem Bündel Gutscheinen, die ihre Gültigkeit längst verloren hatten.

Sie nahm einen vergilbten Notizblock heraus und schlug ihn in der Mitte auf. *Marianne anrufen,* stand in der ersten Zeile. Darunter *Georges' Geburtstag!*. Botschaften aus einer anderen Zeit. Langsam blätterte sie weiter. *Erdbeerpflanzen kaufen, Zahnarzt, Handcreme, Paket zur Post ...*

Post! Als entwickelte sich ein Foto in ihrem Kopf, drangen unscharfe Bilder an die Oberfläche. Sie sah sich vor dem Schrank stehen und ins Leere greifen. Spürte die Panik um den verschwundenen Brief.

Kurzerhand kippte sie den Inhalt der Lade auf den Küchentisch und verteilte den Haufen mit beiden Händen. Als sie den Umschlag entdeckte, atmete sie auf. *Madame Jeanine Bressier,* stand auf dem abgegriffenen Kuvert. Vorsichtig zog sie den Brief heraus und faltete ihn auseinander.

Mon amour,

bisher hat alles gut geklappt, und ich hoffe, bald alle Informationen zusammengetragen zu haben. Obwohl Paris eine so bunte Stadt ist, wirken die Straßen grau, denn Du bist nicht bei mir. Aber bald wird sich vieles für uns ändern. Wenn es stimmt, was man mir erzählt, können wir demnächst gemeinsam hierherfahren, den Louvre besuchen und auf den Eiffelturm steigen. Wir werden im Hotel wohnen und uns bedienen lassen, ma chère.

Hüte unser Geheimnis wie Deinen Augapfel und lass niemanden ins Zimmer. Jetzt, wo wir so nah am Ziel sind, darf nichts mehr dazwischenkommen. Je t'aime! Jacques.

Beim Lesen der Zeilen hörte sie das warme Timbre seiner Stimme, strich mit dem Finger über die schwungvolle Schrift. Jetzt erinnerte sie sich an die geöffnete Eingangstür, spürte wieder den Luftzug auf der Haut.

Sie zog ihren Regenmantel über und machte sich auf den Weg. Die Straße, die an der Ouvèze entlangführte, war menschenleer. Das Wasser, das seinen Weg vom Wehr an den großen Steinen vorbei suchte, rauschte laut. Kurz blieb Jeanine stehen und folgte mit den Augen dem Flussverlauf, vorbei an Felsbrocken und runden Kieseln. Es würde einige Tage brauchen, bis die Schlammfarbe, die es nach dem heftigen Gewitter angenommen hatte, verschwinden und das Wasser wieder klar sein würde.

Dafür war sie nun hell im Kopf. Jacques war gestern Abend da gewesen. Und mit etwas Glück wartete er dort noch auf sie. Beseelt von diesem Gedanken, hastete sie weiter.

*

»Ganz ehrlich, ich finde es unmöglich! Er hätte wenigstens sagen können, was los ist.« Ungehalten riss Alice mehrere Müllbeutel von der Rolle, die bei Georges in der Küche lag. Dann schloss sie die Tür und folgte ihm in den Kleinbus.

»Er hatte bestimmt gute Gründe, so plötzlich zu verschwinden.« Georges fuhr langsam aus der Gasse auf die Hauptstraße. »Vielleicht ist er ein konfliktscheuer Mensch und hat sich in die Enge getrieben gefühlt. Kann gut sein, dass er genau wusste, was wir ihn fragen wollten, und noch nicht dazu gekommen war, mit seiner Frau – wie hieß sie? Louise? – zu sprechen.«

»Auch wenn das der Fall war, hätte er sich verabschieden können.«

»Vielleicht wurde er auf dem Handy angerufen und musste schnell weg?«

»Kann es sein, dass es dir ganz recht ist, wie es gelaufen ist?« Alice wurde allmählich ärgerlich, dass Georges so viel Verständnis für Henri Roux aufbrachte. »Wann kapierst du endlich, dass wir bald eine Lösung für Jeanine brauchen? Gestern hat sie schon wieder von diesem Jacques angefangen.«

»Die haben wir doch längst! Willem ist bei ihr. Und wenn *du* nichts findest, ziehst du zu mir in die Wohnung.«

»Oder ich ziehe in das hübsche Designerhaus, das bei

Alain Bardou auf dem Grundstück steht.« Alice spürte ein unbändiges Verlangen, mit Porzellan um sich zu werfen.

»Bitte?!« Unvermittelt trat Georges auf die Bremse, was ihm sofort ein Hupkonzert der nachfolgenden Autos einbrachte.

»Angeboten hat er es mir mehrmals.« Alice sah starr geradeaus.

»Du würdest mit diesem aufgeblasenen Fatzke zusammenziehen?!«

»Das Haus ist wunderschön, man darf ja mal darüber nachdenken, oder?«

Während Georges schweigend weiterfuhr, betrachtete Alice ihn aus dem Augenwinkel. Sie dachte an seine Bemerkungen zum Thema *Familie* zurück. War seine Familie wirklich für ihn gestorben? Und aus welchem Grund? Hatte er Angst, wieder in eine ähnliche Struktur hineingezogen zu werden? Oder fühlte er sich auf seinem Fünf-Sterne-Planeten plötzlich unantastbar und nahm alles andere nur noch als eine Störung in seiner persönlichen Umlaufbahn wahr? Sie spürte, wie *die Marie* in ihr erwachte. Schade, dass sie nicht kündigen konnte.

Georges schlug auf das Lenkrad und fluchte laut über ein riesiges Wohnmobil, das auf der Hauptstraße zu wenden versuchte. »Verdammte Touristen!«

»Apropos Touristen. Was ist, wenn Willem morgen weiterzieht? Es ist nicht gesagt, dass er ewig in Beaulieu bleibt. Dann hätten wir das Problem mit Jeanine erneut auf der Tagesordnung. Schließlich können wir nicht beide zu dir ziehen.« Sie holte tief Luft. »Oder zu Alain.«

»Wir finden eine Lösung. Wahrscheinlich meldet Roux sich heute und klärt die ganze Geschichte auf.«

Als sie auf das Hotel zufuhren, sahen sie ihr Sorgenkind vor dem hohen Hoteltor stehen. Kaum hatte Georges den Motor ausgemacht, riss Jeanine die Beifahrertür auf. »Es ist alles zu!« Ihre Stimme überschlug sich. »Ich komme nicht hinein. Was soll ich jetzt machen?«

»Natürlich ist das Hotel zu«, sagte Alice behutsam. »Aber wir sind immer hinten in den Garten gegangen, weißt du noch?« Sie stieg aus und zeigte auf den Schleichweg am Rande des Zauns.

»Alles zu«, wiederholte Jeanine kopfschüttelnd. »Alles zu.«

»Ich sehe mal nach.« Im nächsten Moment war Georges wieder da. »Sie hat recht. Jemand hat über Nacht den Bauzaun erneuert. Es gibt keine Lücke mehr. Ob dieser Roux das veranlasst hat?«

»Nein. Das muss jemand anderes gewesen sein.« Alice dachte daran, wie angeregt ihr Gast sich gestern Abend mit allen unterhalten hatte. An die Tränen, die ihm bei dem Piaf-Lied gekommen waren. Und wie aufgeregt er war, als er vermutete, es könne jemand im Haus sein. Sie konnte sich nicht vorstellen, dass er dahintersteckte. Aber wer dann?

Stumm starrten sie durch die hohen Gitterstäbe auf das Gebäude mit den geschlossenen Läden. Nie zuvor hatte das Haus so abweisend und unnahbar auf sie gewirkt. Alice nahm Jeanine in den Arm und drückte sie sanft. »Keine Angst. Wir finden einen Weg.« Sie dachte an ihre Katzen, die sicher bereits hungrig auf sie warteten.

»Sagt bloß, ihr seid schon fertig mit dem Aufräumen?« Willem sprang neben ihnen vom Fahrrad, am Lenker eine gefüllte Einkaufstasche.

»Wir haben noch nicht mal angefangen. Jemand hat

einen neuen Zaun errichtet und uns ausgesperrt«, sagte Alice.

Willem stellte sein Rad ab. »Schauen wir doch mal.« Im Gänsemarsch folgten sie ihm. »Das ist kein großes Problem«, sagte er, nachdem er die Zaunelemente begutachtet hatte. »Ich habe in den Ferien mal auf dem Bau gearbeitet. Dort waren ähnliche Teile im Einsatz. Man kann die ganz einfach aushebeln und wieder einhängen. Das fällt keinem auf.«

Georges rollte die Augen. »Was wären wir nur ohne dich und deine ehemaligen Jobs.«

*

Das Chaos auf der Terrasse war enorm, aber Jeanine überließ das Aufräumen ihren Freunden. Der Gedanke, dass ein Fremder hier sein Unwesen trieb, machte ihr große Angst. Nicht auszudenken, wenn jemand Jacques' Sachen entdecken und stehlen würde! Sie hastete die Stufen hinauf und langte in das Versteck. Erst als ihre Finger den Schlüssel ertasteten, beruhigte sich ihr Herzschlag ein wenig.

Sie schloss die Zimmertür hinter sich, öffnete den Schrank und griff hinter die Rückwand. Erleichtert atmete sie auf. Niemand hatte das Versteck gefunden. Im Moment war ihr Geheimnis sicher. Aber wie lange noch?

*

Bereits beim Aufräumen war Alice das anstehende Gespräch mit Henri Roux in Gedanken mehrmals durchgegangen. Und auch jetzt, auf dem Weg in das kleine Bergdorf, versuchte sie sich vorzustellen, wie das Treffen ablaufen könnte.

War sie vor ihrer ersten Begegnung etwas unsicher gewesen, fühlte es sich heute an, als würde sie in einen Hinterhalt gelockt und gleich von allen Seiten beschossen werden. Ohne die geringste Ahnung zu haben, wer es auf sie abgesehen hatte und aus welchem Grund.

Wieder fuhr sie die schmale Straße entlang, die tief in das enge Tal führte. Doch im Gegensatz zu ihrer letzten Fahrt wirkte die neblige Senke heute bedrohlich. Wie ein Weg zu einem Ort, von dem noch niemand zurückgekehrt war.

Alice versuchte, die negativen Gefühle abzuschütteln. Es hatte keinen Sinn, sich Sätze zurechtzulegen, wenn man nicht wusste, was der Gegner im Schilde führte. Sie dachte an den panischen Blick, mit dem Roux Jeanine angeschaut hatte, wie er ihr eindringlich immer wieder die gleiche Frage gestellt hatte. Vor wem hatte dieser Mann so eine Angst?

Er würde es ihr auch heute wohl nicht sagen. Aber sie wollte ihm ein letztes Mal die Dringlichkeit der Lage schildern, bevor sie aufgab. Sie begann erneut Argumente zu sammeln und verfluchte die Tatsache, dass sie kaum etwas von ihm wusste, keine Ahnung hatte, wo sie wirkungsvoll ansetzen konnte bei dem Gespräch.

Als sie aus dem steilen Waldstück herausfuhr und sich dem Dorf näherte, bahnte eine blasse Sonne sich ihren Weg durch die Schleierwolken. Sofort wurde es dampfig wie in einer Waschküche. Ein feuchter Film bildete sich auf ihrer Haut.

Mit schnellen Schritten ging sie durch die verlassenen Gassen zu seinem Haus. *Ich wollte nur sichergehen, dass mit Ihnen alles in Ordnung ist*, klang für den Anfang ganz gut. *Wir haben gar nicht mitbekommen, dass Sie gegangen sind.* Während sie abwog, ob der Zusatz nicht zu vorwurfsvoll klang, war sie an Roux' Adresse angekommen und klopfte fest an die Tür.

Ich wollte nur sichergehen ... Nichts regte sich. Nachdem sie ein weiteres Mal geklopft hatte, spähte Alice durch die Maschen des Fliegenfensters. Das Wohnzimmer lag im Dunkeln. Es war unmöglich, etwas darin zu erkennen.

In der Hoffnung, dass Roux noch auftauchen würde, beschloss Alice, einen Spaziergang zu machen. Sie musste den Kopf frei kriegen. Sollte er dann immer noch nicht zu Hause sein, würde sie ihm eine Nachricht in den Briefkasten werfen.

Alice schlug den Weg zur Kapelle ein und trat ein. Sogar hier war die Luft zum Schneiden. Unschlüssig ging sie durch den Mittelgang und setzte sich auf die vorderste Bank. Jemand hatte neben die Madonnenfigur einen bunten Strauß Feldblumen gestellt, die ihre Köpfe bereits hängen ließen.

Während sie die Holzstatue betrachtete, fielen ihr die ersten Interviews ein, die sie geführt hatte. Wie nervös sie gewesen war und wie sie mit der Zeit gelernt hatte, sich auf ihre Fähigkeit, mit Menschen ins Gespräch zu kommen, zu verlassen. Sie musste auch jetzt darauf vertrauen, dass alles sich fügen würde. Viel mehr lag nicht in ihrer Macht.

Ermutigt ging Alice die ausgetretenen Steinstufen hinter der Kirche hinauf und fand sich auf einem kleinen Friedhof wieder. Die Sicht, die man von hier aus hatte, war überwältigend. Sie dachte an Jeanine und ihre Angewohnheit, mit den Verstorbenen zu sprechen, und war sich sicher, dass dieser Ort ihr gefallen würde.

Im Gegensatz zu ihrer alten Freundin hatte Alice ein kompliziertes Verhältnis zum Tod und spürte einen festen Knoten im Bauch, sobald davon die Rede war. Wie oft hatte sie scherzhaft gesagt, dass sie ein gutes Klageweib abgeben würde. Bei jeder Beerdigung liefen ihr die Tränen über die Wangen. Egal, ob sie den Menschen gekannt hatte oder nicht.

Langsam schlenderte sie an den Grabsteinen vorbei und blieb immer wieder stehen, um sich die Namen und Bilder der Verstorbenen anzusehen. Alice dachte an ihre Mutter, mit der sie sich nicht hatte aussöhnen können, bevor sie in die Demenz abgerutscht war, erinnerte sich an den ersten und einzigen Besuch am Grab ihrer Eltern in Straßburg zurück. Ein endgültiger Schlusspunkt aus poliertem Granit.

Nachdem sie eine Weile auf der Mauer gesessen und das Panorama genossen hatte, wandte sie sich zum Gehen. Dabei stach ihr zwischen all den verblassten Plastik- und Keramikdekorationen etwas Rotes ins Auge: eine einzelne Rose auf einer dunklen Marmorplatte. Neugierig ging Alice zwischen den Reihen hindurch, um zu sehen, wem man diese Blume gebracht hatte.

Als sie jedoch las, wer dort seit zwei Jahren begraben lag, stockte ihr der Atem: *Louise Roux*.

*

Georges staunte immer noch, wie viel Energie diese positive Kritik bei ihm freisetzte. Trotz der kurzen Nacht und dem mühsamen Aufräumen im Hotel wirbelte er durch seine Küche. Er füllte die Spülmaschine mit dem heil gebliebenen Geschirr des vorangegangenen Abends und machte sich summend an das Auspacken der Einkäufe. Jeanine hatte sich wieder beruhigt und war mit Willem nach Hause gegangen, Alice kam sicher bald mit Antworten von Roux zurück.

Nachdem alles für den Abend hergerichtet war, bereitete er etwas zum Mittagessen vor und ging hinaus. Vor dem Restaurant hatte das gestrige Gewitter ein Chaos hinterlassen. Unter den Tischen lagen Blätter und Äste, und der Sturm hatte zwei Blumenkübel umgeweht.

Während er alles zusammenkehrte, blieben immer wieder Passanten stehen, um ihm zu der guten Bewertung zu gratulieren. Die Auszeichnung wirkte sich auch auf die Reservierungsanfragen aus. Andauernd klingelte das Telefon, doch Georges vertröstete die Anrufer auf einen anderen Termin.

Er notierte gerade einen weiteren Wunsch, als Alice hereinkam. »Schön, dass du schon da bist! Hast du Hunger? Ich habe uns einen Salat gemacht.« Er lotste sie an den Küchentisch. »Für die kommenden Tage sind wir komplett ausgebucht. Wenn das so weitergeht, muss ich vergrößern.«

Schnell deckte er den Tisch und mischte die Soße unter den Salat. »*Voilà*. Jetzt erzähl mal. Wie ist es gelaufen? Hast du Roux fragen können, was los war?«

»Wir können die Sache knicken.« Alice stocherte verbissen auf ihrem Teller herum. »Der Kerl führt uns an der Nase herum.«

»Was hat er denn gesagt?« Im Vergleich zu Alice aß Georges mit großem Appetit. »Hat er sich endlich mit seiner Frau unterhalten können?«

»Ich habe mit niemandem gesprochen und Roux sicher auch nicht mit seiner Frau.«

»Woher weißt du das?«

»Er war nicht zu Hause, deshalb bin ich eine Runde durch den Ort gegangen und auf den Friedhof.«

»Nicht gerade dein Lieblingsort.«

»In diesem Fall aber sehr hilfreich.« Alice nahm seine Hand. »Georges, Henri behauptet stets, er müsse erst mit Louise sprechen, bevor er etwas entscheiden kann. Aber sie ist bereits vor zwei Jahren gestorben.«

Georges legte seine andere Hand auf ihre und drückte sie fest. »Das stellt uns vor ein neues Problem«, sagte er leise. »Aber wenn schon. Du hast Léon ja auch noch lange nach seinem Tod angerufen, oder?«

Er wusste nicht, wie lange sie so dagesessen hatten, bis Alice ihm in die Augen sah. »Ich mache das immer noch. Die Angst, dass ich den Klang seiner Stimme vergessen könnte, ist an manchen Tagen so groß, dass ich nicht anders kann.«

Georges zog sie sanft in seine Arme. »Wenn dir das hilft, ist das doch in Ordnung. Jeder soll mit seiner Trauer so umgehen, wie er es für richtig hält.«

»Das Schlimmste ist, dass manche Dinge schleichend verschwinden. Zuerst haftete der vertraute Geruch noch in seiner Kleidung. Ich weiß nicht, wie oft ich vor dem Schrank stand, ein Hemd, ein T-Shirt in die Hand nahm und es mir vor das Gesicht hielt, Léons Duft in mich aufsog. Stets begleitet von der Panik, dass er sich eines Tages für immer verflüchtigt haben könnte. Dann wäre ein weiterer Teil von ihm für immer fort.«

Georges wiegte sie langsam, während sie sich an seine Schulter kuschelte.

»An den meisten Tagen geht es mir wirklich gut. Ich bin

nicht mehr die von Trauer zerfressene Frau, die ich war, als ich herkam. Der Schmerz ist noch da, aber er hat längst nicht mehr diese alles vernichtende Kraft, die schönen Seiten meines Lebens zu zerstören. Die Trauer ist einen Schritt zur Seite getreten und lässt nun Platz für anderes. Manchmal kommt es mir gar vor, als hätte ich mich in den letzten drei Jahren gehäutet.

Dennoch gibt es immer noch diese Momente, in denen ich Angst habe, mir eines Tages Léons Gesicht nicht mehr vor Augen holen, mich nicht mehr an sein Lachen erinnern zu können. Diese Bilder rufe ich mir so oft ins Gedächtnis, dass ich befürchte, sie könnten brüchig werden und eines Tages zerfallen.«

»Aber wenn wir von jemandem erzählen, alte Geschichten hervorholen, bleiben diejenigen, die wir geliebt haben und lieben, für immer bei uns«, sagte Georges. »Wir können zwar nicht mehr direkt zu Léon *Weißt du noch?* sagen, aber immerhin zueinander.«

»Nicht mehr in dem Umfang, glaube ich.« Langsam fuhr Alice mit dem Zeigefinger über das Pflaster auf seiner Hand. »Wenn jemand geht, verlieren auch die gemeinsamen Erlebnisse an Intensität.«

Als Alice eine Stunde später aufbrach, begleitete Georges sie vor die Tür. Beim Abschied schloss er sie in die Arme und hoffte, sie konnte seine tiefe Liebe spüren. »Ich bin immer für dich da«, flüsterte er. »Was auch noch geschehen wird, du kannst auf mich zählen ...«

Alice umfasste seine Hüfte und sah ihn an. »Das weiß ich. Danke.« Dann drehte sie sich um und ging ohne einen weiteren Gruß davon.

Georges sah ihr nach, wie ihre Gestalt immer kleiner wurde, bis sie in die Gasse neben der Metzgerei verschwand.

Er stellte sich vor, wie sie im Vorbeigehen einen Blick ins Café um die Ecke werfen und einem Bekannten zuwinken würde. Wie sie kurz vor dem Schaufenster der Buchhandlung stehen blieb, die Kiste mit den Sonderangeboten prüfte, bevor sie rechts abbog und durch den schmalen, rosengesäumten Durchgang zur Kirche und von dort zu ihrer Wohnung gelangte.

Er hätte jeden Stein, jeden Blumenkübel auf ihrem Nachhauseweg beschreiben können, die Strecke mit verbundenen Augen gehen können. Er kannte ihre Bewegungen, ihre Mimik auswendig, konnte in ihr lesen wie in einem Buch. Doch vor allen Dingen wusste er, dass er für Alice eine ganz besondere Zutat brauchte: Geduld.

18

Am Ende der Arkaden bog Alice in die Gasse ab. Im Vorbeigehen winkte sie einem Bekannten im Café zu und blieb vor dem Buchladen stehen. An der Innenseite des Schaufensters klebte eine handgeschriebene Notiz: *Habe meinen Schlüsselbund verloren. Mäppchen aus braunem Filz.* Darunter eine Telefonnummer.

Nach Léons Tod war oft die Rede davon gewesen, dass *er sein Leben verloren hatte.* Wie verrückt war denn dieser Ausdruck? Er hatte es weder verlegt noch war es ihm, wie dieser Schlüsselbund, aus der Tasche geglitten. *Es hatte ihn das Leben gekostet.* Das ja. Zu einem hohen Preis, und er hatte lediglich den Tod dafür bekommen.

Es war der Tag gewesen, an dem sie Léon die große Neuigkeit hatte erzählen wollen. Endlich hatte sie sich dazu entschlossen, mit ihm nach Beaulieu zu ziehen, dort ein Haus zu suchen und zusammen alt zu werden. Zur Feier dieser Entscheidung hatte sie ein Huhn mit vielen Knoblauchzehen zubereitet, nach einem Rezept, das aus einem alten Kochbuch von Jeanine stammte.

Léon hatte angerufen, dass es etwas später werde, weil er ein Interview mit einem Bandenchef in einem Problemviertel in den *Banlieue* führen wolle. Kein Problem, hatte sie gesagt. Das Essen wird immer besser, je länger es im Ofen vor sich hin schmort. Doch es war immer später geworden. Sie hatte die Röhre schon ausschalten wollen, als es klingelte.

Zwei Polizisten stehen mit ernster Miene im Treppenhaus und fragen nach ihrem Namen. Bevor sie richtig erfasst, was los ist, riecht sie das Aftershave, das auch ihr Vater immer benutzte. Diese Erinnerung bringt sie aus der Fassung, denn sie hat lange nicht mehr an ihn gedacht.

Sie erinnert sich an die Nase des etwas dickeren Beamten, der sich nervös räuspernd mit der Hand über das Kinn streicht, an seinen Kollegen, der Stift und Block in der Hand hält. Sie erinnert sich an die klackernden Absätze der Nachbarin, die in diesem Moment die Treppe hinunterrennt. Sie spürt, wie ihr das Leben durch die Finger rinnt wie eine Handvoll Sand. Gerade ist sie noch voller Zuversicht gewesen, an der Schwelle zu einem neuen Lebensabschnitt.

Im nächsten Moment löst sich alles auf, befindet sie sich im freien Fall. Die Worte *Schusswechsel* und *identifizieren* dringen zu ihr durch. Plötzlich friert sie bis ins Mark, ist unfähig, etwas zu sagen.

In Gedanken versunken bog sie in den schmalen Durchgang zur Kirche ein, gerade als die Glocken zu läuten begannen. Alice spürte den Klang geradezu körperlich und wünschte, die Schallwellen würden die Erinnerungen an diese schreckliche Zeit mit davontragen.

Stattdessen brachten sie Bilder von der Trauerfeier in Paris. Nie hatte sie sich zwischen so vielen Menschen einsamer gefühlt. Sie erkannte Fragmente von Léons Lieblingsmusik, roch den kalten Rauch in der Kleidung seiner Kollegen, hörte Satzfetzen aus den Ansprachen seiner Weggefährten. Immer wieder hieß es, dass Léon *zur falschen Zeit am falschen Ort* gewesen sei. Immer wieder betonte man, das Leben gehe weiter. Doch wie dieses Leben aussehen könnte, dazu schwiegen sie.

Auch von Gott war häufig die Rede gewesen. Aber gab

es den überhaupt? Und wenn ja, wie gestaltete er sein Tagwerk? Musste man sich ihn vorstellen wie einen Buchhalter, der nach einem ausgearbeiteten Plan handelt? Oder war er eher der Lotto-Typ, der aus dem Bauch heraus entschied, was als Nächstes geschah?

In den ersten Tagen nach Léons Tod waren seine Freunde präsent. Sie unterstützten Alice, begleiteten sie im Irrgarten der Abläufe und Formalitäten. Doch als sie den Wunsch äußerte, Léon ein letztes Mal zu sehen, versuchten sie es ihr auszureden, hatten plötzlich keine Zeit. Alice ließ sich aber von diesem Vorhaben nicht abbringen und besuchte ihn allein.

Friedlich sah er aus, wie er dort im Halbdunkeln vor ihr lag. Kein Hinweis auf den blutigen Schusswechsel, in den er geraten war. Behutsam strich sie über seine Hand. Der Gedanke, dass er sie nie wieder berühren, nie wieder mit ihr sprechen würde, brachte sie fast um den Verstand.

Léon, wo bist du?

Ein Windhauch ließ die Jalousien vor dem gekippten Fenster erzittern.

Léon?

Noch vor Tagen hatte sie an ihn als einen vitalen Mann gedacht, voller Pläne und Ideen. Jetzt lag er tot vor ihr im Leichenschauhaus.

Wäre es nicht passiert, wenn sie sich eher zu diesem Umzug entschlossen hätte? Wenn sie nicht so lange gezögert und ihre Zeit nicht mit unsinnigen Dingen verbracht hätte, anstatt jede Sekunde ihres Lebens mit ihm zu teilen?

Léon?

Eine unerträgliche Stille senkte sich über den Raum,

stülpte sich über sie. Die Luft wurde dünn, das Atmen fast unmöglich.

Einen letzten Blick, dann entfernte sie sich mit bleischweren Schritten von ihm. Ging über das grüne Linoleum auf das sonnengeflutete Ende des Korridors zu. Dahinter wartete der Sommer. Wie ein greller Abgrund. Ein unendliches Nichts.

»Alice?«

Erschrocken drehte sie sich um und sah einen freudestrahlenden Alain auf sich zukommen. »Schön, dass ich dich noch sehe! Ich hatte schon ein paar Mal bei dir geklingelt, aber ...« Er musterte sie. »Ist was passiert?«

»Wie man es nimmt. An manchen Tagen kommen die Erinnerungen wieder hoch.« Sie durchwühlte ihre Handtasche nach dem Haustürschlüssel.

»Erinnerungen an Léon?«

Alice nickte.

»Habt ihr deshalb gestern nicht gefeiert?«

»Wie kommst du denn darauf?«

»Ich kam zufällig am Restaurant vorbei, und dort war alles dunkel.«

»Das Fest fand woanders statt.« Alice überlegte, ob es ratsam war, ihm von dem Hotel zu erzählen. Ihr Handy klingelte.

»Wie wär' es heute mit Applaus für ein gar wunderbares Haus?«

Alice lachte auf. Nach kurzer Überlegung antwortete sie: »Versuchen wir es doch erneut, ich wäre absolut erfreut!« Vergnügt beobachtete sie, wie Alain die Augen aufriss. »Wo wollen wir uns treffen?«

Monsieur Dumont hatte eine verständliche, ungereimte

Wegbeschreibung vorbereitet, und Alice konnte sich gut vorstellen, wo die Immobilie sich befand. Sie verabredeten sich um sechs.

»Diesmal gibt es einen Garten«, fügte Dumont hinzu.

»Monsieur, ich kann es kaum erwarten!«, ergänzte Alice. Sie drehte sich zu Alain, der mit stoischer Geduld darauf wartete, das Gespräch fortzusetzen, und stellte sich vor, wie humorlos er reagieren würde, wenn er einen Menschen wie Dumont kennenlernen würde.

»Tut mir leid, ich muss los«, sagte sie. »Mein Makler ruft.«

»Einer, mit dem du in Reimen sprichst?«

»Ja, einer der ganz besonderen Sorte. Zudem wartet eine in Prosa maunzende Katze auf mich.« Sie hielt die Vorratsbox hoch, die Georges ihr mitgegeben hatte. »Und die Reste vom Feste sollten in den Kühlschrank. Bis bald!«

»Verstehe … Nun ja, wie ich schon sagte: Für die Erfüllung mancher Wünsche braucht man einen langen Atem«, sagte Alain. Dann drehte er sich um und ging mit großen Schritten davon.

Alice fand die Abzweigung zum Anwesen sofort. Der Weg führte durch einen alten Olivenhain. Zwischen den Bäumen standen Schafe, die müde den Kopf hoben, als sie vorbeifuhr. Die Straße, die mehr oder weniger aus Schlaglöchern bestand, schlängelte sich weiter durch hohes Gestrüpp und ein kleines Wäldchen, bis ein trutziges Gebäude in Sicht kam. Es lag direkt an der Ouvèze, und seine schmucklose Fassade wirkte wenig einladend.

Kaum war sie ausgestiegen, kam Monsieur Dumont ihr schon entgegengetänzelt. Trotz der hohen Temperaturen trug er auch heute Anzug und Krawatte. Er begrüßte sie, dann streckte er beide Arme von sich und sah zu den ladenlosen Fenstern hinauf, die wie schwarze Augen in die Landschaft stierten.

»Schauen Sie sich das an«, rief er begeistert. »Ein Haus voller Vergangenheit, ein Heim für die Ewigkeit!« Bevor Alice etwas sagen konnte, ging er auf die wuchtige Eingangstür aus massivem Holz zu und zog sie unter Aufbietung seiner ganzen Kraft auf.

Alice, die fast damit rechnete, in dem klammen Korridor von einem rostigen Ritter überrascht zu werden, folgte Monsieur Dumont zögerlich. Nach einer langgezogenen Kurve kamen sie zu einer steilen Treppe und landeten von dort aus in einem riesigen Saal.

»Ist das nicht herrlich geräumig?«, jubelte Monsieur Dumont.

Allerdings. Man konnte hier Kinderfußballmannschaften trainieren lassen und den riesigen Kamin als Tor verwenden. Vielleicht wurde es hier sogar gemütlich, wenn man nach dem Spiel ein paar Wildschweine am Spieß grillte.

Hielt man sich hier jedoch allein auf, würde es nicht lange dauern, bis man sich, völlig depressiv, an einem der wuchtigen Deckenbalken aufknöpfen wollte. Die Wände waren aus grauem Gestein, der Boden bestand aus großen, braungemusterten Fliesen, die zum Teil gesprungen waren.

»Und so angenehm kühl«, sagte Alice, um etwas Positives anzumerken. »Doch leider habe ich nicht die Zeit, rund um die Uhr Holz herbeizuschaffen, damit die Temperatur auf Dauer erträglich bleibt. Aber für eine Familie mit zehn bis fünfzehn Kindern … ideal!«

»Sie haben die restlichen Räume noch gar nicht gesehen«, warf Dumont ein. Er gab ihr ein Zeichen, ihm zu folgen.

Im nächsten Moment standen sie in einer monumentalen Küche. Spüle und Anrichte waren aus altem, geschliffenem Granit, ansonsten war sie, bis auf einen großen Hackklotz samt Beil, leer. Wer hier kochte, schlachtete selber.

Alice suchte fieberhaft nach den richtigen Worten. Sie hatte keine Lust, alles, von den gruseligen Katakomben bis zu den von Spinnweben überzogenen Dachzimmerchen, zu besichtigen. »Das Haus ist wirklich ein Traum, doch für eine Person etwas groß bemessen«, begann sie.

»Eine Person?« Dumont sah sie groß an. »Haben Sie sich etwa getrennt?«

»Nein, mein Mann ist vor einigen Jahren überraschend gestorben.«

»Wie schrecklich! Aber sagten Sie damals nicht, dass er ...«

»Verhindert ist. Das stimmt ja in gewisser Weise auch. Wenn ich mir ein Haus ansehe, ist er in Gedanken immer bei mir, und ich frage mich, was er dazu gesagt hätte.«

Monsieur Dumont nickte bedächtig. »Verstehe. Wie traurig. Das erklärt jedoch auch, warum ich für Sie nie das richtige Objekt gefunden habe.«

»Wie meinen Sie das?«

»Ob Sie es glauben oder nicht, aber ich habe ein Gespür dafür, welches Haus zu welchen Menschen passt. Als Sie mich aufsuchten, betonten Sie, dass Sie etwas für Sie beide suchen. Dadurch hatte ich von Anfang an verloren.«

»Das tut mir leid ...« Alice sah auf die Uhr. Es war fast sieben. »Was halten Sie davon, wenn wir zusammen essen gehen, anstatt in dunklen Räumen zu frieren? Ich habe schrecklichen Hunger.«

»Sehr viel«, sagte Monsieur Dumont. »Ich kenne ein nettes Bistro in der Nähe. Es heißt *Au fin de la rue* und liegt tatsächlich ganz am Ende einer kleinen Straße. Fahren Sie mir einfach nach.«

Als sie am Ziel ankamen, fanden sie den Parkplatz verwaist vor.

»Das Lokal hat anscheinend den Pächter gewechselt«, sagte Dumont besorgt. »Ich kann nur hoffen, dass die Absenz jeglicher Kundschaft kein schlechtes Omen ist.«

»Vielleicht hat niemand Zeit, heute Abend essen zu gehen«, sagte Alice zuversichtlich. »Es ist ja noch relativ früh.«

Im Restaurant roch es stark nach fernöstlichen Gewürzen, was Monsieur Dumont gar nicht behagte. »Sollen wir nicht lieber gehen?«, fragte er leise. Doch in diesem Moment kam ein Kellner in einem viel zu weiten Anzug auf sie zu und führte sie entschlossen auf die Terrasse. Das Grinsen war so fest in seinem Gesicht fixiert, dass Alice den Impuls unterdrücken musste, ihm in die Wange zu zwicken. Ohne ein Wort zu sagen, deutete er auf einen Tisch und ließ ihnen zwei nagelneue Speisekarten da.

»Immerhin ist die Aussicht schön«, sagte Alice. »Schauen wir doch mal, was sie zu bieten haben.«

Monsieur Dumont runzelte beim Lesen die Stirn. »Ich bin kein Gourmet, aber mir scheint, dass auch der Koch ein neuer ist.« Er zeigte auf eine Spalte mit der Überschrift *Tibetische Gerichte*. »Das ist doch seltsam, oder?«

»Das würde den Geruch erklären.« Alice legte die Karte auf den Tisch. »Ich nehme einen Salat Niçoise. Da kann man nichts falsch machen. Und dazu einen Chardonnay.«

»Eine gute Wahl. Ich schließe mich Ihnen an.«

Als die Karten geschlossen auf dem Tisch lagen, kam

der Kellner sofort. Minuten später standen die Getränke und eine Karaffe Wasser vor ihnen.

»Und spurt der Koch nicht, wie wir wollen …« Alice hob das Glas.

»Werden hier bald Köpfe rollen«, ergänzte Dumont kichernd. »Auf Ihr Wohl!«

In diesem Moment wurden ihnen auch schon schweigend zwei riesige Teller auf den Tisch gestellt. Auf den ersten Blick ähnelte das Essen dem gewünschten Salat. Doch bei näherer Betrachtung bemerkten sie, dass einige Zutaten unbekannter Natur waren.

»Was ist *das* denn?« Monsieur Dumont zeigte mit der Messerspitze auf verschiedenfarbige Häufchen, die man zwischen Tomatenscheiben und Eierspalten auf die grünen Blätter verteilt hatte. »Dieses Grüngelb sieht ein wenig … giftig aus, oder?«

Alice tauchte ihre Gabel hinein und führte sie zum Mund. »Currylinsen«, japste sie, bevor sie ihr Wasserglas in einem Zug leerte. »Sehr scharf! Ich fürchte, man ist hier der Meinung, dass Nizza im Himalaya liegt.« Sie spülte mit einem großen Schluck Chardonnay nach.

Währenddessen sah Dumont nach, was sich unter den grünen Blättern verbarg, und stieß auf eine dicke Schicht Mie-Nudeln in einer braunen Soße, die durchdringend nach Fisch rochen. Angewidert verzog er das Gesicht. »Es scheint mir empfehlenswert, sich an die vertrauten Zutaten zu halten.« Er spießte einige Scheiben Tomaten auf. Doch kaum lagen sie ihm auf der Zunge, verzog er das Gesicht und rang nach Luft. »Chili!«, brachte er noch heraus, bevor er seinen Wein auf ex hinunterschüttete. Dann schob er den Teller angewidert von sich. Alice tat es ihm nach.

»Wir sollten das Lokal umbenennen«, sagte sie. »Wie wäre es mit *La catastrophe au fin de la rue*!«

»Das Lokal mit dem scheußlichen Schauermenü!« Darauf stießen sie mit dem restlichen Wasser an.

»Und jetzt?« Monsieur Dumont betrachtete sein leeres Glas.

Diese Frage hatte auch Alice sich schon gestellt. Georges' Restaurant schied aus. Dort saßen die Leute in Erwartung auf einen freien Platz sicher schon auf dem Bordstein.

»Was halten Sie davon, wenn ich meinen Kühlschrank plündere und Sie anschließend in ein Paradies entführe?«

Als Jules Dumont den Garten betrat, kam er aus dem Staunen nicht mehr heraus. »Welch ein bezaubernder Ort!« Langsam drehte er sich auf der Blumenwiese im Kreis. Er wollte noch etwas hinzufügen, aber Alice bedeutete ihm, leise zu sein. Sie zeigte auf Trouvé, die gerade aus dem Transportkorb sprang und durch das hohe Gras auf die beiden großen Katzen zutapste. Sie wichen kurz zurück, doch dann schnüffelten sie an ihrem bunten Fell und ließen sie gewähren. Alice atmete auf. Sie waren auf dem richtigen Weg.

Georges und Willem hatten ganze Arbeit geleistet. Nichts wies mehr auf das Chaos des vergangenen Abends hin. Während die Katzen sich freudig über ihre Zusatzmahlzeit hermachten, holte Alice Teller und Gläser aus der Küche. Dumont folgte ihr und vergaß vor lauter Begeisterung zu reimen.

»Was für ein Juwel«, sagte er immer wieder. »Ein Objekt wie in einem Märchen.«

»Da haben Sie recht. Doch leider scheint irgendwo ein

böser Wolf zu lauern.« Während sie die mitgebrachten Speisen auf eine Platte legte, erzählte Alice ihm, was alles passiert war, und öffnete eine Flasche eiskalten Rosé. »Aber jetzt essen wir erst mal. Ich habe Hunger wie ein Löwe!«

Als sie alles vertilgt hatten, rieb Monsieur Dumont sich wohlig den Bauch. »Leider gibt es kein Haus bisher, doch unsere Bekanntschaft freut mich sehr!« Er fütterte Colette, die ihm nicht von der Seite wich, mit einem letzten Stückchen Fisch.

»Haben Sie auch eine Katze?« Alice zog eine weitere Flasche Wein auf.

»Leider nein. Ich würde mich aber sehr freuen, wenn mich so ein nettes Tier zu Hause erwarten würde.«

»Ich möchte nicht neugierig sein, aber gehen Sie ganz allein durchs Leben? Oder gibt es da eine Herzensdame?«

Dumont nahm einen tiefen Schluck aus seinem Glas, dann zwirbelte er das linke Ende seines Schnurrbarts zu einer perfekten Spitze. »Wo soll ich anfangen ...«

»Nur, wenn Sie es erzählen wollen. Wir haben alle Zeit.«

»Es gab da mal jemanden vor langer Zeit.« Monsieur Dumont starrte an Alice vorbei in den Garten. »Doch gerade als wir uns annäherten, zog sie weg.« Ein tiefer Seufzer. »Sie hieß Giselle. Wir schrieben uns noch eine Weile, dann hörte ich nie wieder von ihr.

Aber an manchen Tagen kann ich das Herzklopfen wieder spüren, das ich bei unserem ersten Rendezvous hatte. Wir wollten ins Kino gehen, doch dummerweise hatte ich die Karten zu Hause vergessen.« Erneut ließ er den Blick schweifen. »Stattdessen gingen wir am Fluss spazieren und setzten uns irgendwann auf einen der Felsen am Ufer.«

Alice schloss die Augen. Sie stellte sich eine junge Version dieses Mannes vor, schlanker und mit vielen schwarzen Locken, hörte das leise Kabbeln des Wassers, sah, wie die Dämmerung hereinbrach. Sie konnte seiner warmen Stimme stundenlang zuhören.

»Wie zufällig berührten sich unsere Hände«, fuhr Dumont leise fort. »Zuerst lagen sie nebeneinander, dann fasste ich mir ein Herz und strich sanft über ihre Finger. Plötzlich schrie ein Vogel auf und flatterte aus dem Gebüsch hoch. Giselle erschrak. Ich machte mir die Situation zunutze und legte ihr meinen Arm um die Schultern. Später, als ich sie nach Hause begleitete, habe ich sie im Schatten einer großen Platane zum ersten Mal geküsst. Leider auch zum letzten Mal.«

Schweigend saßen sie da und sahen zu, wie die Dämmerung hereinbrach.

»Danach haben Sie sie nie mehr getroffen?«

»Nie wieder.«

»Ob es im Leben eine zweite große Liebe gibt?«

»Darüber habe ich oft gegrübelt«, sagte Dumont und schenkte Wein nach. »Doch ich habe sie leider noch nicht getroffen.« Er sah Alice an. »Und wie sieht es bei Ihnen aus?«

»Darüber bin ich mir noch nicht im Klaren. Ich werde mir mit dieser Frage Zeit lassen.« Sie betrachteten die drei Katzen zu ihren Füßen und nippten an ihrem Wein. Der Abendhimmel wurde dunkler.

»So langsam sollte ich mich auf den Heimweg machen«, nuschelte Dumont irgendwann. Er schwankte bedenklich beim Aufstehen.

»Ich weiß nicht, wo Sie wohnen, aber fahren sollten Sie nicht mehr«, sagte Alice. »Was halten Sie davon, wenn Sie bei mir auf dem Sofa übernachten?«

Wie erwartet überforderte dieses Angebot Monsieur Dumont. »Da wird mir ja ganz blümerant«, sagte er. »Ssso ganz ohne mein Nachtgewand.« Wieder verlor er beinahe die Balance und konnte sich im letzten Moment am Tisch festhalten. »Ich trinke selten Alhol, wisssn Sie?«

»Sie fallen mir kein bisschen zur Last.« Alice setzte Trouvé in den Katzenkorb. »Ich habe sogar eine Zahnbürste für Sie.« Eingehakt lotste sie den beschwipsten Makler zu ihrem Auto.

Zu Hause angekommen, setzte sie Dumont auf die Stufen vor der Haustür und stellte den Korb mit Trouvé neben ihn. »Bleiben Sie bitte kurz sitzen, ich hole noch den Rest aus dem Auto.« Doch als sie Minuten später zurückkam, stand der Makler vor Alains Büro und schaute durch die Scheibe hinein.

»Ich bin zwar ziemlich blau, doch sehe Sie genau!«, lallte er fröhlich. Trouvé maunzte laut.

»Was machen Sie denn da?« Alice versuchte vergeblich, ihn von dem Fenster wegzulotsen.

»Er hat sich hinterm Schrank versteckt, ich glaub, ich hab ihn grad erschreckt!« Er drückte seinen Zeigefinger gegen das Glas. »Sssau! Da hintnn stehter!«

»Es ist gleich zehn. Da ist niemand mehr.« Alice begleitete Dumont in die Wohnung und setzte ihn mit einem großen Glas Wasser auf das Sofa. »Trinken Sie das mal. Und bleiben Sie *bitte* sitzen!«

Auf der Straße war niemand zu sehen. Alice befreite Trouvé aus dem Korb. Während die Katze die Treppe hinaufflitzte, schloss sie die Haustür und lauschte. Kurz darauf hörte sie, wie jemand die Kanzlei nebenan absperrte. Sie spähte durch den Türspion und sah direkt in das wütende Gesicht von Alain. Erschrocken wich sie zurück und wartete, bis ihr Herzschlag sich beruhigt hatte. Als sie erneut hinaussah, glaubte sie, er sei verschwunden.

Bis sie ihn in einem Schatten an der Kirche entdeckte, von wo aus er ihre Haustür genau im Blick hatte.

19

Am nächsten Morgen ging Alice auf Zehenspitzen an dem leise schnarchenden Monsieur Dumont vorbei. Trouvé verließ ihren Schlafplatz an seinen Füßen und sprang hinter ihr her.

Als sie in die Sonne trat, die Wärme auf der Haut spürte, den Wind in den Haaren, schloss sie die Augen. *Das ist Leben,* kam es ihr in den Sinn. Es war ein weiter Weg gewesen, bis sie sich diesen Gedanken erlaubte, bis sie sich nicht mehr täglich das Gestern zurückgewünscht hatte.

Wieder hatte die Trauer den Griff um ihr Herz ein wenig gelockert. Wieder war sie einen Schritt weiter im Heute angekommen. Genau, wie Léon sich das gewünscht hätte.

Sie stellte sich Henri Roux' gebückte Gestalt an Louises Grab vor, hörte ihn mit ihr sprechen. Wie schrecklich musste es sein, nach einem solchen Verlust ohne Vertraute zurechtkommen zu müssen. Auch ihre Enttäuschung war groß gewesen, als Léons Freunde nur noch aus Pflichtgefühl vorbeigeschaut und ihr Kommen bald ganz eingestellt hatten.

Nach wenigen Wochen war Georges unangemeldet aufgetaucht. Er hatte ihr zugehört, sie in den Armen gehalten und vorgeschlagen, auch ohne Léon nach Beaulieu zu ziehen. Dort würden viele Menschen nach ihr fragen und diese kleine Wohnung auf sie warten. Sie sollte keine Zeit verlieren, denn wie sie gesehen hatten, konnte das Leben bereits morgen vorbei sein.

Die erste Zeit war hart gewesen. Auch in Beaulieu igelte

sie sich ein, wurde auf Schritt und Tritt an Léon erinnert. An manchen Tagen saß sie nur dort und lauschte ihrem Herzschlag. Bewegte sich vorsichtig, mit schlurfenden Schritten.

Doch Jeanine und Georges waren immer für sie dagewesen. Georges bekochte sie und trocknete ihre Tränen, Jeanine bat sie um Hilfe im Garten und forderte sie auf, mit ihr zum Markt zu gehen. Langsam kroch sie aus ihrem Schneckenhaus hervor und kehrte ins Leben zurück. Diese Menschen wurden zu einer Familie. Hatten sie adoptiert, obwohl ihr alter Freund Léon nicht mehr lebte. Und was immer geschehen würde, sie würden nicht von ihrer Seite weichen.

»Einst war ich mal Ihr Hausberater, heut' stehe ich hier mit einem Kater.« Ein zerknitterter Dumont stellte sich mit reuevollem Gesicht neben sie. Die Krawatte hing ihm ungebunden um den Hals, und seine sonst so fröhlich blitzenden Augen sahen müde in die Welt. »Es tut mir sehr leid, dass ich Ihnen so viele Umstände bereite.«

Alice lächelte. Wieder dachte sie, wie viele Chancen dieser charmante und humorvolle Mann bei Frauen haben könnte, wenn er nur etwas mehr aus sich machte. »Nicht der Rede wert. Wie wäre es mit einem Kaffee?«

Als sie mit der Kanne zurückkehrte, stand Dumont an der Brüstung des Balkons. »Diesen Ausblick werden Sie gewiss vermissen«, sagte er. »So ein schönes Dachmosaik sieht man selten.«

»Wer weiß, was kommt. Noch habe ich die Hoffnung mit dem Hotel nicht aufgegeben.« Sie setzten sich, und Alice reichte ihm die Aprikosenmarmelade. »Im Grunde genommen fing alles hiermit an.« Sie erzählte ihm die Geschichte von Jeanine. »Und dieses kleine Biest hat dafür gesorgt, dass wir das alles erfahren haben.« Sie nahm Trouvé auf den Schoß und streichelte sie. »Drücken Sie uns die Daumen, dass alles ein gutes Ende findet!«

»Das werde ich«, versprach Monsieur Dumont. »Und richten Sie der Dame meine herzlichsten Grüße aus. Diese Konfitüre schmeckt wie ein Sommertag!«

Nachdem sie den Makler zu seinem Auto begleitet und ihre Katzen versorgt hatte, machte Alice sich auf den Weg zu Jeanine. Hoffentlich hatte sie den gestrigen Schreck am Hotel ähnlich schnell vergessen, wie ihr Alltägliches entglitt. Doch auch der gemeinsame Marktbesuch schien ihr entfallen zu sein.

»Sie besucht ihre Eltern«, sagte Willem. »Als sie mir das sagte, fiel mir ein, dass man im Niederländischen den Ausdruck *doodgewoon* verwendet, wenn etwas völlig normal ist. Wörtlich übersetzt heißt das *totgewöhnlich*. Weil der Tod eben zum Leben gehört. Jeanine ist die Erste, die ich kennenlerne, die das wörtlich nimmt und *doodgewoon* mit Verstorbenen umgeht.«

Er hatte eine Reihe Bretter auf zwei Böcke gelegt und strich sie mit einem Holzschutzmittel ein. »Was sagst du zu den ersten Fortschritten in puncto Hochbeet?«

»Ich bin sehr gespannt.« Alice fuhr mit der Hand über eines der Bretter, die gegen die Gartenmauer lehnten. »Und wie läuft's mit Josephine?«

Willem tauchte den Pinsel tief in die Lasur und strich weiter. »Könnte besser sein.«

»Meinst du, du bist noch hier, wenn die Hochbeete aufgestellt werden können?« Diese Frage beschäftigte sie immer mehr. »Oder wie sehen deine Pläne so aus?«

»Wenn ich das wüsste …« Willem wischte sich den

Schweiß von der Stirn. »Ich möchte mich da nicht fest-legen.«

»Das verlangt auch niemand«, sagte Alice. »Es wäre nur schön, wenn du nicht von heute auf morgen verschwindest. Schließlich hast du eine gewisse Verantwortung übernommen, indem du hier eingezogen bist.«

»Erzähl das Josephine mal«, brummte Willem. »Sie ist diejenige, die sich nicht entscheidet. Gibt es schon Neues in Sachen Hotel?«

»Leider nein. Alles, was wir herausgefunden haben, ist, dass Roux verwitwet ist. Daher haben wir beschlossen, ihm etwas Zeit zu lassen. Es läuft uns ja nicht davon.«

Willem nahm sich das nächste Brett vor. »Aber du musst bald aus der Wohnung ausziehen. Wann kommt dein Léon eigentlich mal her?«

»Er ist hier. Nur nicht in der Form, in der wir ihn kannten«, sagte Alice. »Léon ist vor drei Jahren gestorben.«

»O Gott!« Willem starrte sie mit offenem Mund an. »Wie schrecklich!«

Alice nickte. »Aus diesem Grund sollte man keine Zeit verschenken. Wenn man jung ist, wähnt man sich unver-wundbar. Aber der Tod kündigt sich nur selten an.« Sie krempelte die Ärmel hoch. »Hast du noch einen zweiten Pinsel?«

*

Die alten Antennen auf den Dächern des Ortes hatten meist keine Funktion mehr, doch für die Ringeltauben waren sie beliebte Turtelstationen. Fasziniert beobachtete Georges, wie ein gurrender Täuberich sich seiner Angebe-teten Strebe für Strebe näherte. Diese tat so, als sei sie empfänglich für seine Avancen, und drehte ihm immer wieder ermunternd den Kopf zu. Doch hatte das Männchen sie fast erreicht, flatterte sie davon.

So ging es ihm mit Alice, dachte Georges. Sie ließ ihn ganz nah herankommen – bevor sie verschwand.

Er dachte an das Versprechen, das er Léon wenige Monate vor dessen Tod gegeben hatte. Sie waren auf den Spuren ihrer Kindheit unterwegs gewesen und hatten gegen Mittag auf einem Felsen Rast gemacht.

»Erinnerst du dich noch daran, wie wir hier zum ersten Mal zusammensaßen?«

»Natürlich!« Georges konnte sich an jeden Urlaub erinnern, den er in Beaulieu verbracht hatte. Jeanines kleiner Nachbar und er waren in diesen Wochen unzertrennlich gewesen, seit sie sich im Alter von sieben kennengelernt hatten. »Du bist auf den letzten Metern ausgerutscht und hast dir das Knie aufgeschürft. Und hattest Angst, dass ich deine Tränen sehe.«

»Aber du hast mir ein Taschentuch gegeben und mir erzählt, bei welcher Gelegenheit du das letzte Mal geheult hast.« Léon hatte Georges' Hand genommen und sie fest gedrückt. »Seit dem Moment bist du wie ein Bruder für mich.«

Georges hatte das genauso empfunden. Auch wenn es Zeiten gegeben hatte, in denen jeder von ihnen mit seiner Lebensplanung beschäftigt gewesen war, in Beaulieu hatten sie sich getroffen und sich ausgetauscht, als wären sie gestern auseinandergegangen.

Léon hatte ihm von Alice erzählt. Und es gab nicht viele Menschen, die die Hintergründe von Georges' neuem Leben als Koch kannten, aber Léon gegenüber war er auch im Zusammenhang mit dieser Tragödie ehrlich gewesen.

Eine Weile hatte keiner von ihnen etwas gesagt. Bis Léon ihm eine Frage gestellt hatte: »Wenn mir was zustoßen sollte, würdest du dich dann um Alice kümmern?«

»Was sollte dir passieren? Bist du krank?«

»Nein, aber ein Kollege von mir ist bei einem Autounfall ums Leben gekommen. Auf der Fahrt zu einem Interview von der Fahrbahn abgekommen. Seitdem ist mir klar, wie schnell alles vorbei sein kann.«

Er hatte Léon sein Versprechen gegeben. Nicht wissend, wie schnell er es würde einlösen müssen. Und welche Gefühle er für Alice entwickeln würde.

Georges schloss das Wohnzimmerfenster und ging in die Küche hinunter. Heute Abend kam eine große Familie zum Essen, und es musste einiges vorbereitet werden. Er breitete seine Einkäufe vom Markt aus und legte sich in Gedanken einen Plan zurecht.

Zuerst röstete er Pinienkerne und gab sie zum Abkühlen auf einen Teller. Während er den Mangold für die Vorspeise blanchierte, schweiften seine Gedanken in die Bretagne ab. Er stellte sich vor, wie der Wind ihm das Haar zerzauste, und sehnte sich plötzlich nach der salzigen Luft, nach feuchtem Sand unter den Füßen. Vielleicht war es endlich mal möglich, das Lokal für eine Woche zu schließen und zu verreisen. Und mit etwas Glück konnte er sich auch im Sommer einen Ruhetag gönnen. Beschwingt von diesen Aussichten, sang er leise vor sich hin.

Behutsam legte er die Mangoldblätter auf Küchentücher und tupfte sie ab. Erst später würde er sie mit hauchdünnen Schnitzeln, Parmaschinken, Pesto und den gehackten Pinienkernen zu kleinen Rouladen wickeln, die er anbraten und mit einer scharfen Tomatensoße als Vorspeise servieren würde.

Georges arbeitete zügig weiter und war am frühen Nachmittag mit den Vorarbeiten fertig. Als sein Magen knurrte, nahm er die Paté aus dem Kühlschrank, mischte sich einen kleinen Salat und wollte sich zum Essen hinsetzen, als er hörte, dass die Tür des Lokals geschlossen wurde. Hatte er vergessen, abzuschließen?

Er spähte durch das runde Fenster in der Schwingtür und sah, dass ein Mann das Restaurant betreten hatte. Alles an ihm sah teuer aus: der Haarschnitt, der Maßanzug, die penibel aufeinander abgestimmten Farben von Hemd und Krawatte. Nicht zuletzt die dezente, aber sehr teure Uhr um das linke Handgelenk. Sein Großvater hatte eine solche gehabt.

Mit hochgeschobener Sonnenbrille ging der Gast taxierend umher. Prüfte die Qualität der gefalteten Servietten, hielt ein Weinglas gegen das Licht und stellte sich direkt vor eine der Grafiken an der Wand, um sie zu begutachten. Dabei bewegte er sich mit der Selbstverständlichkeit von jemandem, der es gewohnt war, dass seine Anordnungen befolgt wurden, dachte Georges. Oder wie ein Mann, der bei einem Geschäftsessen auf Nummer sicher gehen und nichts dem Zufall überlassen wollte.

Angeregt von dieser Idee stellte er schnell einen Teller mit Häppchen zusammen und betrat den Gastraum. »Kann ich Ihnen helfen?«

»Ein schönes Lokal haben Sie«, sagte der Mann, der gerade eine der Speisekarten in der Hand hielt. »Und eine schöne Idee, die Sie hier aufgegriffen haben. Ich könnte mir vorstellen, das Lokal boomt, oder?«

»Wir sind auf Tage im Voraus komplett ausgebucht.« Georges stellte eine Flasche Wasser und zwei Gläser auf den Tisch und schenkte ein. »Aber nehmen Sie doch Platz.«

Er setzte sich dem Mann gegenüber und stellte den Teller in die Mitte. »Bedienen Sie sich!«

»Ich habe die Kritik von Perrin gelesen«, sagte der Mann. Er nahm eines der belegten Brotstücke und schob es sich in den Mund. »Wirklich köstlich! Der Typ kennt sich aus und scheint nicht übertrieben zu haben.«

Während der Mann ihn weiter überschwänglich lobte, gratulierte Georges sich zu der Idee mit den Häppchen.

»Haben Sie jeden Mittag zu oder ist das heute eine Ausnahme?« Der Besucher lehnte sich zurück, schwang lässig die Beine übereinander und bediente sich erneut.

»Mittags lohnt es sich nur selten«, sagte Georges. »Wir machen schon mal eine Ausnahme, doch in der Regel verwöhnen wir unsere Gäste nur abends.«

»Aber im Prinzip wäre es möglich, oder?«

»Ich müsste mehr Personal einstellen. Und eine Großküche war nie mein Ziel. Sind Sie auf der Suche nach einem guten Mittagstisch?«

»Nicht unbedingt«, sagte der Mann. »Was zahlt man monatlich so im Schnitt für ein Lokal in dieser guten Lage?«

In Georges' Kopf flackerte zaghaft ein kleines rotes Licht. Er zeigte auf einen Sockel unten an der Wand. »Dieses Haus ist vergleichsweise günstig, wenn Sie darauf hinauswollen. Aber es weist viele Mängel auf. Die Wände müssten renoviert werden, und die sanitären Einrichtungen sind veraltet. Ganz abgesehen vom Zustand des Treppenhauses ... Die Liste ist lang, aber den Vermieter scheint das nicht zu kümmern.«

»Das wäre auch etwas viel verlangt, oder?« Der Mann schob sich das letzte Stück Brot in den Mund und kaute in Ruhe. »Sie als Geschäftsmann werden sicher verstehen, dass man sich nicht um alles kümmern kann.« Er machte eine allumfassende Handbewegung. »Vielleicht können Sie weitere Tische aufstellen?«

Worauf wollte der Kerl hinaus? Georges wünschte sich plötzlich nichts sehnlicher, als die Häppchen, die der Mann gegessen hatte, in Giftköder umwandeln zu können. »Ich wüsste nicht, warum.«

»Preiserhöhungen wären auch eine Möglichkeit, wenn Sie weiterhin nur abends öffnen wollen.« Der Mann tippte mit dem Zeigefinger auf die Speisekarte. »Im Vergleich zu anderen Restaurants dieser Art ist da noch eine Menge Spielraum.« Seine verspiegelte Sonnenbrille rutschte ihm auf die Nase zurück, sodass Georges sein verzerrtes Eben-bild in den Gläsern erkennen konnte.

»Wie auch immer. Ihnen wird sicher eine Lösung ein-fallen!« Beim Aufstehen griff der Mann in die Innentasche seines Jacketts und legte Georges einen Umschlag auf den Tisch. »Ich finde selber hinaus.«

Georges wartete, bis der Mann die Tür hinter sich ins Schloss gezogen hatte. Dann öffnete er das Kuvert und las das Schreiben.

Mit jeder Zeile wuchs sein Entsetzen.

*

Nachdem Jeanine sich ausführlich mit ihren Eltern und Großeltern unterhalten hatte, blieb sie vor dem Grab von Henriette Cornu stehen. Die Luft flirrte vor Hitze, und Jea-nine war froh, dass man für ihre alte Lehrerin einen Platz unter einer schattenspendenden Pinie ausgesucht hatte.

Der einfache Granitstein war von weißen und schwe-felgelben Flechten überzogen und das ovale Sepiafoto hatte im Lauf der Jahre einige feine Risse bekommen. Doch ihr Antlitz war unversehrt, und sie lächelte Jeanine freundlich zu.

In der Schule hatte Madame Cornu selten so liebenswert geschaut. In ihrer Klasse herrschten klare Regeln, und wer die nicht befolgte, bekam Ärger. Vor allem bei jeglicher Art von Lärm wurde sie fuchsteufelswild. Jeanine, die schon immer gern geplaudert hatte, wusste nicht, wie oft die Lehrerin sie deswegen bestraft hatte. Jedenfalls hatte sie zahlreiche Stunden ihres Lebens damit verbracht, Sätze zu schreiben wie: *Ich soll nicht mit Vinciane quasseln, wenn Madame Cornu mir das verboten hat.* Wobei die Namen ihrer Gesprächspartner und die Größenordnung der Arbeit variabel gewesen waren.

»Und ausgerechnet Sie liegen jetzt an diesem quietschenden Friedhofstor und können nicht mal ein Donnerwetter loslassen.« Jeanine kicherte in sich hinein. »Da hat sich der liebe Gott wirklich etwas Besonderes für Sie ausgedacht!« Als hätte das Tor ihre Unterhaltung mitgehört, machte es heute besonders viel Lärm, als Jeanine es hinter sich schloss.

Kurz bevor sie den alten Ortskern erreicht hatte, winkte Josephine ihr zu. Nachdem die Postbotin ein paar Umschläge in einen Briefkasten gesteckt hatte, schob sie ihre Karre auf Jeanine zu. »Bist du heute gar nicht auf dem Markt?«

Jetzt verstand Jeanine, warum die Umgehungsstraße voller Autos war und ihr so viele Menschen mit vollen Taschen entgegenkamen. Sie ließ sonst keinen Wochenmarkt aus, aber die Tage wurden sich immer ähnlicher. Sie überging die Frage geflissentlich. Es war sicherer, Fragen zu stellen. »Wie geht es dir denn? Viel zu tun?«

»Mit meiner heutigen Tour bin ich fertig.« Josephine sah auf die Armbanduhr. »Hast du kurz Zeit für einen Plausch?« Sie setzten sich auf eine Bank im Schatten und sahen den Menschen zu, die vorbeizogen.

»Ich weiß nicht, was ich machen soll, Jeanine«, sagte Josephine nach einer Weile. »Mit Patrick streite ich mich nur noch. Aber ich kann schlecht einfach ausziehen, wenn ich nicht weiß, wie es weitergeht. Unter keinen Umständen will ich zu meinen Eltern zurück.«

»Wenn alle Stricke reißen, kommst du zu mir. Wir finden schon noch ein Plätzchen.«

Josephine legte ihr einen Arm um die Schulter. »Du bist ein Schatz. Aber das ändert nichts an meinem Problem. Ich muss mich entscheiden. Und Willem auch. Aber es sieht nicht danach aus, als würde sich da etwas tun.«

»Beginn doch mal bei dir. Was möchtest *du* denn? Was hält dich noch bei Patrick?«

Josephine starrte auf die bunt gekleideten Touristen, die an der Ampel warteten. »Anfangs habe ich einfach für ihn geschwärmt. Schließlich sieht er echt gut aus. Als er sich dann für mich interessierte, schwebte ich auf Wolke sieben und war bereit, ihm alles recht zu machen. Schon aus Angst, ich könnte ihn wieder verlieren. Das ging lange gut, obwohl ich irgendwann merkte, dass wir gar nicht zusammenpassen.«

»Aber du bist trotzdem mit ihm zusammengezogen.«

»Ja. Damals hat mich das nicht groß gestört. Er hat mir meine und ich ihm seine Freiheiten gelassen. Aber das reicht mir schon länger nicht mehr. Außerdem redet er mir neuerdings überall rein.« Wieder starrte sie vor sich hin. »Mit Willem ist es anders. Er hat viele Interessen, ist offen für Neues und bringt mich zum Lachen. Aber er hat mich schon so oft versetzt. Wenn er glaubt, ich laufe ihm nach, hat er sich geirrt.«

»Hast du Angst, plötzlich ganz ohne Mann dazustehen?«

Josephine schwieg.

»Das ist nicht verwerflich. Viele Menschen haben Angst, allein zu sein. Doch wer nicht mit sich selbst auskommt, wird sich immer in Abhängigkeit begeben. Das ist nicht gut.«

»Was soll ich bloß machen?«

»In dich hineinhorchen und herausfinden, wie *du* leben möchtest. Wenn sich das mit den Vorstellungen eines anderen deckt, ist das gut. Wenn nicht, lass die Finger davon.«

»Hast du das in all den Jahren auch so gemacht?«

»Ja. Als Jacques nicht wiederkam, habe ich mich durchaus umgesehen. Aber niemand hätte je seinen Platz einnehmen können. Da bin ich lieber allein geblieben.«

»Wer war denn dieser Jacques? Was ist aus ihm geworden?«

Jeanine legte Josephine eine Hand auf den Arm. »*Ma chère*, ich muss weiter. Und vergiss nicht: Du bist mir jederzeit willkommen!«

*

Georges' Kopf war wie leergefegt. Nur diese Zahl, diese unsägliche Summe, die er niemals würde aufbringen können, geisterte durch seine Gedanken. Sein Traum, der zum Greifen nah gewesen war, war mit diesem Brief zerstört worden.

Er ging in die Küche zurück und sah sich um, als würde

er den Raum zum allerersten Mal betreten. Das Familienessen fiel ihm wieder ein. Und auch sonst musste er noch einiges tun, bevor Marie und Pascal kamen.

Marie und Pascal … In diesem Moment wurde ihm klar, dass sie ebenfalls von dieser Katastrophe betroffen waren, wenn auch nicht in dem Maße wie er. Verstört riss er den Kühlschrank auf, um die Platte mit dem Fleisch herauszunehmen. Doch sie rutschte ihm aus der Hand und fiel zusammen mit einer vollen Packung Sahne auf den Boden.

Fluchend brachte er die Schnitzel in Sicherheit und wischte den Boden, wobei er sich mehrfach den Kopf anstieß. Als er endlich alles beseitigt hatte, setzte er sich erschöpft auf einen Stuhl und starrte vor sich hin. So fühlte es sich also an, wenn man ins Nichts stürzte. Doch bis er alle Möglichkeiten ausgelotet hatte, sollten weder Marie noch Pascal etwas erfahren. Er musste sich zusammenreißen!

Er holte einige Male tief Luft, dann machte er sich daran, Zwiebeln kleinzuschneiden. Nach einem Schnitt in den Finger warf er das Messer fluchend auf den Tisch und machte sich auf die Suche nach einem Pflaster.

»Die liegen in dem Korb auf der Anrichte«, sagte eine Stimme. »Wenn man dir so zuschaut, könnte man glauben, du bist der neue Lehrling.«

Erst jetzt sah Georges Marie in der Tür stehen. Sie ging auf ihn zu, säuberte seine Wunde und verband sie. »Ist was passiert?«

»Ich bin heute nicht so gut drauf«, brummte Georges. »Schlecht geschlafen und so. Du kennst das ja.«

Marie sah ihn so durchdringend an, dass er schon befürchtete, sie wüsste Bescheid. »Schlecht geschlafen. Mhm.«

Sie band sich die Schürze um und nahm die Liste mit den anstehenden Arbeiten in die Hand. »Das ist übersichtlich. Wie weit sind die Mangoldrouladen?«

»Fast fertig.« Georges streckte die Hand nach der Platte aus, doch Marie kam ihm zuvor. »Pascal und ich schaffen das schon. Vorausgesetzt, du pfuschst uns nicht ins Handwerk. Willst du dich nicht ein bisschen hinlegen? Sonst fällst du am Ende selber noch in die Pfanne, und wir müssen die Karte ergänzen. *Kurz gebratener Koch in Senfsoße* oder etwas in der Art.« Sie breitete die Mangoldblätter auf der Arbeitsfläche aus. »Wenn du dich in einer Stunde wieder blicken lässt, reicht das völlig.«

Georges sah ein, dass Marie recht hatte, und räumte das Feld. Er wollte sich aber nicht hinlegen, er musste sich mit jemandem aussprechen. Und zwar mit Alice. Doch egal wie oft er an ihrer Tür klingelte, sie machte nicht auf. Der Einzige, den er zu Gesicht bekam, war dieser Bardou, der sich aus seiner Kanzlei bequemte und ihm zu dem Kritiker-Stern gratulierte.

»Ich habe mir sagen lassen, dass eine solche Bewertung von Gilles Perrin persönlich eine große Auszeichnung darstellt«, sagte er gutgelaunt. Doch Georges nickte ihm lediglich stumm zu und setzte seinen Weg fort, in der Hoffnung, Alice bei Jeanine anzutreffen.

Kurz bevor er sein Ziel erreicht hatte, kam Willem ihm entgegen. Grüßend hob er die Hand. »Wenn du Alice suchst, die ist im Garten.« Dann eilte er mit schnellen Schritten davon.

Als Alice und Jeanine seinen Gesichtsausdruck sahen, kamen sie erschrocken auf ihn zu. »Was ist passiert?«

»Das Restaurant ist am Ende.« In kurzen Sätzen berichtete er von dem unerwarteten Besuch. »Jeder vernünftige Mensch weiß, dass ich eine solche Mietsumme niemals aufbringen kann! Nicht mal dann, wenn ich rund um die Uhr geöffnet habe!«

»Was ist denn eigentlich mit dem Mann vom Hotel geworden?«, fragte Jeanine. »Hat der sich schon gemeldet?«

Alice schüttelte den Kopf. »Das können wir abhaken. Er hat mehrmals gesagt, er müsse zuerst mit seiner Frau sprechen. Aber die liegt seit einigen Jahren unter der Erde.«

»Deshalb kann er trotzdem ein klärendes Gespräch mit ihr führen«, warf Jeanine ein. »Unterschätzt das nicht! Ich beratschlage mich oft mit meiner Mutter und meinem Großvater. Mein Vater ist zu so etwas nicht zu gebrauchen. Schon nicht zu Lebzeiten.«

Jeder hing seinen Gedanken nach, bis Alice Georges ansah. »Und wie wäre es, wenn du halbtags wieder als Psychologe arbeitest?«

»Ich glaube, jetzt lasse ich euch lieber mal allein.« Jeanine sammelte die leeren Gläser ein und ging ins Haus.

»Habe ich etwas Falsches gesagt?«, fragte Alice.

Georges schloss die Augen und überlegte, wie er anfangen sollte. Auch nach all den Jahren konnte er sich so präzise in die Situation zurückversetzen, als wäre alles gestern passiert. Er sah sich wieder an seinem Schreibtisch in der Praxis sitzen. Die Sonne schien schräg zu den bodentiefen Fenstern hinein und ließ das gebohnerte Parkett in einem warmen Braun strahlen.

Er erinnerte sich an die bunten Tulpen in der Vase auf dem Tisch in der Sitzecke, wo er seine Klienten empfing, und spürte den Muskelkater, den er einem Tennisspiel am Vorabend zu verdanken hatte. Er freute sich auf das bevorstehende Wochenende. Er wollte mit einem Freund in den Hügeln um Lyon wandern gehen, für den Samstagabend war ein Dinner in einem guten Restaurant geplant.

Vor ihm lag die aufgeschlagene Tageszeitung. Eigentlich hatte er sie nur schnell durchblättern wollen, bevor sein nächster Klient kam. Doch dann kam ein Anruf dazwischen, der sein ganzes Leben änderte.

»Sosehr du dich immer nach einer Familie gesehnt hast, so sehr war sie für mich ein Fluch«, begann Georges. »Meine Verwandtschaft ist ganz in ihrer Tradition gefangen und achtet penibel auf alles. Man war füreinander da, das Mittagessen am ersten Sonntag im Monat im Haus der Großeltern war obligatorisch. Geld spielte keine Rolle, nur Gehorsam.

Diese Harmonie war trügerisch. Wurde man ihren Wünschen nicht gerecht, zeigten sie sich enttäuscht und ließen einen das spüren. *Das finden wir aber sehr, sehr schade,* hieß es dann. Waren Schulnoten oder das Benehmen nicht so, wie sie das erwartet hatten, zogen sie sich zurück und ließen einen links liegen. Dann waren wir Kinder schuld daran, wenn es Mama oder Papa angeblich nicht gut ging. Sie straften uns mit Schweigen. *Hättest du nicht versagt, wäre das nicht passiert.*

Ich hätte dir jetzt gern von meinen ausgetragenen Konflikten mit ihnen erzählt, aber ich habe Auseinandersetzungen stets vermieden und versucht, die an mich gestellten Erwartungen zu erfüllen. So kam es, dass ich mich auch bei der Berufswahl nicht durchgesetzt habe und, statt Koch zu werden, wie alle in der Familie Medizin studierte. Immerhin konnte ich ein Psychologiestudium durchsetzen.«

»Und was ist dann passiert?«

»Anfangs ging alles gut. Ich hatte gute Noten, wurde

von meinen Dozenten gelobt und gefördert und eröffnete bald nach dem Studium eine eigene Praxis. Meine Familie war zufrieden mit mir, doch ich war unglücklich. Ich konnte die Probleme meiner Klienten kaum ertragen und hätte ihnen ihre Konflikte am liebsten abgenommen.«

»Was natürlich streng verboten ist.«

Georges nickte. »Ich weiß nicht, ob du die Parabel des Schmetterlings kennst?« Als Alice den Kopf schüttelte, erzählte er ihr die Geschichte.

»Ein Mann beobachtete, wie ein Schmetterling versuchte durch die schmale Öffnung seines Kokons zu schlüpfen. Lange kämpfte der Schmetterling. Schließlich bekam der Mann Mitleid, holte eine kleine Schere und öffnete damit ganz vorsichtig den Kokon etwas, sodass sich der Schmetterling leichter befreien konnte. Doch der Schmetterling kam verkrüppelt heraus. Er konnte nicht richtig fliegen, stürzte immer wieder ab.

Er erzählte einem Freund davon. ›Das war ein großer Fehler, du hättest ihm nicht helfen dürfen‹, sagte der. ›Wegen der schmalen Öffnung im Kokon ist der Schmetterling gezwungen, sich da hindurchzuzwängen. Erst dadurch werden seine Flügel aus dem Körper gepresst und können sich entwickeln. Weil du ihm den Schmerz und die Anstrengung ersparen wolltest, hast du ihm zwar kurzfristig geholfen, aber für sein Leben nichts Gutes getan.‹«

»Und was hat das mit dir zu tun?«, fragte Alice.

»Ich habe, wenn du so willst, einer Klientin in den Sitzungen zu sehr geholfen, ihren Weg zu finden. Sie war in ihrer Beziehung total unglücklich, hat es aber nicht geschafft, sich von ihrem Mann zu trennen. Ich habe ihr zwar nie direkt geraten, ihn zu verlassen, aber ihr sicher mehr zugeredet, als mir als Psychologen zustand.«

»Und was ist dann passiert?«

»Ich fürchte, sie wollte mir gefallen und endlich einen Erfolg vorweisen. Doch ihr Mann hat sich nach der Trennung das Leben genommen. Daraufhin ist sie an einer starken Depression erkrankt und wurde in eine Klinik eingewiesen. Als ich das erfahren habe ...«

»... hast du die Praxis geschlossen und bist hierhergekommen.« Alice sagte es mehr zu sich selbst. »Ich kann deinen Hass auf die Familie durchaus nachvollziehen, Georges. Aber es ist Zeit umzudenken. Du hast jahrelang für deinen *wirklichen* Traum geschuftet und du warst deinem Ziel so nahe. Wir können nur gewinnen, wenn wir zusammenhalten und als *Familie* weitergehen. Einzelkämpfer haben in diesem Spiel keine Chance.«

20

Der Sommer hatte nun endgültig die Regie übernommen. Die Hitze hing unter den Platanen, die Gassen der Innenstadt waren am Nachmittag wie leergefegt. Die Menschen warteten hinter geschlossenen Fensterläden auf den Abend. Nur einige Touristen quälten sich an der Schattenseite der Häuserfassaden entlang.

Seit ihre Katzen Trouvé mehr und mehr akzeptierten, war Alice dazu übergegangen, ihre Zeit im Hotel zu verbringen. Wer wusste schon, wo sie demnächst landen würden. Bis dahin wollte sie die Freundschaft zwischen den dreien so weit festigen, damit ein gemeinsamer Umzug kein Problem darstellen würde. Doch daran wollte sie vorerst nicht denken. Noch hatte sie die Hoffnung nicht ganz aufgegeben.

Heute mussten die drei vorerst allein klarkommen. Jeanine hatte ihr über die Freundin einer Freundin jemanden vermitteln können, deren *Fougasses* sensationell sein sollten. Alice liebte dieses typische provenzalische Hefebrot, das in seiner einfachsten Form mit viel Olivenöl und Speck hergestellt wurde, aber auch in anderen Variationen angeboten wurde. Sie aß es am liebsten mit Oliven, getrockneten Tomaten, Knoblauch und Sardellen und war gespannt, mehr über diese Spezialität zu erfahren.

Sie steuerte ihr Auto über kleine Straßen durch Weinberge und Olivenhaine nach Mirabel und war angesichts der hohen Temperatur froh, dass sie den Termin bereits um zehn vereinbart hatte.

Mirabel ist eines der Dörfer, in denen auf den ersten Blick nichts los zu sein schien. Auf der Hauptstraße kam man an einer Autowerkstatt, einem stets geschlossenen Restaurant und einem Blumengeschäft vorbei. Direkt nach der Apotheke am Ortsende landete man auf dem Friedhof. Dann war Schluss.

Bog man aber beim Floristen rechts ab und ging durch die vielen Gässchen weiter, kam man zu einem von Platanen gesäumten Platz mit einem plätschernden Brunnen. Hier spielte sich das Dorfleben ab. In der *Bar des Sports* traf man sich zum Aperitif, tauschte Neuigkeiten aus oder saß einfach da und wartete, dass die Zeit verging. In der Bäckerei nebenan duftete es nach Brot und Gebäck, und gegenüber, direkt neben dem *Coiffeur,* gab es einen winzigen Supermarkt, der ein beeindruckendes Gemüse- und Obstangebot auf dem Gehsteig feilbot.

Da sie wie immer zu früh war, setzte Alice sich auf eine der Bänke und las die geplanten Fragen durch. Zu Beginn würde sie ihrer Gesprächspartnerin das Wort überlassen. Dabei kamen oft die besten Ergebnisse zustande.

In der Gasse gegenüber waren auffällig viele Menschen zugange. Die meisten von ihnen hatten sich in Schale geworfen, und Alice tippte auf eine Hochzeit. Schließlich war heute Samstag, ein idealer Tag zum Heiraten. Gedanklich wünschte sie dem Paar ein langes und glückliches Leben und streckte die Beine in die Sonne.

»Alle verrückt geworden!« Ein alter Mann ließ sich ächzend neben ihr nieder, den Knauf seines Gehstocks mit beiden Händen haltend. »Völlig verrückt geworden, diese Weiber.« Er musterte Alice von der Seite. »Gehören Sie auch zu denen?«

»Nicht, dass ich wüsste. Was ist denn da los?«

»Was weiß ich. Irgendein Weiberkram.« Der Alte sprach es aus, als hätte der Teufel persönlich die Finger im Spiel. »Haben sich herausgeputzt, als ginge es darum, einen neuen Mann abzukriegen.« Mit einem karierten Stofftaschentuch wischte er sich zuerst über den kahlen Kopf, dann über das Gesicht, das von Tausenden kleinen Fältchen gezeichnet war.

»Aber mal ganz ehrlich«, sagte Alice. »Sie waren auch gerade beim Frisör, oder?«

Der Alte lachte zahnlückig und laut. »Sie gefallen mir!« Er zeigte mit seinem Stock auf das Spektakel. »Aber die da: alle verrückt geworden.«

Die Kirchenuhr schlug zehn. Zeit für das Interview. »Können Sie mir sagen, wo der *Chemin des Barrys* ist?«

Wieder zeigte der Mann mit seinem Stock nach vorn. »Da, wo die Verrückten herumstehen.«

Die Frauen schnatterten um die Wette. Sogar auf dem schmalen, schmiedeeisernen Balkon im ersten Stock standen die Besucherinnen dichtgedrängt zwischen blühenden Blumentöpfen.

Als sie den Kopf hob, entdeckte Alice die Hausnummer: 33. Hier war sie verabredet. Sie betrat den dunklen Flur und schlängelte sich an weiteren Frauen vorbei. Die Dame des Hauses schien ein Faible für *Santons* zu haben. Wie in dem Haus, das Monsieur Dumont ihr vor Wochen zu verkaufen versucht hatte, waren die Figürchen auf allen verfügbaren Stellflächen zu finden. Doch im Gegensatz zu den verstaubten Exemplaren in Sainte Jalle glänzten diese Figürchen, als würden sie tagtäglich blank gerieben werden.

Alice, die sich schon auf Kostproben von Madames *Fougasse* gefreut hatte, stellte enttäuscht fest, dass es im Haus kein bisschen nach diesem Brot duftete. Dafür wurde der Geruch von Haarspray und Parfum mit jedem Schritt intensiver.

Ein Mädchen, herausgeputzt wie ein Osterei, kam aus einem der Zimmer gerannt. Alice fing sie ab und fragte, wo sie Madame Bondel finden könne. Die Kleine deutete auf das Zimmer, das sie eben verlassen hatte.

»Heiratet jemand?«, wollte Alice wissen.

»Das Fernsehen kommt!«

Unter diesen Umständen war es sicher sinnvoll, das Gespräch zu verschieben. Doch Alice wollte sich nicht aus dem Staub machen, ohne kurz mit Madame gesprochen zu haben. Der Termin war ohne direkten Kontakt zustande gekommen, und sie wollte der Dame wenigstens kurz die Hand schütteln, bevor sie wieder nach Hause fuhr. Sie klopfte an die Tür und spitzte hinein. Auch hier war die *Santon*-Dichte zwischen den wuchtigen Sofas und Lehnstühlen beeindruckend.

Mitten im Zimmer saß eine Frau in einem lachsfarbenen Rüschenkleid, an dem von allen Seiten herumgezupft wurde. Alice schätzte sie auf Ende sechzig. Sie wartete, bis eine der Helferinnen die Dose Haarspray absetzte, dann machte sie auf sich aufmerksam.

»Wie ich sehe, sind Sie heute sehr beschäftigt. Sollen wir das Interview lieber an einem anderen Tag machen?«

Als das Wort *Interview* fiel, sahen die Anwesenden sie bestürzt an, bevor sie umherflitzten. Am Dutt von Madame Bondel wurde eine letzte Strähne fixiert, bevor man sie samt Stuhl ans Fenster verfrachtete. Alice bot man den Sessel gegenüber an, dann stellten die Frauen sich in einer Reihe an der Wand auf und beobachteten gespannt, was kommen würde.

Alice, die sich in ihrem leichten Leinenkleid völlig underdressed fühlte, schlug ihren Notizblock auf. Noch nie hatte sie ein Gespräch vor so großem Publikum geführt und wusste nicht so recht, wie sie anfangen sollte.

»Ich habe gehört, dass Ihre *Fougasses* wirklich ... «

»Wollen wir nicht lieber warten, bis die Kameras aufgebaut sind?«, unterbrach Madame Bondel sie. »Oder macht man das immer doppelt?«

»Macht man *was* immer doppelt?«, fragte Alice vorsichtig.

»Na so ein Interview.« Madame Bondel fasste sich vorsichtig an die Frisur. »Kann ja sein, dass Sie einen Probelauf machen wollen und wir danach erst richtig loslegen.«

In diesem Moment verstand Alice endlich, warum sich so viele Menschen eingefunden hatten. Anscheinend waren in den Gesprächen zwischen Jeanine, ihrer Freundin und der nächsten Freundin einige Fakten falsch übermittelt worden. Eine Art *Stille Post*, mit deren Ergebnis sie nun sehr sensibel umgehen musste.

»Es kommen keine ... Kameras«, sagte Alice vorsichtig. »Ich führe das Interview für eine Zeitschrift und mache nur ein paar Bilder.« Sie zeigte Madame Bondel ihr Handy.

Diese Enttäuschung verbreitete sich wie ein Lauffeuer. Und innerhalb weniger Minuten war Madame Bondel mit Alice allein.

»Wollen Sie mir vielleicht trotz alledem etwas über Ihre Fougasses erzählen?« Alice hielt ihren Stift bereit. Doch ihre Gesprächspartnerin schnaufte lediglich. »Davon habe ich doch keine Ahnung!« Mit drei Schritten war sie am Telefon, wählte eine Nummer und beschimpfte jemanden am anderen Ende der Leitung derart, dass Alice es vorzog, zu verschwinden.

Der alte Mann saß noch immer auf der Bank. »Was ist denn passiert?«, wollte er wissen, als Alice an ihm vorbeikam.

»Es gab da wohl ein Missverständnis«, sagte sie.

»Ich hab's ja gesagt. Alle verrückt«, rief der Mann. »Und zu dumm zum Zuhören.«

Alice ging weiter zur Bäckerei und sah sich das Angebot an. Im Gegensatz zu Madame Bondel wusste man hier, wie man *Fougasses* machte. Alice entschied sich für die Variante mit Ziegenkäse und getrockneten Tomaten, dann trat sie mit vollem Mund die Heimfahrt an.

Nach diesem Reinfall fuhr Alice ins Hotel. Die Katzen kamen sofort angelaufen und gemeinsam gingen sie zum Pavillon. Seit sie dort aufgeräumt und die Scheiben geputzt hatte, war dieses Refugium zu ihrem Arbeitsplatz geworden. Auch die Katzen liebten die Laube. Wann immer Alice sich dort aufhielt, wichen sie ihr nicht von der Seite. Es würde sie nicht wundern, wenn ihre Fellnasen den Trick mit dem Schlüssel eines Tages beherrschen und sie dort schon erwarten würden.

Eines Tages. Worte, die sie wehmütig stimmten. Ob es für sie und ihre Freunde hier ein *Eines Tages* geben würde? Georges machte ihr großen Kummer. Die Sterne des Kritikers hatten ihren Glanz verloren, und er schleppte sich mühevoll durch die Tage. Wissend, dass sie in diesen Wänden gezählt waren.

Zusammen mit Marie und Pascal setzte er alle Hebel in Bewegung, neue Räumlichkeiten zu finden. Eine scheinbar unmögliche Aufgabe. Oder, um es mit Monsieur Dumont auszudrücken: *Einen Ersatz zu finden für dies Lokal, diese Aufgabe ist nicht banal ...*

Alice nahm den Schlüssel aus seinem Versteck und schloss die Tür auf. Colette setzte sich sofort auf den Tisch, während Trouvé und Zazou eine wilde Jagd auf die trägen Stubenfliegen veranstalteten.

Seit Zazou die kleine Katze unter seine Fittiche genommen hatte, machte Trouvé große Fortschritte in dieser Disziplin. Stürzte sie anfangs noch häufig ab, wenn sie vom Sofa auf die Fensterbank sprang, konnte sie inzwischen gut abschätzen, wie viel Schwung sie nehmen musste, um eines dieser summenden Biester zu erwischen. Um es dann genüsslich zu verspeisen.

Colette hingegen hatte für diesen Quatsch nichts übrig, und Alice glaubte manchmal zu bemerken, wie sie empört den Kopf schüttelte. Wie kann man sich nur so gehenlassen!

Alice setzte sich auf das Sofa und startete ihren Laptop. Colette setzte sich direkt daneben, bereit, die Texte zu überwachen und notfalls zu korrigieren. Es roch in dem Raum noch immer etwas muffig, doch dafür war es schon viel wohnlicher. Die kaputten Korbsessel waren in den Schuppen gewandert, und Alice hatte sich einen von ihren bequemen Stühlen mitgebracht.

Wie schön musste es sein, am frühen Morgen mit einer Tasse Kaffee hierherzukommen und neue Beiträge zu schreiben. Schon der Blick hinaus regte ihre Phantasie an. Die vereinzelten Buntglasscheiben verzauberten den Garten in einen surrealen Märchenwald und veränderten diesen je nach Lichteinfall. Bis auf das Zirpen einiger Grillen regte sich nichts.

Es hatte lange gedauert, bis sie wieder fähig war, Stille

zu ertragen. Nach Léons Tod war sie zu einem Feind geworden, jedes Nach-Hause-Kommen eine Herausforderung. Niemand wartete dort mehr auf sie. Keiner kam aus dem Arbeitszimmer und erzählte, was ihm gerade eingefallen war. Stattdessen hatte sich eine alles verschlingende Leere ausgebreitet, die sie hatte verstummen lassen. Doch letztendlich war sie gestärkt aus dieser Zeit hervorgegangen, und diese Energie war es auch, die sie nun weiterkämpfen ließ.

Henri Roux hatte sich in Luft aufgelöst. Sie war mehrfach zu seinem Haus gefahren, hatte ihn aber nie angetroffen. Auch von den Dorfbewohnern wusste niemand, wo er sich aufhalten könnte.

Alice beschloss, den heutigen Ausflug unter der Kategorie »*Das war wohl nichts*« abzuheften. Stattdessen grübelte sie über einen Einstieg zu dem neuen Artikel nach. Ihr Blog wurde nach wie vor begeistert gelesen, und die Zuschriften, die sie erreichten, spornten sie an, ebenfalls im Internet aktiv zu bleiben.

Obwohl sie die Haare hochgesteckt hatte, spürte Alice schon bald, wie ihr erste Schweißtropfen an den Schläfen herunterrannen. Zeit für einen Umzug ins Haus. Sie schob Laptop und Unterlagen in die Tasche und machte sich auf den Weg in den Speisesaal.

Sie war schon auf Höhe der Bar, als sie eine Frauenstimme hörte. Alice blieb stehen und lauschte. Die Stimme sprach Englisch. Nun hörte sie Schritte, die näher kamen.

Schnell flüchtete sie sich hinter die Theke und machte sich so klein wie möglich. Gerade noch rechtzeitig, denn im nächsten Moment trennte sie nur der Schanktisch von den unbekannten Besuchern.

Eine französisch sprechende Männerstimme zählte die Vorteile des Hotels auf, eine Frau und ein zweiter Mann stellten ihm dazu Fragen in einem Mix aus Englisch und Französisch. Wäre die Lage nicht so prekär, hätte Alice ihre helle Freude an der Unterhaltung gehabt. Zumal die beiden unbedingt wissen wollten, was es mit den Buddha-Figuren auf sich hatte, die Josephine aus Feng-Shui-Gründen überall im Haus aufgestellt hatte. Doch bald wurde ihr klar, dass es sich um ein Verkaufsgespräch handelte.

»So ein wonderful Objekt werden Sie never again finden«, lobte der Makler das Haus. »Of course wird dieses und jenes renoviert werden müssen. Schließlich stand the building seit some years leer. Aber der Bausubstanz ist very good!« Er hüstelte. »Also the Küche und the Speisesaal sind in einem very good Zustand. Mit etwas guter Planung können Sie das Hotel bestimmt schon in springtime eröffnen.«

»Are there other Interessenten?«, fragte die Frau, die nun direkt an der Bar und somit höchstens einen Meter von Alice entfernt stand.

»No. The owner hat sich very … kurzfristig zum Verkauf entschieden. Wenn es Ihnen gefällt, sollten Sie bald zuschlagen!«

Alice wurde ganz schlecht. Am liebsten wäre sie aufgestanden und hätte diesen Leuten die Meinung gegeigt. Sie gefragt, was zum Teufel mit Henri Roux los war, dass er sich so plötzlich dazu entschlossen hatte, zu verkaufen?

Als die drei zum Speisesaal weitergegangen waren, stand sie leise auf und spitzte über den Tresen. Auf dem Tisch in der Sitzgruppe lag eine Ledermappe. Jetzt oder nie. Alice schnappte ihr Handy und verließ ihre Deckung. Vielleicht konnte sie etwas über die Hintergründe dieses Verkaufs in Erfahrung bringen.

Sie schlug den Ordner auf und fotografierte hektisch die Dokumente. Nach dem fünften Blatt war Schluss. Die drei kamen zurück. Alice ordnete alles so, wie sie es vorgefunden hatte, und war im nächsten Augenblick wieder in ihrem Versteck.

»I really love it, darling!«, hörte sie die Frau sagen. *Darling* äußerte sich ebenfalls positiv, was den Makler dazu veranlasste, eine weitere Liste mit Vorteilen dieses Hauses herunterzurattern: Das Haus habe Stil, sei ruhig gelegen, der Garten ein wahres Juwel, und es sei ein Ort, an dem man alt werden wollte. Alice konnte jeden einzelnen Punkt bestätigen.

Als der Kaufinteressent nachfragte, bis wann sie sich entschieden haben müssten, spitzte Alice die Ohren. »You have one week«, sagte der Makler. »And now I show the rooms oben!«

Wieder entfernten sich die Schritte, doch Alice blieb, wo sie war. Die Leute würden sicher von oben einen Blick in den Garten werfen und sie dann sofort entdecken. Der Makler hatte seine Mappe mitgenommen, aber Alice stellte beim Durchsehen ihrer Aufnahmen fest, dass sie die wichtigsten Informationen hatte ablichten können.

Geschockt starrte sie auf den Preis, den Roux für das Hotel verlangte. Léon und sie hatten eine hübsche Summe angespart, aber um sich dieses Haus leisten zu können, müsste sie zusätzlich im Lotto gewinnen.

Alice steckte ihr Handy ein, setzte sich auf den Boden und starrte auf die Glasvitrinen, die mit staubigen Gläsern aller Art bestückt waren. Eine Mischung aus Wut und Trauer machte sich in ihr breit. Warum war der Mann nicht mehr auf sie zugekommen? Hatte er überhaupt zugehört, als sie ihm die Situation mit Jeanine dargelegt hatte? Und wie sollten sie ihrer Freundin erklären, dass dieses Haus bald Sperrgebiet für sie war?

Es dauerte, bis Makler und Ehepaar das Hotel verlassen hatten. Mit jedem begeisterten Satz der Kaufinteressenten schwand Alice' Hoffnung weiter. Bis sie mutlos das Anwesen verließ und Georges aufsuchte. In der Restaurantküche war die Stimmung nicht besser. Georges saß am Tisch und stierte Löcher in die Luft.

»Jemand verbreitet die Mär, dass wir schon nächste Woche schließen«, sagte er, als er Alice' fragenden Blick bemerkte. »Wenn ich denjenigen in die Finger kriege, mache ich einen Schmortopf aus ihm.«

»Ein Unglück kommt selten allein.« Alice erzählte, was sie im Hotel erlebt hatte. »Das bedeutet, dass wir beide bald obdachlos sind«, schloss sie ihren Bericht. »Wenn das Wetter mitspielt, können wir noch eine Weile zelten. Vorausgesetzt, auf dem Campingplatz sind Katzen erlaubt.« Sie zog eine Grimasse. »Danach ist Schicht im Schacht. Wir können von Glück sprechen, dass Willem sich um Jeanine kümmert.«

»Wenn man vom Teufel spricht.« Georges zeigte auf das Fenster zum Hinterhof. Im nächsten Augenblick betrat Willem mit einer Gewittermiene die Küche.

»Willkommen im Klub«, sagte Alice. »Welche Katastrophe hast du zu vermelden?«

»Einen Megastreit mit Josephine. Wir wollten wandern gehen, aber dann erfuhr ich, dass ausgerechnet heute Abend ein wichtiger Lokalpolitiker zu unserer Infoveranstaltung kommt.«

»Wo ist das Problem?«, fragte Georges. »Bis dahin hättet ihr doch längst zurück sein können.«

»Natürlich. Aber ich kann die anderen schlecht mit den ganzen Vorbereitungen sitzenlassen, oder?«

»Josephine sieht das etwas anders, nehme ich an.« Alice dachte an den Tag, an dem sie Willem kennengelernt hatte. An seine Vorsätze und daran, mit welcher Geschwindigkeit sie sich Stück für Stück in Luft aufgelöst hatten.

»Ja. Sie war stinksauer und ist allein losgegangen. Ganz schön stur, die Madame!«

»Kommt auf die Perspektive an«, sagte Georges. »Wenn man immer die zweite Geige spielen muss. Liegt dir denn überhaupt etwas an ihr?«

»Natürlich! Sie ist eine tolle Frau! Aber nun habe ich so viel Energie in dieses Projekt gesteckt. Jetzt möchte ich auch bei diesem Highlight dabei sein.«

»Ist wirklich so viel zu tun?«, fragte Alice. »Stühle platzieren, Getränke und Gläser hinstellen und vielleicht noch ein paar Kopien machen. Mehr nicht, oder?«

»Es soll eben alles perfekt sein. Deswegen fangen wir jetzt gleich damit an«, brummte Willem.

»Aha.« Alice konnte sich nicht vorstellen, dass dies die ganze Wahrheit war.

»Okay, okay, ich darf die Podiumsdiskussion leiten und möchte mich noch vorbereiten. Wie gesagt, es soll alles perfekt sein. Morgen ist auch noch ein Tag. Wir werden sehen, wie es weitergeht. Wenn sie mich nicht will, ziehe ich eben weiter oder gehe zurück nach Holland.« Ohne Gruß schloss er die Tür hinter sich.

»Ein Satz wie eine tickende Zeitbombe«, sagte Alice. »Immer, wenn ich der Meinung bin, dass der Tiefpunkt erreicht ist, tut sich ein neuer Abgrund auf, und wir stürzen weiter. Wie lange wird das noch gehen? Wenn wir wenigstens diesen Roux mal sprechen könnten.«

»An seiner Stelle hätte ich mich hier auch nicht mehr blicken lassen«, brummte Georges. »Aber ich würde gern wissen, was ihn dazu getrieben hat, plötzlich zu verkaufen. Wollen wir uns heute Abend im Dorf auf die Lauer legen? Vielleicht taucht er ja zum Schlafen dort auf.«

»Wenn dieses Paar den Kaufvertrag unterschrieben hat, ist die Sache ohnehin gelaufen«, sagte Alice. »Doch einen Versuch wäre es wert. Ich mache heute Nacht eh kein Auge zu.«

Sie wollte Georges die Bilder zeigen, die sie gemacht hatte, als ein Anruf ihre Probleme in den Hintergrund rückte. Es war Josephine, die sich mit tränenerstickter Stimme meldete. »Ich bin gestürzt und brauche eure Hilfe!«

»Wo bist du denn?« Während Josephine berichtete, welche Strecke sie gegangen war, durchwühlte Georges eine Schublade nach einer Wanderkarte. »Moment!« Er stellte das Gespräch auf laut und beugte sich mit Alice über den Plan. »Du bist den Forstweg bis zum Ende gegangen und dann diesen Zickzackpfad zum Grat hinauf?«

Josephine schniefte ein Ja. »Dort oben bin ich immer noch. Ich habe versucht, alleine abzusteigen, aber dann bin ich erneut gestürzt. Mein Rucksack mit der Wasserflasche liegt ein ganzes Stück weiter unten. Unerreichbar.«

»Ein Glück, dass du dein Handy noch hast«, sagte Georges. »Pass auf, ich mache mich gleich auf den Weg. Halte durch!«

»Weiß Willem von deinem Unfall?«, fragte Alice.

»Nein«, sagte Josephine. »Er hat ja wichtigere Sachen um die Ohren …«

Alice und Georges sahen sich an. *Wenn sie mich nicht will, gehe ich zurück nach Holland* – Willems Satz hing greifbar im Raum. Und mit ihm die Konsequenzen für sie alle.

*

Georges holte eine Decke, nahm zwei Coolpacks aus dem Eis und brachte alles mit einigen Wasserflaschen zu seinem Kleinbus. Er schüttelte den Kopf, als Alice Anstalten machte, einzusteigen.

»Ich glaube, es wäre gut, wenn du hier die Stellung halten könntest«, sagte Georges. »Ich habe einen Plan. Und dafür brauche ich Willem. Drück mir die Daumen, dass es klappt!«

Schnell fuhr er zu dem Saal, wo die Veranstaltung stattfinden sollte. Er stellte den Wagen direkt davor ab, rannte hinein und fand Willem, der mit einigen Mitstreitern Kartons voller Gläser auspackte. Willem war voll in Aktion: Er delegierte, telefonierte, beantwortete Fragen und nahm Weinkanister in Empfang. Als er Georges bemerkte, sah er ihn verdutzt an.

»Josephine ist schwer gestürzt«, sagte Georges. »Ich brauche deine Hilfe, um sie dort herunterzuholen.«

»Wie ist das denn passiert? Und wo?«

»Sie liegt ohne Wasser in der Hitze auf dem Raton. Kommst du mit? Oder soll ich lieber Patrick mitnehmen?«

Es war Willem anzusehen, dass sich die Gefühle für die Frau, die er zu lieben glaubte, ein hartes Duell lieferten mit seinem Ego als Macher dieser Bewegung. Doch Georges hatte keine Zeit für Befindlichkeiten.

»Alles klar. Viel Erfolg beim Retten der Welt. Ich rette

derweil Josephine!« Im nächsten Moment saß er wieder hinter dem Steuer und zählte langsam bis zehn. Als Willem bei *elf* immer noch nicht neben ihm saß, fuhr er wütend los.

Er wäre gern schneller gefahren, aber auf der serpentinenreichen Straße, die am Fluss entlangführte, war das unmöglich. Immer wenn er glaubte, Gas geben zu können, wurde er von einem Bus oder LKW hinter der nächsten Kurve ausgebremst.

Georges biss die Zähne zusammen und übte sich notgedrungen in Geduld. Dabei drehten seine Gedanken sich immerzu um Willem und Josephine. Sah dieser Kerl denn nicht, wie dumm er sich benahm? Hatte er sich in dem Alter auch so verhalten? Er dachte an die Liebschaften in seiner Vergangenheit und erinnerte sich daran, dass er schon immer aus Schüchternheit gezögert hatte, auf die Frau seines Herzens zuzugehen. Die Angst vor einem Korb hatte ihn häufig so klein werden lassen, dass er sich lieber nicht auf das Risiko eingelassen hatte. Doch hier lag die Sache ganz anders.

Der Kieslaster vor ihm bog endlich ab, und Georges beschleunigte. Im Wagen war es unerträglich heiß und er fluchte, dass er die Wasserflaschen in die Tasche auf der Rückbank gesteckt hatte. Aber das Ende der Fahrt war absehbar. Noch zwei kleine Dörfer, dann ging es den Pass hinauf.

Georges spielte gerade in Gedanken den Fall durch, was wäre, wenn Josephine sich etwas gebrochen hatte, als er im Rückspiegel ein Motorrad entdeckte. Es holte immer mehr auf und der Sozius machte hektische Handzeichen. War mit seinem Auto etwas nicht in Ordnung?

Georges bog auf den nächsten Parkplatz ab und stieg

aus. Das Motorrad kam direkt neben ihm zum Stehen, und nun erkannte er den Beifahrer: Es war Willem, der dem Fahrer seinen Helm gab.

Während Willem sich wortreich entschuldigte, setzte Georges den Weg fort. »Gehst du immer so mit Freundinnen um?«, fragte Georges, als sie die Hauptstraße verließen. »Laufen die immer unter ferner liefen und machst du Schluss mit ihnen, wenn sie zu lästig werden? Oder wie war das, bevor du dich auf den Weg hierher gemacht hast?«

Willem spielte nervös mit den zahlreichen bunten Freundschaftsbändern, die er ums Handgelenk trug. »Nein, sie hat *mich* vor die Tür gesetzt«, sagte er leise. »Sie hatte einen anderen gefunden. Einen, der für sie da war und nicht pausenlos mit irgendwelchen Aktionen beschäftigt.« Er sah Georges an. »Dabei hatte ich nicht mal gemerkt, dass sie verliebt war. Auf dem Weg hierher habe ich mir geschworen, dass mir so was nie wieder passiert ...«

Nach diesen Worten sahen beide Männer schweigend zum Fenster hinaus. Die Straße führte in steilen Serpentinen zum Pass hinauf. Rechts war die Steilwand an vielen Stellen mit Netzen gegen Steinschlag gesichert, links breitete sich das Tal tief unter ihnen aus. In der Ferne konnte man die weiße Haube des Mont Ventoux ausmachen.

Als sie am Col de Pommerol angekommen waren, wies ein durchlöchertes Schild sie darauf hin, dass sie sich auf einer Höhe von 1072 Metern befanden. Auf dem kleinen Parkplatz stand Josephines Auto.

Willem zeigte kleinlaut auf die Zahl. »Müssen wir etwa klettern?«

»Kaum.« Georges faltete die Karte auf und zeigte ihm, wo sie sich befanden. »Wir fahren so weit wie möglich auf dem Forstweg an der Nordseite hoch. Das letzte Stück gehen wir zu Fuß.«

Sie schoben die Schranke zur Seite und fuhren langsam auf dem unebenen Weg weiter. Wann immer der Baumbestand eine Lücke ließ, hatten sie einen herrlichen Blick auf die Berggipfel im Norden. Nur Willem konnte dem Panorama nichts abgewinnen. Er starrte schweigend auf Spurrillen im Sand vor ihnen.

Als der Weg vor einem großen Felsblock endete, machte Georges den Motor aus und sah Willem an. »Packst du das? Das erste Stück geht steil zickzack durch den Wald. Da kannst du dich einfach an den Bäumen festhalten und siehst gar nicht, auf welcher Höhe wir uns befinden.«

Willem holte tief Luft. »Das klappt schon.« Sie stiegen aus, und Georges zeigte ihm den Weg. »Ich bin sehr froh, dich dabeizuhaben«, sagte er. »Allein ist so eine Rettungsaktion viel zu riskant.«

Die Baumwurzeln waren zum Teil freigespült und bildeten Stufen, sodass sie flott vorankamen. Dann wurde der Aufstieg mühsamer. Das heißt für Georges. Willem kam dank seiner langen Beine und seiner besseren Kondition schneller hinauf und war schon um eine der nächsten Kurven verschwunden, als Georges auf einem Geröllstück den Halt verlor und mehrere Meter in die Tiefe rutschte. Als er den Schreck überwunden hatte, bewegte er behutsam seine Gliedmaßen. Alles in Ordnung, nur die Hüfte war geprellt.

Vorsichtig stand er auf und wollte einen neuen Versuch starten, als er Willem nach ihm rufen hörte. »Geh schon mal weiter!«, rief er zurück. »Ich brauche etwas mehr Zeit!« Schnell ließ er etwas Wasser über seine aufgeschürften Handflächen laufen. Wenn Willem sah, dass er gestürzt war, würde ihn das nur unsicher machen. Und das wollte er unter allen Umständen vermeiden. Nach einem Schluck aus der Flasche schulterte er den Rucksack und setzte seinen Weg vorsichtig fort.

Als er aus dem Wald heraustrat, blieb Georges stehen. Die Aussicht war überwältigend. Schroffe Täler und lange Bergketten, die sich aneinanderreihten, so weit das Auge reichte. Darüber ein blauer Himmel, in dem Gänsegeier majestätisch ihre Runden drehten.

Er lauschte, ob er Stimmen vernahm. Doch alles, was er hören konnte, war der Wind, der durch die Baumwipfel strich. Schnell ging er über Gras und Felsen weiter und betete, nicht auf einen zusammengekauerten Willem zu stoßen, der sich allein nicht weitertraute.

Er wollte den letzten Aufstieg in Angriff nehmen, als er die beiden in inniger Umarmung auf der Anhöhe sitzen sah. Sofort ging Georges in Deckung. Gutes Timing war jetzt alles. Willem hatte das Verbandszeug und die Coolpacks im Rucksack und konnte somit erste Hilfe leisten. Doch genauso wichtig war es, den beiden etwas Zeit zu lassen. Jedem Trottel war klar, dass sie sich liebten. Hoffentlich kapierte dieser sture Holländer endlich, dass *sie* an erster Stelle kam. Danach konnte er für das Universum so oft auf die Barrikaden gehen, wie er wollte. Aber erst dann.

Er ließ noch einige Minuten verstreichen, dann ging Georges auf die beiden zu. »Na, wie geht es dir? Hat dieser Flachländer endlich verstanden, worauf es im Leben ankommt?«

Josephine lachte durch ihre letzten Tränen hindurch. »Sieht ganz so aus. Er ist für mich sogar hier hochgestiegen.«

»Dann steht weiteren Bergwanderungen ja nichts mehr im Wege.« Georges bewunderte den professionellen Verband um ihren Knöchel. »Diese Frau scheint eine Schwäche für Fußverletzungen zu haben. Ein Glück, dass du an den Wochenenden als Erste-Hilfe-Experte bei der niederländischen Königsfamilie gejobbt hast, mhm?«

Willem lachte. »Sie vermissen mich sicher, aber ich werde die Krone enttäuschen müssen. In Zukunft werde ich mich nur um diese Prinzessin kümmern!« Er drückte Josephine einen Kuss auf die Nase. »Wenn Gnädigste jetzt so weit wären? Die Kutsche wartet unten im Wald!«

Sie nahmen Josephine in ihre Mitte und transportierten sie vorsichtig zum Auto. Als sie sicher auf dem Beifahrersitz saß, boxte Georges Willem gegen die Schulter. »Gut gemacht!«

»Danke!« Willem boxte zurück. »Was ich dich aber die ganze Zeit schon fragen wollte: Wann erzählst du Alice endlich, was du für sie empfindest?«

*

Hatte Alice an manchen Tagen den Eindruck, dass die Stunden nur so verflogen, zogen sich in dieser Nacht die Minuten schier unerträglich in die Länge. Gleich nach den letzten Gästen hatte Georges zugesperrt, und sie waren losgefahren. Doch bis auf die alte Dame, die Alice schon bei ihrem ersten Besuch in der Kapelle getroffen hatte, war ihnen im Dorf noch kein Mensch begegnet. Nur eine neugierige Katze, die sie auf den Stufen des verlassenen Hauses entdeckt hatte, kam ab und zu vorbei, ließ sich kurz streicheln und ging dann wieder ihrer Wege.

Georges setzte sich leise stöhnend auf. »Dem Gefühl

nach ist meine rechte Seite ein einziger blauer Fleck«, sagte er leise. »Ich fürchte, du musst morgen in Sault auf meine Begleitung verzichten. Ich werde es ruhig angehen lassen müssen.«

»Ich habe ohnehin schon überlegt, ob es überhaupt Sinn hat, zum Flohmarkt zu fahren«, sagte Alice. »Wenn ich schöne, alte Möbel sehe, werde ich nur daran erinnert, dass ich bald obdachlos bin. Den Frust möchte ich mir eigentlich ersparen. Und Josephine will auch unbedingt mit, obwohl sie höchstens auf Krücken gehen kann. Vielleicht lässt sie diesen Plan fallen, wenn ich ihnen absage. Ihr Knöchel braucht Ruhe.«

»Für Jeanine ist es aber immer ein Highlight«, sagte Georges. »Sie hat mir schon letzte Woche erzählt, wie sehr sie sich auf die Fahrt freut. Ich staune jedes Mal, was sie sich merken kann und was nicht.«

Wieder schwiegen sie. Wieder sah Alice auf ihr Handy. Bald war es eins. »Ob ich ihn mal anrufe?« Sie hatte den Zettel von Emile wiedergefunden, auf dem auch die Telefonnummer von Roux notiert war. »Vielleicht ist er ja zu Hause und stellt sich nur tot.«

»Kann nicht schaden«, sagte Georges, während er seufzend seine Sitzposition änderte. »Aber wir sollten uns etwas zurechtlegen, falls er rangeht.«

»Ich denke, es ist am besten, wenn wir uns unbedarft geben«, sagte Alice. »Es war schließlich purer Zufall, dass ich von dem Verkauf erfahren habe. Ich kann ihn einfach fragen, ob er sich schon entschieden hat und wie es mit einer Vermietung aussieht. Dann liegt der Ball bei ihm.«

Sie hörten das Telefon in Roux' Haus gegenüber klingeln, aber niemand nahm das Gespräch entgegen. Alice unterbrach das Läuten und strich über das Display. Was würde sie jetzt dafür geben, Léons Stimme zu hören … Stattdessen berührte sie den Bilderordner ihres Smartphones und rief die Fotos auf, die sie mittags im Hotel gemacht hatte. Sie zeigte Georges die Formulare in der Maklermappe.

Er vergrößerte eines der Bilder und wies auf einen Schriftzug, der zum Teil von anderen Papieren verdeckt war. »Ich glaube, dasselbe Logo ist auch auf dem Schreiben mit der Mieterhöhung. Den Namen habe ich leider nicht parat. In dem Moment war ich nicht in der Lage, mich auf solche Sachen zu konzentrieren.«

Alice zoomte das Detail noch weiter heran. »Könnte so etwas wie *Immo-Alp* heißen.« Sie gab den Anfang bei einer Suchmaschine ein, doch die Internetverbindung war im Dorf so langsam, dass sie bald aufgab.

In diesem Moment hörten sie Schritte. Georges ergriff Alice' Hand und legte den Finger auf die Lippen. Atemlos lauschten sie, wie jemand sich näherte. Alice wiederholte in Gedanken die Sätze, die sie sich zurechtgelegt hatte, erleichtert, sie endlich aussprechen zu können. Doch es war falscher Alarm. Ein unbekannter Mann blieb vor der Treppe stehen und grinste breit. »Na, ein geheimes Rendezvous?« Mahnend hob er den Zeigefinger. »Macht mir keine Dummheiten!« Dann setzte er seinen Weg fort.

Alice kicherte. »Was der wohl erst gesagt hätte, wenn er Josephine und Willem entdeckt hätte.« Sie hatte am Nachmittag nach ihnen gesehen, doch die beiden Turteltäubchen waren kaum ansprechbar gewesen. Jeanine hatte für die Verletzte eine Liege im Schatten hingestellt und für Willem einen Stuhl. Doch auch Willem lag mehr, als dass er saß.

Georges lächelte. »Es war schön, die beiden oben auf dem Felsen zu beobachten«, sagte er leise, während er ihre Hand streichelte. »Hoffentlich kapiert er endlich, was Sache ist. Eine Bessere als Josephine gibt es nicht.« Er sah sie an. »Außer dir natürlich.«

Er wollte noch etwas hinzufügen, als erneut Schritte näher kamen. Diesmal hielten sie vor Roux' Tür, und sie hörten das Klappern eines Schlüsselbunds. Im nächsten Augenblick standen sie neben ihm in der Gasse.

»Schön, Sie zu sehen«, sagte Alice. »Wir haben uns Sorgen gemacht. Sie waren so plötzlich verschwunden und danach nicht erreichbar. Wir wären fast zur Polizei gegangen.« Letzteres hatte sie zwar nie im Sinn gehabt, aber es klang gut.

»Ich habe lediglich versucht, die Ereignisse zu unseren Gunsten zu drehen.« Roux trat in den Flur und drückte einen Schalter. Alice erschrak, als sie sein Gesicht im Schein der Außenlampe sah. Er schien in den vergangenen Tagen um Jahre gealtert.

»Was meinen Sie mit *zu unseren Gunsten?*«, fragte Georges.

»Ich bin nicht der einzige Erbe in dieser Angelegenheit«, sagte Roux leise. »Ein Cousin ist ebenfalls beteiligt. Bisher war ausgemacht, dass er uns Zeit lässt, das Hotel wiederaufzubauen, und wir ihm im Lauf der nächsten Jahre seinen Teil ausbezahlen. Doch alles kam anders: Louise erkrankte schwer und starb. Danach war ich unfähig, zu handeln. Doch dann kamen Sie.« Er sah Alice an. »Ihre Idee gab mir Auftrieb, und ich begann wieder Pläne zu machen. Doch mein Cousin braucht nun plötzlich Geld und lässt nicht mit sich verhandeln. Nun stehe ich selber vor dem Nichts. Nur dieses Häuschen ist mir geblieben, das nur als Übergangslösung gedacht war. Alles, was ich habe, ist das Vorkaufsrecht. Aber kein Geld.«

Alice wirbelten zig Fragen durch den Kopf. »Aber könnten wir nicht …«

Henri Roux schüttelte müde den Kopf. »Bitte entschuldigen Sie mich jetzt. Es geht mir sehr schlecht, ich muss mich hinlegen.« Er schloss die Tür und löschte das Außenlicht. Die Audienz war vorbei.

21

Der Sonntag machte seinem Namen alle Ehre. Obwohl sie die Fahrt nach wie vor lieber abgesagt hätte, sah Alice ein, dass sie Jeanine das nicht antun konnte, und fuhr gegen neun bei ihrer Freundin vor. Sie war nicht die Einzige, die sich auf eine Fahrt nach Sault freute. Auch Willem und Josephine saßen startklar vor dem Haus. Etwaige Bedenken wegen Josephines Knöchel wurden mit zwei feuerroten Krücken vom Tisch gewischt, und zehn Minuten später waren sie unterwegs.

Die Stimmung im Auto war so ausgelassen, dass Alice froh war, nichts von den neuen Katastrophen erzählt zu haben. So hatten wenigstens die anderen einen sorgenfreien Tag.

Nach dem Besuch bei Roux hatten Georges und sie weitere Infos zu der Maklerfirma gesucht, aber sie waren im Internet nicht fündig geworden. Wenn nicht noch ein Wunder geschah, mussten sie wieder bei null anfangen.

Es war noch ruhig auf den Straßen, und sie fuhren gemächlich zum Col de Fontaube hinauf. Der Mont Ventoux lag majestätisch in der Sonne, und Alice' Laune wurde mit jedem Kilometer besser. Was konnte schon groß passieren? Schlimmer als nach Léons Tod würde es nicht werden. Sie hatte Freunde, auf die sie sich verlassen konnte. Alles andere würde man sehen. Zur Not mussten sie eben eines von Dumonts Häusern mieten, auch wenn die nicht erste Wahl waren.

Sie fuhren auf schmalen Straßen oberhalb des grünen

Toulourenc-Tals weiter. Vorbei an kleinen Bergdörfern und unzähligen, von Ginstersträuchern gesäumten Lavendelfeldern, die zum Teil schon abgeerntet waren. Alice öffnete das Autofenster und sog den Duft in sich auf.

Sault lag hoch über einem weiten Tal. Sie waren nicht die Einzigen, die zum Flohmarkt wollten. Eine Autoschlange erstreckte sich die steile Straße zum Ortskern hinauf, doch sie ergatterten einen Parkplatz am Rand der Anlage, wo alles stattfand.

Im Schatten der großen Linden hatten bereits viele Händler ihre Stände aufgebaut. Josephine, die den Ausflug doch etwas unterschätzt hatte, bat Willem, sie auf der Terrasse der *Brasserie* am Rand des Parks zurückzulassen. Er suchte den Tisch mit der schönsten Aussicht für sie aus und verabschiedete sich von ihr, als begäbe er sich auf eine mehrjährige Reise. Dann folgte er ihnen.

Jeanine hakte sich bei Alice ein. Gemächlich bummelten sie an den Angeboten entlang. »Ach, schau mal! Was für eine hübsche Tasse!« Während Jeanine ein fröhliches Feilschen mit der Händlerin begann, bildete Alice sich einen Überblick über die Stände in ihrem Umkreis.

Mit den unzähligen Tischen, Sofas, Stühlen und Schränken hätte man ein ganzes Dorf einrichten können, um die Häuser anschließend mit dem Angebot an Vorhängen, Büchern, Puppen, Kissen, Lampen, Blumenständern und Spiegeln zu verschönern. Kinderwagen und Rollstühle wurden über den Kies geschoben, ein paar Jungs verfolgten einander schreiend auf bunten Fahrrädern. Man zeigte sich Sachen, wägte ab, verschob den Entschluss oder schüttelte entschieden den Kopf: Zu groß, zu teuer, man brauchte es ja eigentlich nicht. Doch gerade das machte den Reiz aus. Es war erlaubt, den Verlockungen zu erliegen, man konnte sich gedanklich alles ins Haus stellen, musste es aber nicht kaufen. Schauen war umsonst.

»Ich habe sie!« Stolz zeigte Jeanine ihr eine Tasse, die über und über mit Rosen bedruckt war. »Ein wunderbares Geburtstagsgeschenk für Vinciane. Ich habe sie auf einen Euro herunterhandeln können.« Sie steckte die Beute in ihre Tasche und steuerte auf den nächsten Stand zu, wo alte Fotografien angeboten wurden.

Während Jeanine das Angebot in den Kartons sichtete, kam Willem auf sie zu. »Schau dir das mal an.« Er zeigte auf einen Globus, der auf einem wackligen Tischchen feilgeboten wurde. Die Oberfläche der Weltkugel sah anders aus als gewöhnlich, die Länderumrisse waren unbekannt. Auch die Bergformationen, Flüsse und Täler, die reliefförmig aufgetragen worden waren, hatte Alice nie zuvor gesehen.

»Ist das ein Phantasieplanet?«, fragte Willem.

Der Verkäufer, ein Junge im Teenageralter, musterte Willem eingehend, bevor er mit seinen Erläuterungen begann. Es wären allesamt Länder, von denen er mal geträumt hätte, erzählte er. Im Lauf der Zeit war es ihm gelungen, sie zu diesem Modell zusammenzufügen.

»Aber seine Träume sollte man doch nicht verkaufen«, sagte Alice.

Der Junge nahm seine runde Brille ab, putzte sie gewissenhaft und setzte sie sich wieder auf die Nase. »Ich glaube, man darf sie gehen lassen, wenn etwas Neues ihren Platz eingenommen hat«, sagte er. »Auch Träume können ihre Gültigkeit verlieren. Dann wäre es ein Fehler, an ihnen festhalten zu wollen.«

So viel Weisheit hatte Alice noch nie aus dem Mund eines Halbwüchsigen gehört. Auch Willem schien beeindruckt. »Ich würde dir diese Welt gern abkaufen. Vielleicht geht sie ja in meine Phantasie über. Meinst du, das wäre möglich?«

»Dreißig Euro«, lautete die Antwort.

»Die gebe ich dir gern.« Willem gab dem Jungen die Scheine. »Ich werde sie Josephine schenken«, sagte er zu Alice. »Schließlich entführt sie mich gerade in eine Welt, die ich mit ihr völlig neu kennenlerne.«

»Hoffentlich bekommst du gültige Aufenthaltspapiere.«

»Die hat meine Prinzessin mir schon in Aussicht gestellt.« Willem drückte Alice an sich. »Und dir bin ich sehr dankbar für die vielen Arschtritte, die du mir verpasst hast.« Ein Kuss auf ihre Wange folgte. »Und jetzt werde ich die Prinzessin mit diesem neuen Stern für unsere Umlaufbahn beglücken!«

Als er aus ihrem Blickfeld verschwunden war, setzte Alice sich auf eine Bank und wartete auf Jeanine, die noch am Fotostand zugange war. Immer mehr Besucher strömten in den Park. Weitere Tische wurden aufgebaut, Schirme justiert und Waren dekoriert, während die Sonne über die Häuser von Sault stieg.

Alice lauschte dem Feilschen am Stand nebenan. Als man sich über den Preis eines Stuhls einig geworden war, gab es dessen Geschichte, die Besonderheiten und sämtliche Vorzüge als Zugabe umsonst dazu.

»Willst du denn gar nichts kaufen?« Jeanine ließ sich neben Alice auf die Bank fallen und zeigte ihr die neuesten Schätze. Alice schüttelte den Kopf, während sie sich die Bilder ansah, die Jeanine gekauft hatte. Es waren allesamt alte Aufnahmen von jungen Männern mit leicht gewellten Haaren in schicken Anzügen. »Du weißt doch, ich habe schon so viel Krempel.«

Viel zu viel, wenn sie ehrlich war. Und der Gedanke, dass sie in den kommenden Wochen alles in Kisten und Kartons packen musste … Wo würde es sie diesmal hin verschlagen? Mit einem Mal machte die Aussichtslosigkeit ihrer Lage ihr große Angst.

»Ist was?« Jeanine sah sie prüfend an.

»Ich habe einfach zu wenig geschlafen.« Alice versuchte, ihrer Stimme einen fröhlichen Klang zu geben. »Komm, jetzt drehen wir noch eine Runde und dann schauen wir mal nach, was das junge Glück macht.«

Den Verliebten ging es ausgezeichnet. Josephine hatte ihren Knöchel auf einen Stuhl gebettet, und Willem erzählte ihr Geschichten über die Länder auf dem Globus, die sie bald gemeinsam bereisen würden.

»Es muss schön sein, wenn man sich von Luft und Liebe ernähren kann«, sagte Jeanine. »Aber ich habe einen gewaltigen Hunger.« Sie winkte einen der Kellner herbei und verlangte die Speisekarte. Ein Blick genügte ihr, dann klappte sie sie zu. »Wenn man Georges' Auswahl kennt, ist alles andere zweitklassig.« Sie fanden dennoch etwas Passendes, und nach einem abschließenden Kaffee wurde es Zeit für die Rückfahrt.

»Ich hole mal das Auto.« Alice zeigte auf die freie Einfahrt eines Hauses. »Wenn ihr dort auf mich wartet, muss Josephine nicht so weit gehen.«

»Ich werde sie tragen«, sagte Willem. Weitere Worte gingen bei einem Kuss verloren.

»Ich begleite dich lieber«, sagte Jeanine. »Hier störe ich nur.« Ohne auf die Proteste der beiden zu reagieren, folgte sie Alice durch den Park. Sie hatten ihr Ziel schon fast erreicht, als ihre alte Freundin plötzlich einen entsetzten Schrei von sich gab. Im nächsten Moment redete sie aufgeregt auf einen Händler ein, der nicht wusste, wie ihm geschah.

»Das kann ich Ihnen wirklich nicht sagen«, rief der Mann. »Ich biete das hier nur im Auftrag an und habe keine Ahnung, wer das eingefädelt hat.«

Alice eilte herbei und sah, warum Jeanine die Fassung verloren hatte. Die Teller, die stapelweise auf dem Tisch lagen, hatten einen zartgrünen Rand, in dem der Name *Le Tilleul* als weißer Schriftzug zu lesen war. Die Mitte war mit einigen stilisierten Lindenblüten dekoriert.

»Verkaufen Sie etwa im Auftrag von Henri Roux?«, fragte Alice.

Der Händler schüttelte den Kopf. »Den Namen habe ich noch nie gehört. Wie gesagt, ich verkaufe häufig für andere, aber das kommt über einen Mittelsmann zustande.« Mehr war nicht in Erfahrung zu bringen.

Nun entdeckte Jeanine auch noch zwei Kronleuchter aus dem Speisesaal und geriet endgültig in Panik. »Die verkaufen mein Zuhause«, sagte sie immer wieder. »Das dürfen die doch nicht.« Zitternd klammerte sie sich an Alice. »Was soll ich machen, wenn sie auch Jacques' Vermächtnis gefunden haben? Das wäre das Ende!«

Alice führte sie behutsam zu einer freien Bank. »Ganz ruhig«, sagte sie. »Ich kümmere mich sofort darum.« Sie drückte die Wahlwiederholung auf ihrem Handy und betete, dass Roux ausnahmsweise tagsüber mal erreichbar war. Das Telefon klingelte und klingelte. Alice wollte schon aufgeben, als er sich endlich meldete.

»Entschuldigen Sie die Störung, Monsieur Roux, aber ich habe eine dringende Frage. Können Sie mir bitte sagen, um wen es sich bei diesem erbberechtigten Cousin handelt?«

»Ich dachte, das wüssten Sie längst.«

Als Alice hörte, mit wem sie es zu tun hatten, begann alles sich zu drehen. Mit diesem Gegner hatte sie nicht gerechnet.

Die Heimfahrt verlief schweigend. Nicht einmal Jeanine traute sich, Alice zu fragen, was sie erfahren hatte. Ein Glück, denn Alice war mit der neuen Information völlig überfordert. In ihrem Kopf setzten sich einzelne Pläne zusammen, doch im nächsten Moment verwarf sie alle wieder. Es gab zu viele Unbekannte in dieser Gleichung. Sie wusste aber auch, dass sie nur dann mehr erfahren konnte, wenn sie sich der Sache stellte. Doch davor graute ihr unendlich.

Den Blick starr auf die Straße gerichtet, fuhr sie so schnell wie möglich zurück. Zu einem Widersacher, gegen den sie sich chancenlos glaubte. Wie hatte sie sich so in die Irre führen lassen können?

In Gedanken sammelte sie relevante Informationen, doch bald musste sie feststellen, dass sie eigentlich kaum etwas von diesem Menschen wusste. Vielleicht hätte Jeanine das eine oder andere beisteuern können. Aber in dem Zustand, in dem ihre Freundin war, traute sie sich nicht mal, den Namen fallenzulassen.

Alice beobachtete im Spiegel, wie sie zusammengesunken in Willems Arm auf der Rückbank kauerte. Ein Häufchen Elend, das die Welt nicht mehr verstand. Doch dafür würde jemand büßen. Das schwor sich Alice, bei allem, was ihr heilig war.

Vor Jeanines Haus hielt sie an. Als die drei ausgestiegen waren, steckte Willem den Kopf durch das Fenster. »Kann ich dir irgendwie zur Seite stehen?«

Alice schüttelte den Kopf. »Diese Aufgabe kann nur ich lösen. Wichtig ist, dass ihr Jeanine unter keinen Umständen allein lasst. Auch wenn sie zum Hotel geht, begleite sie bitte.«

»Mache ich.« Willem griff ihre Hand. »Und vergiss nicht: Wir sind bei dir!«

Wie benommen fuhr Alice los. Sie durfte sich jetzt keinen Fehler leisten, nichts Falsches sagen. Alice rief sich die letzten Begegnungen ins Gedächtnis. Wie war die Stimmung gewesen, wo konnte sie ansetzen?

Die letzten Kilometer legte sie im Schritttempo zurück, doch dann hatte sie ihr Ziel erreicht. Vor dem breiten Stahltor hielt sie an und fixierte den makellosen weißen Kubus. Als würde sie bereits erwartet werden, glitt die Sperre lautlos zur Seite. Alice ließ das Auto vor der Einfahrt stehen und stieg mit weichen Knien aus.

Im nächsten Moment öffnete sich die Tür, und ein strahlender Alain kam auf sie zu. »Na, was habe ich gesagt? *Für die Erfüllung mancher Wünsche braucht man einen langen Atem.* Komm rein!«

Alice schüttelte den Kopf. Hatte die Villa sie bei ihrem ersten Besuch noch fasziniert, widerte ihre Perfektion sie nun an. Nicht einen Fuß würde sie hineinsetzen. »Ich verstehe zwar nicht, worauf du hinauswillst, ich würde aber gern erfahren, warum du uns einen Strich durch die Rechnung machen willst.«

»Ich glaube, du siehst das falsch.« Alain stand nun so dicht vor ihr, dass sie sein Aftershave riechen, die Gewebestruktur seines weißen Leinenhemdes erkennen konnte. »Schon bei unserer allerersten Begegnung glaubte ich, vom Blitz getroffen zu werden. Ich habe nur noch an dich denken können.« Alain streckte die Hand nach ihrem Gesicht aus, doch Alice wich zurück. »Doch da war Léon, und ich hatte keine Chance. Als er überraschend starb, ließ ich dir Zeit. Schließlich wollte ich mir keine trauernde Witwe ins Haus holen. Daher fädelte ich die Sache mit der Wohnung ein und hatte dich somit auf dem Servierteller, direkt neben meiner Kanzlei in Beaulieu.« Er lächelte. »Übrigens süß, dass du dir Sorgen gemacht hast, auch mir könnte gekündigt worden sein.« Alain steckte die Hände in die Taschen seiner Sommerhose und ging langsam auf und ab.

»Du hast dich in dieser schweren Zeit wirklich tapfer geschlagen. Als ich beobachtete, dass es dir bessergeht, habe ich vorsichtig die Leinen ausgeworfen, in der Hoffnung, dass meine Stunde kommen würde.

Leider hatte ich die Rechnung ohne diesen Koch gemacht. Und ohne deinen Dickkopf. Plötzlich war meine liebe Alice der Meinung, das Hotel wäre das Richtige. Da musste ich einen Schritt weiter gehen und diesem Hobbygastronomen zeigen, wo der Hammer hängt. Eine Aufgabe, die ich gern selber übernommen hätte. Aber du hättest sofort Lunte gerochen, und ich wollte dich hier freiwillig begrüßen können.«

Obwohl sie in der prallen Sonne stand, fror Alice bis ins Mark. »Und deshalb zerstörst du unser Leben?«

»Was heißt denn *unser*? Du hast die Wahl. Wenn du dich für mich entscheidest, wirst du alles haben, was dein Herz begehrt.«

»Ja, aber ...«

»Du bist gewitzter, als ich dachte. Immer, wenn ich der Meinung war, kurz vor dem Ziel zu sein, hast du mich überrascht. Du hattest es sogar schon geschafft, den alten Henri auf deine Seite zu bringen.« Er lächelte. »Du wolltest mir nicht sagen, wo ihr gefeiert habt, aber mir ist nichts entgangen.« Alain blieb direkt vor ihr stehen. »Henri hat sich sehr engagiert für euren Plan eingesetzt, hat sich immer wieder mit mir treffen wollen. Aber ...«, wie ein Schulmeister hob er den Zeigefinger, »dann bist du zu weit gegangen. Nach der Nummer mit diesem Makler war meine Geduld zu Ende.« Alain zeigte auf die offene Haustür. »Aber noch lasse ich mit mir reden. Du hast noch alles in der Hand.«

Alice betrachtete Alain fassungslos. Wie ein Kind, das sich für ein bestimmtes Spielzeug entschieden hatte, glaubte er, es stehe ihm auch zu. Als sei die Welt ein Marionettentheater, bei dem er die Fäden in der Hand hielt.

»Verstehst du es denn immer noch nicht, *mon amour*? Wenn du zu mir kommst, setzen wir diesem Fabre die Miete wieder herab und machen ein bisschen Werbung für ihn. Dann ist alles wieder im Lot.«

»Und Jeanine?«

»Sollte sie nicht mehr allein leben können, suchen wir ein schickes Altersheim für sie und besuchen sie regelmäßig. Ich werde alles tun, damit es deinen Freunden gut geht.«

Alice schloss die Augen. Alain hatte alles genau vorbereitet. Hauptsache, er bekam, was er wollte: sie. Glaubte er wirklich, sie würde sich ihrer besten Freunde entledigen wie Klamotten, die zu klein geworden waren? Für einen Augenblick drohte die Last dieses Dilemmas sie zu erdrücken. Doch eines hatte dieser Mann nicht berücksichtigt: Die verwirrenden Gefühle, die stets größer wurden und von ihr bislang sorgsam unter Verschluss gehalten worden waren, bahnten sich nun einen Weg an die Oberfläche.

»Ganz egal, welche Register du noch ziehst, ich werde deine Leere weder füllen wollen noch können«, sagte sie.

»Léon hat mir etwas hinterlassen, das wertvoller ist als alles andere auf dieser Welt: Er hat mir die Familie geschenkt, die ich mir so lange gewünscht habe. Menschen wie sie muss man nicht erpressen, sie sind von sich aus für einen da. Außerdem gibt es bereits einen Mann, den ich von ganzem Herzen liebe: Georges.«

Auf dem Rückweg nach Beaulieu hatte sie Alains ätzende Kommentare im Ohr. In zwei Tagen würde der Kaufvertrag unter Dach und Fach sein, er wünschte ihnen viel Erfolg bei der Suche nach einer neuen Bleibe. Doch all das berührte sie kaum. Sie wurde getragen von dem Gefühl, das sie sich zum ersten Mal eingestanden und ausgesprochen hatte.

Sie parkte an der Kirche und sah zur Turmuhr hinauf. Seit sie nach Sault aufgebrochen war, hatten die Zeiger sich nur um sieben Minuten bewegt. Ihr Leben hingegen hatte sich von Grund auf geändert. Und das fühlte sich gut an.

In der Restaurantküche war Georges mit Vorbereitungen beschäftigt. Er war erleichtert, sie zu sehen. »Wo warst du so lange? Willem hat mir nur sagen können, dass Jeanine einen Zusammenbruch erlitten hat, aber Genaueres wusste er auch nicht.«

»Lass mir bitte etwas Zeit, mich zu sammeln.« Alice zeigte auf drei geschälte Zwiebeln, die auf einem Brett lagen. »Müssen die geschnitten werden?«

»Ja, in feine Ringe.«

Während sie die Aufgabe ausführte, berichtete sie stockend, was sich auf dem Flohmarkt abgespielt und was Roux ihr gesagt hatte.

»Bardou ist Miteigentümer des Hotels?!« Georges sah sie mit offenem Mund an. »Und jetzt?«

»Ich bin zu ihm gefahren. Er schien mich bereits erwartet zu haben und war hocherfreut.« Immer wieder hielt Alice inne, unsicher, wie sie ihm das Ende der Geschichte schildern sollte.

Das Geschirrtuch in den geballten Händen, hörte Georges ihr aufmerksam zu. Als Alice ihm von Alains Vorschlag berichtete, sah er sie ungläubig an. »Spinnt der? Der Typ ist ja ein Stalker! Und ein krankhafter Narzisst!«

»Das ist dein Spezialgebiet, nicht meines«, sagte Alice. »Jedenfalls ist er am Ende unseres Gesprächs völlig ausgeflippt.«

Alice verfolgte, wie Georges eine Schüssel aus dem Kühlschrank nahm und sie mit einem lauten Knall auf die Arbeitsfläche stellte. Durfte sie diesen letzten Schritt gehen? Verriet sie damit ihre Liebe zu Léon? Wollte sie mit diesem Mann weiter durchs Leben gehen? Kannte sie ihn gut genug, diese entscheidenden Worte zu sagen?

»Aber wieso? Weil du ihm eine Abfuhr erteilt hast?«

»Weil ich ihm gesagt habe, dass ich *dich* liebe.« Alice' Herz raste. Es war, als stünde sie auf einer sehr dünnen Eisdecke, die ihr jeden Augenblick unter den Füßen wegbrechen konnte.

»Stimmt das, Alice?« Georges kam langsam auf sie zu, nahm sie in seine Arme, legte sein Gesicht in ihre Halsbeuge. »Ich habe schon gar nicht mehr zu hoffen gewagt«, sagte er heiser.

»Ich wusste nicht, was ich machen sollte. Meine Gefühle waren so verwirrend, dass ich immer versucht habe, sie nicht zu beachten, weil ... Meinst du, Léon wäre ...?« Alice spürte, wie sie am ganzen Körper zitterte, unfähig war, einen klaren Gedanken zu fassen.

»Léon ist einverstanden.« Georges ließ seine Hand sanft über ihr Gesicht wandern, fuhr mit dem Zeigefinger ihre Lippen nach. »Mehr als einverstanden.«

Alice zog ihn zu sich, streichelte über seinen Rücken, spürte seinen Herzschlag, die Wärme seines Körpers. Sie sog den vertrauten Duft in sich ein. Vertraut und nun doch so neu. Endlich fanden sich ihre Münder. Zuerst unsicher, scheu, doch dann küssten sie sich, als wäre es das Einzige, was sie am Leben halten konnte.

Alice wusste nicht, wie viel Zeit vergangen war, als sie atemlos voneinander ließen. Sofort gewann die Realität die Oberhand und mit ihr kehrte die Unsicherheit zurück.

»Jetzt erzähle ich dir eine Geschichte, damit du weißt, dass ein schlechtes Gewissen fehl am Platz ist.« Georges ging zum Weinregal und zog einen alten Gigondas hervor. »Diesen Wein haben Léon und ich bei unserem letzten Treffen getrunken, und diese letzte Flasche habe ich für einen besonderen Anlass aufgehoben.« Während er die Flasche entkorkte und zwei Gläser füllte, berichtete er von Léons Bitte auf der letzten gemeinsamen Wanderung.

»Wie du vermisse ich ihn jeden Tag. Aber ich glaube, es ist jetzt so, wie er es sich gewünscht hat. So ist es gut.« Sie hoben die Gläser. »Auf Léon!«

»Auf Léon und auf die Liebe. Auf unsere Liebe!« Bereits nach den ersten Schlucken spürte Alice, wie der starke Wein ihr zu Kopf stieg. »Hast du etwas zu essen für mich? Sonst kippe ich gleich um.«

»Ich mache dir ein paar Bruschetta. Ich habe noch gehäutete Tomaten.«

Alice kicherte. »Wenn alle Stricke reißen, könntest du dein Geld mit besonderen Kochbüchern verdienen, indem du aus Psychologensicht über Gewaltexzesse in der Küche berichtest. *Überbrühen, stoßen und häuten. Das tägliche Malträtieren unschuldiger Speisen* wäre doch ein hübscher Titel. Kapitel eins: *Die geschlagene Sahne. Ein immerwährendes Martyrium.*«

Lachend schnitt Georges eine Tomate in Würfel. »Da ließe sich wirklich was draus machen. Kapitel zwei: *Schleudertraumata bei Salaten: Das unbekannte Leiden unschuldiger Blätter.*« Er verteilte die Zutaten auf Brotscheiben und stellte sie in die Röhre. »Ob *ich* allerdings lange sittsam bleiben kann, ist fraglich.« Wieder schlossen sie sich in die Arme und ließen die lange Zeit des Zögerns, die Hoffnungen und Erinnerungen endlich hinter sich. Bis das laute *Pling* der Backofenuhr ihre Zärtlichkeiten unterbrach.

Georges stellte den Teller auf den Tisch und setzte sich dicht neben Alice. »Auf einen glücklichen Ausgang dieser verrückten Situation«, sagte er, während er einen Arm um ihre Taille legte. »Aber wie können wir Jeanine bloß beibringen, dass das Hotel jetzt Sperrgebiet für sie ist?«

»Indem wir nicht um den heißen Brei reden«, sagte Alice mit vollem Mund. Sie wischte sich die Krümel vom Kinn und küsste ihn auf die Lippen. »Und gemeinsam mit ihr nach einer Lösung suchen.«

Als hätte sie ihre Freundin gerufen, stand Jeanine plötzlich in der Tür, gefolgt von Willem, der eine gepackte Reisetasche trug. Sie lächelte die Verliebten an. »Ich mische mich nicht gern in eure Angelegenheiten ein, aber *das* wurde höchste Zeit.«

»Was denn?«, fragte Alice, die gedanklich noch beim Thema Hotel war.

»Dass ihr endlich zusammengefunden habt, *ma chère*. Jeder Trottel wusste, dass ihr euch liebt. Nur ihr habt diese Tatsache beharrlich ignoriert.« Willem lachte.

»Willst du verreisen?«, fragte Georges.

»Nein«, sagte Jeanine. »Ich ziehe ins Hotel, damit es nicht weiter leergeräumt werden kann. Und daran wird niemand mich hindern.«

»Jeanine, das geht nicht.« Alice führte sie an den Tisch. »Das Hotel wird verkauft.«

»Sagt wer?«

»Sagt Alain Bardou.«

»Woher will dieser Nichtsnutz das wissen?«

»In diesem Fall ist er gut informiert, denn er ist Miteigentümer des Hotels. Und wir haben nicht das Geld, es ihm abzukaufen«, sagte Alice. »Wenn es dort also etwas gibt, das dir oder ... diesem Jacques gehört, sollten wir es schnellstens beiseiteschaffen. Bardou ist gerade sehr wütend und unberechenbar.«

Jeanine schaute auf ihre Hände und schwieg.

»War das die Info, die du in Sault bekommen hast?«, fragte Willem.

Alice erzählte, was sie erlebt und erfahren hatte. »Weitere Gespräche mit ihm sind definitiv ausgeschlossen.«

»Hast du das verstanden, Jeanine?«, fragte Georges. »Unsere Tage dort sind zu Ende, und wir müssen ...«

»Georges Fabre! Ich bin ab und an etwas durcheinander, aber das heißt nicht, dass ich plemplem bin. Wenn es stimmt, was ihr sagt, ist es wohl an der Zeit, dass wir Jacques' Vermächtnis in Sicherheit bringen.« Sie stand auf. »Also, was ist? Kommt ihr?«

22

Jeanine hatte darauf bestanden, mit dem Kleinbus von Georges zu fahren. »Manches ist ein wenig sperrig«, sagte sie. »Es gibt ein großes Bild in seinem Zimmer, das ich unbedingt zu Hause aufhängen möchte. Außerdem möchte ich den Plattenspieler und die Schallplatten mitnehmen.«

Sie waren noch nicht weit gefahren, als Georges leise fluchte. Er zeigte auf die leuchtende Anzeige am Armaturenbrett. »Jetzt muss ich auch noch die Bremsbeläge erneuern lassen! Als kämen nicht schon genug Kosten auf mich zu.«

Jeanine legte ihm beruhigend die Hand auf den Arm. »Vielleicht können wir das ja von Jacques' Erbe bezahlen. Ich glaube nicht, dass es sehr viel wert ist, aber für die Werkstattrechnung wird es wohl reichen.«

Im Hotel war alles wie gehabt. Alice' Katzen kamen sofort angeflitzt und begleiteten sie ins Hotel. Als spürten auch sie, dass etwas Besonderes anstand, ließen sie ihr Futter schon bald stehen und folgten ihnen in die Dienstbotenzimmer hinauf. Dort langte Jeanine in eine staubige Bodenvase, entnahm einen Schlüssel und schloss eine der Türen auf. Es war das Zimmer, in dem Alice sie schlafend vorgefunden hatte.

»Dieses Bild möchte ich unbedingt mitnehmen.« Jeanine zeigte auf ein Amateurgemälde, das eine kitschige Meereslandschaft zeigte. Dann öffnete sie den großen Wandschrank und stieg hinein. Es rumpelte kurz, dann hörten sie ihre Stimme: »Könnt ihr mir mal etwas abnehmen?«

Alice nahm vier große Künstlermappen entgegen und legte sie auf die staubigen Holzdielen. Sie waren aus schwarzer Hartpappe gefertigt und mit Metallecken versehen. Die grünen, zu Schleifen gebundenen Leinenbänder lösten sich bereits an vielen Stellen auf.

»Mir gefallen die Sachen ja nicht so«, sagte Jeanine, als sie selber wieder zum Vorschein kam. »Sonst hätte ich bei mir mal was davon aufgehängt. Aber vielleicht kann man das eine oder andere auf dem Flohmarkt verkaufen.« Sie öffnete das erste Futteral.

Im ersten Moment blieb es mucksmäuschenstill. Sie starrten auf das obere Blatt, auf dem bunte, abstrahierte Figuren zu sehen waren, die um eine Friedenstaube tanzten.

Alice fand als Erste die Sprache wieder. »Das kann doch nicht wahr sein …« Sie ging in die Knie, legte den Bogen auf den Boden und betrachtete das nächste Blatt, das die gleiche Signatur trug. »Wenn es das ist, was ich vermute …« Sie nahm weitere Bögen aus der Mappe. »Dann sind das Drucke von Picasso, oder?« Sie zeigte auf das langgezogene P und den Querstrich der Signatur.

»Stimmt genau!« Willem zeigte ihr das Display seines Smartphones. »Das Erste heißt *Der Tanz – La ronde de la jeunesse*. Eine Farblithografie.«

Es waren schätzungsweise mehr als zweihundertfünfzig Lithografien, Siebdrucke und Radierungen, die der unbekannte Jacques seiner Jeanine zur Aufbewahrung gegeben hatte.

»Sind die etwa wertvoll?«, fragte Jeanine.

Diese Frage brach den Bann. Sie jubelten laut los. »Wertvoll?«, rief Georges. »Wertvoll? Die Kaufsumme für das Hotel liegt dir zu Füßen! Mit etwas Glück sind sogar die Renovierungskosten mit drin!« Er nahm Jeanine in die Arme und wirbelte sie herum. »Und ich habe immer gedacht, dieser Mann existiert nur in deiner Phantasie!«

»In meinen Erinnerungen«, verbesserte ihn Jeanine, als Georges sie wieder losgelassen hatte. »Dort hat er auch heute noch seinen Platz, denn wir haben uns sehr geliebt. Als er eines Tages nach Paris gereist ist, hat er mir seine Sammlung zur Aufbewahrung gegeben. Und bis heute habe ich, wie er sich das gewünscht hat, auf sie aufgepasst.«

»Irgendwie scheint dieser Künstler mich zu verfolgen«, sagte Alice. »Aber jetzt löst er unsere Probleme zur Abwechslung mal!«

Die Ausgelassenheit war ansteckend. Colette und Zazou rannten wie aufgezogen durch das Zimmer. Bevor sie aber mit Bocksprüngen über die Drucke sausen konnten, griff Alice ein. Schnell zerknüllte sie eines der Seidenpapiere, die zwischen den Blättern lagen, und warf den Ball in den Flur. Der Trick gelang, die Katzen rasten hinterher.

Als diese Gefahr gebannt war, starrte sie ungläubig auf die teils bunten, teils schwarzweißen Arbeiten vor ihren Füßen. Was für ein Tag! Sie hatte Alain die Stirn geboten, war endlich ihrem Herzen gefolgt und wie aus dem Nichts schienen alle Sorgen, die sie gequält hatten, sich in Wohlgefallen aufzulösen.

»Wir müssen sofort Henri Roux anrufen, damit alles schnell unter Dach und Fach gebracht werden kann«, sagte Georges. »Nicht dass uns dieser ...« Doch er hatte den Namen noch nicht ausgesprochen, als diese Person in der Tür erschien.

»Dachte ich mir doch, dass ich etwas gehört habe.« Alain Bardou musterte sie reihum mit zusammengekniffenem Mund. »Dürfte ich Sie darauf hinweisen, dass Sie sich widerrechtlich in diesem Gebäude aufhalten?«

»Wir holen lediglich etwas ab, das Madame Bressier gehört.« Alice versuchte, ihrer Stimme einen festen Klang zu geben. »Dann sind wir auch gleich verschwunden.« Alain hörte ihr aber gar nicht mehr zu.

»Da komme ich wohl gerade rechtzeitig!« Er betrat das Zimmer und ging langsam um die ausgelegten Drucke herum. Dann ging er in die Hocke und nahm eines der Blätter ehrfürchtig in die Hand. »Das sind ja Originale!« Er zeigte auf die geschlossenen Mappen daneben. »Sind da noch weitere drin?«

»Ja. Und sie gehören alle mir!« Jeanine stemmte die Hände in die Seiten und funkelte ihn wütend an. »Wenn Sie jetzt so freundlich wären, das Zimmer zu verlassen? Sie stören.«

»Das kann ich mir vorstellen!« Alain lachte höhnisch. »Sie haben wohl gedacht, mit diesen Mappen einfach verschwinden zu können? So einfach ist das aber nicht, gute Frau. Diese Mappen gehören zweifelsfrei zum Hotel und sind somit mein Eigentum!«

»Abwarten.« Jeanine nahm einen Umschlag, der an der Innenseite einer der Mappen befestigt war. Auf der Vorderseite stand ihr Name in tintenblauen, schwungvollen Lettern. Sie zog den Brief heraus, faltete den linierten Bogen vorsichtig auseinander und las den Inhalt vor. Die Nachricht schloss mit den Worten:

»... sollte ich aber nicht zurückkehren, vermache ich Dir alles, was ich Dir anvertraut habe, mon amour. Mein Herz und diese Sammlung. Mögen sie Dir ein sorgenfreies Leben ermöglichen. Bis wir uns wiedersehen. Dein Jacques.«

Kaum hatte Jeanine den Brief wieder zusammengefaltet, rannten die Katzen wieder herein. Um Alain nicht un-

nötig zu verärgern, griff Alice in die neu geöffnete Mappe, nahm ein paar vergilbte Blätter und formte eine neue
Papierkugel aus ihnen, die sie wieder in den Flur warf. Colette und Zazou spielten das Spiel mit und waren sofort
wieder verschwunden.

Alain räusperte sich. »Ein hübscher Liebesbrief«, sagte
er. »Aber leider brauchen Sie zum Beweis etwas anderes.
Und zwar eine genaue Auflistung, wo diese Werke erwor-
ben wurden. Dieser Jacques könnte schließlich auch ein
talentierter Kunstdieb gewesen sein.« Behutsam legte er
die Arbeiten, die auf dem Boden lagen, zusammen. »Und
bis die mir vorliegt, nehme ich diese Mappen an mich, damit kein Schindluder damit getrieben wird.«

Alice musste sich zusammenreißen, ihm die Arbeiten
nicht aus der Hand zu reißen. Die Lösung all ihrer Probleme lag direkt vor ihnen, doch waren ihnen die Hände
gebunden. Bis Willem, der das Zimmer gerade verlassen
hatte, Alain etwas zurief. »Reicht es, wenn auf diesem
Schreiben Titel, Kaufpreis und Verkäufer vermerkt sind?«,
fragte er.

»So ist es!« Alain lächelte schmallippig in die Runde.
»Schade, wenn man so kurz vor dem Ziel aufgeben muss,
nicht wahr? Ich kann sehr gut nachvollziehen, wie sich
das anfühlt …« Er warf Alice einen boshaften Blick zu.

»Titel, Kaufpreis und Verkäufer würden also belegen,
dass die Arbeiten nicht gestohlen sind?«, rief Willem erneut.

»Das sagte ich bereits. Haben Sie was an den Ohren?«
Alain wollte eine der Mappen vom Boden nehmen, als
Willem zurück ins Zimmer kam. »Nein, ich habe es hier
schwarz auf weiß!« Er zeigte Bardou einige verknitterte
Blätter, die Alice kurz zuvor zu einem Katzenball geformt

hatte. »Hier haben Sie die Angaben aus einer der Mappen. In den anderen befindet sich sicher ein ähnliches Schreiben.« Er grinste breit. »Tut mir leid, Monsieur Bardou. Aber es sieht ganz danach aus, als hätten *Sie* auf ganzer Linie verloren!«

23

Die Nacht war warm und sternenklar. Perfekt für das, was Alice vorhatte. Lange hatte sie vor der Endgültigkeit dieses Schrittes gezögert, aber es gab kein Zurück. Sie hatte ihr Wort gegeben.

Es war kurz nach drei, als der Kleinbus über die Landstraße Richtung Malaucène fuhr. Die Dörfer lagen im Dunkeln. Nur vereinzelt brannte hinter einem Fenster Licht. Fand jemand keinen Schlaf? Wohnte dort ein Bäcker, der gleich zur Arbeit musste? Oder wachte man in diesem Haus bei einem Kranken?

Léon hatte die Nacht geliebt. Wenn er mit einem Artikel nicht weitergekommen war, hatte er sich in die Küche gesetzt und mit der Hand weitergeschrieben. Da störte ihn niemand, das Telefon schwieg, und er war der Meinung, dass seine Gedanken um diese Zeit besser fließen konnten.

Alice sah ihn am Tisch unter der Lampe sitzen, die Stirn in Falten, die Augen auf die eng beschriebene Seite gerichtet. Er hatte die Angewohnheit gehabt, den Stift beim Nachdenken zwischen Zeige- und Mittelfinger zu halten und ihn schnell hin und her zu bewegen. Bis ihm die richtige Formulierung eingefallen war und er flugs weiterschrieb, damit der neue Gedanke ihm nicht entwischte. Einige dieser Notizblöcke hatte sie aufgehoben. Sie liebte diese Seiten voller Pfeile, Kringel und durchgestrichener Worte.

Sie drosselte die Geschwindigkeit und fuhr behutsam über die Straßenschwellen, die man am Ortseingang angebracht hatte. Eine Katze rannte auf dem Gehsteig davon, sonst regte sich nichts.

An der nächsten Kreuzung erfassten die Scheinwerfer ein Schild, das den Weg nach Vaison-la-Romaine wies. Unwillkürlich lief ihr ein Schauer über den Rücken. Obwohl die Auseinandersetzungen mit Alain Wochen zurücklagen, würde sie diesen Ortsnamen wohl für immer mit dem Namen *Picasso* in Verbindung bringen. Alain hatte alle rechtlichen Register gezogen, um die Sammlung in seinen Besitz zu bringen. Ein Glück, dass sie Henri gleich erreicht hatten und er auf ihrer Seite gewesen war.

Alice setzte den Blinker in die andere Richtung und fuhr weiter nach Malaucène. Die Rue Cabanette war ausgestorben. Auch bei dem Maklerbüro hatte Alain seine Finger im Spiel gehabt. Der windige Inhaber stand tief in Bardous Schuld und hatte die Spielchen mit ihnen getrieben, weil er ihm einen Gefallen schuldete.

Als sie am Ende des Ortes links abbog, wurde mehrfach auf das Ziel ihrer Fahrt hingewiesen. Der Gedanke, dass sie alles verschieben könnte, kam ihr kurz in den Sinn. Doch dann gab sie Gas. Heute war der Tag. Heute.

Die Straße stieg stetig an, und Alice dachte daran, wie schön diese Strecke bei Tage war. Um sie herum erstreckten sich dichte Wälder, die immer wieder einen Blick auf die Ebene und die Berge ringsumher freigaben. Tatsächlich tat sich in diesem Moment eine Lücke zwischen den Bäumen auf, und Alice konnte die Lichter von Orange und Avignon in der dunklen Niederung unter sich erkennen.

Als sie an einem Parkplatz mit Tourenübersicht vorbeifuhr, ging sie vom Gas. Hier waren Léon und sie vor drei Jahren zu einer Wanderung gestartet. Nicht wissend, dass es ihre letzte sein würde. Kilometerweit waren sie der Beschilderung gefolgt, hatten sich gegenseitig auf seltene Pflanzen aufmerksam gemacht, waren stehen geblieben, wenn ein Hase ihren Weg gekreuzt hatte. An einer Stelle, von der aus sie eine großartige Panoramasicht hatten, hatte Léon grübelnd in die Ferne geschaut.

»Glaubst du an ein Leben nach dem Tod?«, fragte er irgendwann.

»Nicht an einen Himmel, in dem sich alle wiedersehen. Aber ich glaube schon, dass etwas von uns bleibt, wenn wir gestorben sind.«

Schweigend hatten sie die Landschaft betrachtet. Die Fernsicht an diesem Maitag war bemerkenswert gewesen. Sogar die schneebedeckten Gipfel der französischen Alpen hatten sie am Horizont entdeckt.

»Ich habe dir doch mal von meiner Tante Chloé erzählt, oder?«

»Die Frau, die deine Leidenschaft fürs Gärtnern geweckt hat?«

»Genau die. Als sie starb, war ich sehr traurig und bin mit dem Gefühl, meine letzte Verwandte beerdigen zu müssen, zu ihrer Trauerfeier gegangen. Sie war die Einzige in der Familie gewesen, mit der mich etwas verband.

Einige Tage nach ihrem Begräbnis hatte ich einen erstaunlichen Traum. Das Telefon klingelte und Chloé war dran. Ich wusste zuerst nicht, was ich sagen sollte. Mir lagen Sätze wie *Du kannst mich doch gar nicht anrufen, du bist letzte Woche gestorben!* auf der Zunge, doch sie kam mir zuvor:

Ich wollte dich nur wissen lassen, dass es mir gut geht, sagte Chloé. Dort, wo ich jetzt bin, ist alles unfassbar grün. Das ist ungewohnt, aber du sollst wissen, dass alles mit mir in Ordnung ist. Mach dir keine Gedanken, hörst du?

Danach war die Leitung tot, und ich wachte am nächsten Morgen verwirrt, aber mit einem sehr friedlichen Gefühl auf. Meine Tante war mir sehr nahe.

Ob man nach seinem Tod einen solchen Traum in Auftrag geben kann?«

»Keine Ahnung«, hatte sie geantwortet. »Aber wie auch immer, ich hoffe, dass es noch viele Jahre dauern wird, bis wir in der Situation sind, solche Aufträge äußern zu müssen.«

»Aber ich habe einen Wunsch«, hatte Léon gesagt. »Ich hoffe, du kannst ihn mir erfüllen.«

Nun war Alice unterwegs, aber noch nicht am Ziel. Sie trat auf das Gaspedal und fuhr um die nächste Kurve, immer weiter hinauf. Als die Ebene um Avignon wieder in Sicht war, spielte sie mit dem Gedanken, kurz auszusteigen und die Aussicht zu genießen. Sie verwarf die Idee. Sie wusste nicht, ob sie danach noch die Kraft, den Mut aufbringen würde, weiterzufahren.

Zur Rechten versprach ein Holzschild *Skiservice*, drei Kurven weiter wies ein Kilometerstein darauf hin, dass sie noch 5 km vor sich hatte. Alice schaltete in den zweiten Gang, der Kleinbus hatte zu kämpfen.

Am Gipfel des Mont Ventoux hielt sie an. Sie hatte es rechtzeitig geschafft. Die Welt lag noch im Dunkeln, der Sternenhimmel war überwältigend. Ein heftiger Sturm rüttelte am Wagen und machte dem Namen *Ventosus*, der *Windumtoste*, alle Ehre. Die Anzeige am Armaturenbrett zeigte eine Außentemperatur von 2° an, doch Alice wusste, dass es sich durch den Wind um einiges frostiger anfühlen würde. Langsam rollte sie eine lange Serpentine zurück. An der ausgewählten Stelle kam sie zum Stehen.

Es war kurz vor der Dämmerung. Die Zeit, von der behauptet wurde, sie sei die dunkelste Stunde. Alice hatte einige von ihnen durchlebt. Und überlebt. Denn immer dann, wenn alles zu Ende zu sein schien, war sie unvermutet gehalten und weitergetragen worden.

Als hätte das Universum ihre Gedanken lesen können, erschien eine hauchdünne Linie, eine Ahnung von Licht am Horizont. Alice zog sich die warme Kapuze über den Kopf, griff unter ihren Sitz und drückte die Stofftasche, die sie dort verstaut hatte, fest an sich. Dann stieg sie aus.

Obwohl sie darauf vorbereitet war, traf die schneidende Kälte sie wie ein Schock. Unsicher, als wären beide Beine eingeschlafen, ging sie die Meter bis zur Felskante, wo sie zitternd verfolgte, wie immer weitere Farben an der Erdkrümmung sichtbar wurden. Zuerst ein dunkles Rotorange, das in ein Orange, kurz darauf auch in ein blasses Gelb überging. Die Farben des Beutels, den sie mit beiden Armen umschloss. Das Blau des Himmels zeigte sich zaghaft. Noch ging es in das Schwarz der Nacht über, doch das Licht kämpfte sich empor, ließ das Dunkel mehr und mehr zurückweichen.

Alice strich mit eiskalter Hand über den bunten Stoff der Tasche. Wie eine letzte Umarmung jenes Mannes, den sie so geliebt hatte und nun endgültig loslassen musste.

Der Wind drehte sich, das Nachtschwarz wurde von einem Azurblau verdrängt. Am Horizont kündigte ein heller Streifen die Sonne an, die Hügel im Vordergrund wurden schemenhaft sichtbar. Einen Moment lang glaubte sie, Léons Stimme zu hören und die Bitte, die er damals auf der Wanderung geäußert hatte: *Wenn ich einen Wunsch frei hätte, möchte ich nach meinem Tod eins werden mit dieser Landschaft*. Alice hatte ihm ihr Versprechen gegeben. Und heute, an seinem 47. Geburtstag, war die Zeit gekommen, diese Bitte einzulösen, Léon gehen zu lassen.

Im nächsten Augenblick wurde die Landschaft in unzählige Rot- und Orangetöne getaucht und die Sonne stieg weiter. Mit klammen Fingern streifte sie die Tasche ab und öffnete die Urne.

»Du wirst für immer in meinem Herzen sein«, sagte Alice. »Ich werde dich niemals vergessen.« Ein Windstoß von hinten, strahlendes Licht, das sie nun ganz erfasste. Einen Augenblick lang glaubte sie, die winzigen Aschepartikel glänzen zu sehen, bevor sie in alle Richtungen davongetragen wurden. So wie Léon sich das gewünscht hatte.

Erst jetzt spürte Alice, wie ihr Tränen über die Wangen liefen. Mit beiden Händen fasste sie neben sich, griff nach den Händen, die dort wie versprochen auf sie warteten. Georges und Jeanine hielten sie fest in ihrer Mitte, Josephine, Willem und Henri standen schützend hinter ihr.

Geliebt und geborgen bei ihrer neuen Familie begrüßte sie diesen besonderen Tag. Mit der Gewissheit, dass sie gemeinsam alles meistern konnten.

Ein Jahr später

Es war September geworden. Ein letztes Mal hatte der Sommer alles gegeben, bevor er sich nach einigen heftigen Gewittern gemeinsam mit dem Gros der Touristen verabschiedet hatte. Alice liebte diese Zeit, in der man endlich wieder durchatmen konnte.

Die Handwerker hatten für heute Feierabend gemacht, und es herrschte endlich Ruhe im Hotel. Das Restaurant hatte schon bald seine Tore öffnen können und war häufig ausgebucht. Sie hatten den alten Namen *Le Tilleul* beibehalten, doch die Fassade des Hotels erstrahlte jetzt in einem leuchtenden Provenceblau, die Fensterläden einen Ton heller.

Die Privaträume im zweiten Stock waren ebenfalls bis auf Kleinigkeiten fertig hergerichtet. Alice und Georges hatten sich den Dachboden ausbauen lassen, für Jeanine waren drei der kleinen Dienstbotenzimmer zu einem großen Raum mit Badezimmer umgewandelt worden. Jacques' Zimmer war so geblieben, wie es immer gewesen war. Die übrigen Räume wurden von Henri, Josephine und Willem bewohnt.

Die acht Zimmer, die für Hotelgäste vorgesehen waren, sollten im Frühjahr bezugsfertig sein. Bevor es richtig ernst wurde, hatten sie den Montag und Dienstag als Ruhetage geplant.

Alice setzte sich auf die Terrasse und genoss den Blick in den Garten. Der Rasen war gemäht, und Willem hatte den Sträucher- und Baumdschungel ausgedünnt. Es war ihm gelungen, den ursprünglichen Charme dieses Stückchens Erde zu erhalten. Eine leicht gepflegte Wildnis, wie er es nannte. Man konnte nun überall hingelangen, ohne über Stämme steigen zu müssen oder sich in Ästen zu verfangen. Aber das Geheimnisvolle, das den Garten ausmachte, war nach wie vor da.

Auch die Touristen wussten das zu schätzen. Sie gingen hier gern vor oder nach dem Essen eine Runde spazieren und verfolgten gespannt, wie sich alles entwickelte.

Alice dachte an ihren ersten Besuch auf dem Grundstück zurück und an das unverhoffte Glück, das ihnen zuteilgeworden war. Als könnte sie ihre Gedanken lesen, sprang Colette schnurrend auf ihren Schoß und rieb ihren Kopf an Alice' Arm.

»Ja, wir sollten euch durchaus dankbar sein, dass ihr ausgebüxt seid«, sagte Alice, während sie die Katze hinter den Ohren kraulte. Colettes Blick besagte, dass sie ganz ihrer Meinung war. Zazou, der in einem Blumentopf zusammengerollt lag, öffnete kurz ein Auge, als wolle auch er diese Aussage bestätigen.

»Ein Königreich für sechs Stunden Schlaf am Stück!« Josephine ließ sich auf den Stuhl neben ihr fallen und fächelte sich mit einer Zeitung Luft zu. »Irgendwann schlafe ich noch mal im Stehen ein. Im Supermarkt wäre es fast so weit gewesen. Und als ich endlich zur Kasse vorgedrungen war, stellte ich fest, dass ich meinen Geldbeutel im Auto vergessen hatte.« Sie sah Alice von der Seite an. »Aber beim zweiten Anlauf traf ich Marie, die den neuesten Klatsch auf Lager hatte. Kostprobe gefällig?«

»Unbedingt!«

»Alain verkauft sein Designerhaus.«

»Nein! Wie das denn?«

»Er scheint in krumme Geschäfte verwickelt zu sein und

wechselt in die freie Wirtschaft. Wohin genau, kann ich dir nicht sagen.«

»Hauptsache weit weg. Es wäre großartig, diesem Narzissten nie wieder begegnen zu müssen.« Angewidert dachte Alice an die Blicke, die Alain ihr zuwarf, wenn sie sich begegneten. Und das war häufiger der Fall, als ihr lieb war.

»Und stell dir vor, Patrick heiratet.« Josephine streckte ihre langen Beine unter den Tisch. »Die Braut stammt aus einem alteingesessenen Malergeschäft in Carpentras, und ihr Herz schlägt angeblich für alles, was mit Baumaterialien zusammenhängt.«

»Dann ist sie die perfekte Frau für deinen Ex!« Alice schenkte ihnen Mineralwasser ein und hob das Glas. »Auf die Lösung all unserer Probleme!« Josephine stieß mit ihr an.

»Dann könnt ihr mir vielleicht auch bei dieser Frage helfen?« Henri setzte sich mit dem Reservierungsbuch zu ihnen. »Vorhin rief ein Herr an, der seine Reservierung auf sehr merkwürdige Art durchgab. Er fügte hinzu, dass ich dich herzlich von ihm grüßen solle. Du wüsstest schon ...«

Henri nahm einen Zettel in die Hand und las folgende Zeilen vor:

Den schönen Garten kenn' ich schon, perfekt für kleine Pausen.

Drum komm' ich mit der Liebsten her, um schön mit ihr zu schmausen.

Alice kicherte. »Das klingt ganz so, als hätte Monsieur Dumont die langersehnte Dame seines Herzens getroffen. Hoffentlich weiß sie seine Reime zu schätzen.«

Henri blätterte durch die Seiten. »Bis Ende der Woche sind wir ausgebucht. Gilles Perrin hat übrigens auch reserviert. Ob wir Georges das sagen? Oder würde ihn das nur nervös machen?«

»Was würde ihn nervös machen?« Georges drückte Alice einen Kuss auf den Mund und fuhr mit der Hand durch Josephines Lockenpracht.

»Ich überlegte, ob der Name Gilles Perrin dich wohl in Bedrängnis bringen würde.«

Georges setzte sich neben Henri und legte ihm einen Arm um die Schulter. »Kein bisschen. Hauptsache, du zauberst uns heute Abend etwas Leckeres auf den Tisch.«

Henri strahlte. »Davon kannst du ausgehen. Es ist ein altes Rezept von meiner lieben Louise. Und zwar eine …« Seine Ankündigung wurde von lautem Geschrei unterbrochen.

»Wäre ja auch zu schön gewesen, mal ruhig mit euch zusammenzusitzen.« Josephine stand auf und streckte Willem, der mit dem weinenden Petit-Léon auf dem Arm an ihren Tisch kam, die Hände entgegen.

»Ehrlich gesagt warte ich immer noch darauf, dass unser Allroundman das Baby eines Tages selber stillt«, stichelte Georges. »Du enttäuschst mich sehr, mein Lieber!«

»Man kann nun mal nicht alles haben.« Willem grinste breit. »Dafür habe ich die Wasserspiele im alten Bassin wieder zum Laufen gebracht.«

»Vielleicht kannst du sie in Milchspiele umwandeln.« Josephine legte ihren Sohn an die Brust, wo der Kleine mit geschlossenen Augen zu trinken begann. Das wütende Rot verschwand aus dem hübschen Gesichtchen, die Welt war wieder in Ordnung.

Voller Liebe betrachtete Alice seine winzigen Händchen, die dunklen Locken, die er von seiner Mutter geerbt hatte. Er war eine große Bereicherung für ihre Gemeinschaft.

Auch wenn diese Bereicherung sie manchmal gewaltig auf Trab hielt. Vor allem nachts. Jeanine war der Meinung, dass der kleine Léon in einem früheren Leben ein Kater gewesen war, der tagsüber geschlafen hatte und nachts unterwegs gewesen war. Und es brauchte wohl noch eine Weile, bis er diesen Lebensrhythmus aufgab.

»Wir waren beim Abendessen stehengeblieben, Henri«, sagte Josephine. »Ich brauche etwas Leckeres, damit die Quelle nicht versiegt. Verrätst du mir, auf was ich mich freuen kann?«

»Der letzte Mangold muss gegessen werden, und ich habe eine große Mangoldtarte mit Tomatensalat für heute Abend geplant«, sagte Henri. Er stand an den Ruhetagen in der großen Küche, sehr zur Freude von Georges.

»Mit Speck?«, fragte Josephine. Henri nickte.

»Und Champignons und viel Käse?«

Wieder nickte er. »Mit Schafskäse und viel Gruyère.«

Josephine seufzte wohlig. »Was wären wir nur ohne dich?«

Dem konnte Alice nur zustimmen. Nachdem sie das Hotel gekauft hatten, war Henri unschlüssig gewesen, ob er sich ihnen anschließen sollte. Die letzten Jahre hatten ihn mürbe gemacht.

Letztendlich war es Jeanine gewesen, die ihn hatte umstimmen können. »Du willst mich hier doch nicht mit diesen ganzen Jungspunden sitzenlassen, oder?«, hatte sie empört gefragt. »Außerdem brauchen wir wieder einen gutaussehenden Mann am Empfang.«

Von Anfang an hatte sie ihn sich als Nachfolger von Jacques vorgestellt. Und Henri spielte die Rolle perfekt. Er begleitete die Gäste an den für sie vorgesehenen Tisch und managte die Reservierungen. Auch der Bar hatte er neues Leben eingehaucht. Henri liebte es, mit den Gästen zu plaudern, während er ihnen einen raffinierten Aperitif mixte oder nach dem Essen noch einen kleinen Absacker kredenzte.

»Hoffentlich kommt Jeanine bald.« Henri schaute besorgt auf die Uhr. »Sie wollte den Mangold für mich ernten. Wenn sie das mal nicht vergessen hat.«

Just in diesem Moment kam Jeanine mit einem Korb voller Mangoldblätter am Arm auf sie zu. Im anderen Arm hielt sie Trouvé. »Ihr ratet nie, was ich gerade in einem der Hochbeete gefunden habe«, rief sie. »Eine dreifarbige Katze!« Vor dem Tisch setzte sie Trouvé auf den Boden. »Ich habe mal gehört, dass diese Tiere Glück bringen.«

Als alle zu lachen begannen, sah sie unsicher in die Runde. »Stimmt das etwa nicht?«

»Doch, doch, das ist völlig richtig.« Georges stand auf und schloss die alte Freundin liebevoll in die Arme. »Sie bringen sogar großes Glück. Ganz großes!«

Danksagung

Dieses Buch ist eine Hommage an die Nordprovence, die ich zusammen mit meinem Mann Joachim Schultz seit 30 Jahren bereise. Auch bei der Recherchetour für diese Geschichte unterstützte er mich auf kulinarische Art und war als Locationscout wieder unübertroffen.

Zudem sage ich *merci beaucoup*

… an meine Agentin Leonie Schöbel und meinen Agenten Niclas Schmoll, die dieses Projekt von Beginn an eng begleitet und unterstützt haben,

… an Sabine Marr, Eva-Maria Sammet, Doris Rübel, Dagmar Geisler, Karin Häuser, Alexandra Borisch, Marianne Meyer und Nicola Bauernschmitt für die Zeit, die sie mir lesend zur Seite standen, für ihre Vorschläge und Kritik,

… an meine Lektorin Gesine Dammel für das in mich gesetzte Vertrauen,

… an Vinciane Taillard, deren schönes Haus mich sehr inspiriert hat,

… und an alle anderen Aktiven im Verlag und Vertrieb, Buchhändler(inn)en, Bibliothekar(inn)en und Buchblogger(innen), die dafür sorgen, dass meine Bücher ihre Leser finden.